여성동학다큐소설
섬진강편

잊혀진 사람들

성동학다큐소설
진강편

잊혀진 사람들

유이혜경 지음

보사는사람들

머리말

　무지하니 새로이 알게 되면 감동하고, 감동하면 자신이 모자란 줄도 모르고 일에 뛰어드는 무모한 용기를 내게 되나 봅니다. 그래도 그 무모한 용기가 저를 이 소설의 끝까지 밀어주었습니다.

　2013년 겨울부터 2015년 가을까지의 시간은 동학과 함께한 시간이었습니다. 동학농민혁명에 뛰어들었던 분들이 지녔던 따뜻한 인간 사랑, 생명 존중, 그리고 불의에 저항하는 의로운 투쟁을 오늘날로 다시 불러보고 싶었습니다.

　섬진강을 사이에 두고 광양, 여수, 순천, 남원, 구례, 하동, 진주를 넘나들며 동학하는 사람들의 이야기를 떠올리는 동안 눈물이 많이 났습니다. 계속 이어지는 그들의 항일 의병 활동, 삼일절 만세 시위, 진주 형평사 운동 등 의로운 투쟁을 접할 때도 울컥 눈물이 솟았습니다. 하지만 그런 조상들의 후손이 우리라는 사실을 알고 가슴 뿌듯하고 행복하기까지 했습니다. 그리고 이제 그런 할아버지 할머니들의 소원을 우리가 이 땅에서 이루어야 한다는 생각이 깊어졌습니다.

　동학 공부를 하고 소설을 쓰면서 알고 느끼게 된 것은 동학하는 사람들이 원한 세상은 지금 우리가 원하는 세상과 다르지 않았다는 것입니다. 동학하는 사람들은 사람이건 동물이건 꽃이건 나무건 모든 생명을 소중히 여기는 사람들이었습니다. 어떠한 폭력도 사용하지 않고 차별 없이 모든 생명을 한울로 모시려고 한 생명평화사상은 오늘날 우리가 다시 돌아가려 애쓰는 사상의 본향입니다. 2014년은 이 땅에 사는 모든 사람들에게 결코 잊을 수 없는 아픈 기억을 남겼습니다. 생명에 절대 가치를 부여하고 생명을 최우선적으로 생각하고 실천할 때만이 세월호, 제2세월호, 제3세월호가 반복되는 비극이 없어질 것입니다.

동학하는 사람들은 생각만 그리한 것이 아니었습니다. 동학을 받아들이면 그 순간부터 행동으로 실천하였습니다. 재물이든 재주든 지식이든 사상이든 무엇이든지 간에 자신에게 있는 것을 서로 나누고, 자신에게 없는 것은 기꺼이 받아들이는 유무상자 정신은 오늘날 탐욕으로 가득 차 나눌 줄도 모르고 받아들일 줄도 모르는 우리 현대인을 질타합니다. 이 땅의 젊은이들과 서민들의 고민을 덜려면 무엇보다도 많이 가진 기업들과 각 분야의 전문가들이 유무상자 정신을 발휘해야 한다라고 생각합니다.

동학하는 사람들이 무엇보다도 중요하게 여긴 것은 우주 만물의 주인인 한울이 바로 나라는 것입니다. 그러니 이 우주에 존재하는 모든 것은 생명 활동의 일환으로 스스로 잘 살고 있다는 것입니다. 이 자주성을 가장 잘 가르쳐 준 사람들이 바로 그들이었습니다. 이 땅의 모든 생명체를 존중하고 또 존중하면 저절로 잘 존재한다는 것입니다. 어떠한 간섭도 억압도 압박도 필요없는 것이 생명체라는 것입니다. 모든 생명체의 본성대로 잘 존재한다고 온전히 믿고, 필요할 때 서로 돕는 것이 우리들이 즐겁게 할 일임을 기꺼이 알려주었습니다.

　동학하는 사람들은 막강한 무력을 행사하는 일본군들에게 맞서 척왜양을 부르짖으며 죽어 갔습니다. 우리 조선 땅은 조선인이 지켜내고 조선 사람 스스로 잘 살아갈 것이니 모든 외세는 자기 나라로 돌아가라고 치켜들었던 1894년의 척왜양 깃발은 2015년 오늘에도 높이 세워야 할 깃발입니다. 일제 식민지로 인하여 두 동강 난 한반도에 지금도 여전히 유효한 것은 우리끼리 잘 사는 정신입니다. 구한말 세계열강의 각축 속에서 피 흘렸던 과거를 되풀이하지 않으려면 우리가 정신을 똑바로 차려야 할 때입니다. 남북한 우리끼리 서로 유무상자하여 평화를 구축하는 작업을 서둘러야 할 때입니다. 정치적 통일은 첨예한 이해관계의 대립으로 성사시키기 어렵다면, 우선 경제교류를 시급히 확대하여 북녘의 모든 생명체들이 최소한의 생존을 위한 물질적 기반을 유지 발전시켜 나갈 수 있도록 남녘에서 도와야 할 것입니다. 이 일은 통일 독일 사회가 그랬듯이 우리 남녘에도 신선한 바람을 일으키고 생기를 불어넣을 것이 틀림없습니다.

　동학하는 사람들을 만나는 일 자체가 제게는 축복이었습니다. 그 덕분에 모자란 줄 알면서도 이 책을 낼 수 있도록 용기를 낸 내 안의 한울님! 이 일을 계획하고 이룬 대자연 한울님! 고맙습니다.

　책을 쓸 수 있도록 이끌어 준 명혜정 선생님, 내 인생의 또 한 분 롤모델이신 고은광순 선생님, 그리고 함께하지 않았다면 결코 여기까지 올 수 없었을 동학언니들, 그리고 동학 울보 박맹수 교수님께 마음으로 큰 절을 올립니다. 고맙습니다.

이 책이 나올 수 있도록 역사적 바탕을 제공해 준 향토사학자와 동학혁명 연구자님들, 동학농민혁명기념재단 이병규 박사님, 순천대 홍영기 교수님, 남원 한병옥 선생님, 어색한 사투리 교정에 애써 주신 서재환 농부님께 감사드립니다. 나이 먹을수록 더 좋은 사람 김태현, 나에게 항상 믿음을 주는 든든한 두 딸 송하와 건희, 화순의 아버님, 어머님, 그리고 광양 어머님과 동학하는 사람이나 다를 바 없이 자식들을 지켜보고 지지해 주셨지만 지금은 고인이 되신 친정아버님께도 고마움을 전합니다. 사랑합니다.

또 이 소설을 쓰기 위하여 인터뷰와 공부 그리고 답사와 조사를 통해 자료(참고문헌 포함)를 정리하면서 얻은 표현이나 문장이 소설 속에 인용되었으나, 일일이 밝히지 못한 점은 양해 바랍니다.

마지막으로 이 시대에 기꺼이 유무상자 정신을 발휘하여 책이 나올 수 있도록 후원해 주신 후원자님들과 모시는사람들 출판사 식구들, 우리 역사의 굽이굽이에서 의로운 투쟁에 나선 분들, 그리고 그분들의 후손으로 힘든 삶의 여정을 거쳐 오신 모든 분들께 머리 숙여 깊이 감사 인사를 드립니다.

2015년 가을 섬진강가에서
유이혜경

차례

잊혀진 사람들

머리말 ———— 5

프롤로그/ 숙정이의 동학 여행 ————— 11

1장/ 의형제 ————— 39

2장/ 광양 민란 ————— 50

3장/ 청혼 ————— 73

4장/ 개벽운수(開闢運數) ————— 79

5장/ 봄날 ————— 88

6장/ 삼례 취회 ————— 99

7장/ 보은 · 원평 취회 ————— 109

8장/ 법헌 최시형 ————— 120

9장/ 동학의 꿈 ————— 126

10장/ 휘날리는 동학농민혁명의 깃발 ——— 139

11장/ 관민상화(官民相和) 집강소 ————— 148

12장/ 남원 대회 ————— 155

13장/ 가족 ————— 173

차례

잊혀진 사람들

14장/ 섬진강에 나부끼는 영호대도소 깃발 —— 181

15장/ 진주성 —————————— 195

16장/ 지석영 —————————— 211

17장/ 고승당산 ————————— 217

18장/ 웃통 양샌 ————————— 225

19장/ 여수 좌수영 ———————— 233

20장/ 떨어지는 동학꽃 ————— 237

21장/ 인연 —————————— 249

22장/ 지리산골 농평에서 다시 일어서는 동학 — 264

23장/ 구례 의병 ———————— 275

24장/ 설렁탕집 ————————— 285

25장/ 동학 후손 ———————— 299

26장/ 3 · 1만세운동 —————— 311

27장/ 진주 형평 운동 —————— 328

참고문헌 및 자료 ————— 339

연표 ————————— 340

프롤로그/ 숙정이의 동학 여행

아버지는 정이 많고 부지런하셨다. 새벽 네 시경이면 어김없이 일어나셨고 엄마와 함께 오늘 할 일을 두런두런 말씀하셨다. 숙정이 아직 학교도 들어가기 전, 새벽녘에 잠이 깨어 쉬가 마려우면 뒷간까지 가기가 무서워 별이 총총한 마당 한가운데서 쉬를 보고 있으면, 아버지께서는 집 밖으로 나가려다 말고 다시 방 안으로 들어가셨다. 그리고 얼른 숙정에게 옷을 가져다주고 빠른 걸음으로 행선지로 향하셨다. 그때 자식들은 아버지께서 무슨 일을 하시는지 몰랐고 알려고 하지도 않았다. 그저 아버지께서 사 들고 오시는 옷과 책이 그리고 지도와 지구본이 좋았다. 다음에는 무엇을 사 가지고 오실지가 궁금했을 뿐.

엄마도 하루 종일 바쁘게 일하셨다. 아침밥 먹은 설거지를 마치기 전부터 사람들이 들이닥쳤다. 엄마는 막걸리에 시래깃국을 부지런히 날랐다.

나중에 엄마는 말씀하셨다.

"니 아부지는 새벽같이 집을 나가셨어. 해도 뜨기 전에 산중 마을에 들러 좋은 돼지를 홍정하셨제. 알맞춤으로 살이 오른 돼지를 인부들을 불러서 잡는 날은 일이 고되었을 것인데도 니 아부지는 암 말씀도 안 하고 그 일을 다 하셨어. 그렇게 고기도 팔고 씨랏국도 끓이게 장사 준비를 다해 주고는 아침밥 먹자마자 다시 나가셨제. 그때 니 아부지는 나무장사도 같이 했거던. 동곡 산중에서 나무를 사다가 초남, 골약 바다에 김 하는 사람들한테 넘겼제. 니 아부지가 새벽같이 그리 준비해 주는 덕에 우리 집은 장사가 잘됐어. 장사가 잘될 때는 화장실 갈 짬도 없이 바빴제. 그래도 니 아부지는 니들한테 가게 일 한번 못 맡기게 했고, 나도 그러고 싶지 않았어. 우리 새끼들이 학교 가서 공부 잘하는 것이 어찌나 좋던지 힘든지도 몰랐어. 니 아부지는 기가 펄펄해서 사람들만 만나면 새끼들 자랑을 늘어놓았제. 나중에는 내가 자식 자랑하면 팔불출인 거 모르냐고 해도 소용없었제. 니 아부지랑 나는 니들이 공부해서 다들 좋은 세상에서 살 것인께 어쨌거나 공부시킬라고 별일을 다 했어. 그래도 복이 그뿐인가 니 아부지가 보증 서서 쫄딱 망하고 니들을 어찌 공부시킬까 앞이 캄캄한 날이 많았제. 그래도 어찌어찌 지나갔제. 그러다가 숙정이 니가 장학금 받고 유학을 가니까 돈 걱정은 하지 말라고 했어도, 자석을 영국으로 유학 보내 놓고 돈을 못 부칠 때는 딱 죽겠더라고. 한 번은 돈을 빌리러 댕기는디 마을을 다 돌아도 한 푼도 못 얻었어. 빈손으로 돌아올때 맥이 다 풀려서 걸음도 못 걷겠드라. 그래도 세월이 간께 살았제.

그러다가 니가 영국 대학교 졸업 사진을 보내왔을 때는 니 아부지랑 나가 사진 보고 많이 울었어. 변변하게 돈도 보내 주지 못했는데 졸업을 했다니 우리 딸이 어쩌나 대견하던지, 그때는 온 동네방네 사람들을 다 불러서 잔치를 했제. 그리고 반년이 지나도 니는 한국으로 돌아오지 않았어. 그때 니 아부지는 날마다 밖에서 집에 들어오자마자 숙정이 니 소식부터 물었어.

-어이, 숙정이한테 뭔 소식 없었는가?

-아직 소식이 없소. 좀 있으면 오지 뭐 안 오까니 그래쌓소.

우리는 니가 그 어려운 공부를 마치면 바로 돌아올 줄 알았제. 어느 날인가 우체부가 니가 보낸 편지라고 전해 줬어. 니가 공부를 마치고도 영국에 거 엠 뭣인가에서 일한다고 했을 때는 가슴이 철렁했어. 그것이 데모하는 사람들 도와주는 일이라니 걱정도 되고 혹시 외국에서 잡혀갈까 무섭기도 하고 오만 가지 생각이 다 들었제. 그때부터 니 아부지가 시난고난 아프기 시작했제."

그렇게 앓아누운 아버지는 나중에 숙정이 국제인권센터에서 일하는 것을 자랑스러워하셨다. 하지만 딸을 몇 번 만나지도 못하고 돌아가셨다. 그것은 숙정의 속내에 깊숙이 뾰족한 돌멩이로 들어와 박혔다. 숙정은 아버지를 떠올릴 때마다 가슴이 콕 찔린 듯이 아팠다.

유학을 마치고 국제인권센터 일을 시작한 숙정은 런던에 있는 국제엠네스티 사무실인 피터 베네슨 하우스에서 일에 파묻혀 살았다.

세계의 어느 나라에나 억울하게 수감된 사람은 있었다. 그들을 돕고자 하는 사람들도 많았다. 숙정은 그들을 부지런히 연결했다. 날마다 수십 통씩 이메일을 확인하고, 간절히 답글을 원하는 사람들에게 비록 원하는 답글이 아닐지라도 성실히 답글을 발송했으며, 해당 국가에 항의 서한을 보내고, 그 나라 대사관 앞에 가서 시위에 참여할 사람들을 조직하는 일에 매달렸다. 그러면서 지구 상 이곳저곳에서 활동하는 정의로운 친구들을 만났다. 한동안은 어렵게 활동하는 그들을 도울 수 있다는 것이 좋아 신바람 나게 일했다. 그리고 개인적 친분이 쌓여 갈수록 그들을 돕기 위해 몸을 아끼지 않고 일했다.

하지만 세월이 흐르면서 보람으로 가슴이 뿌듯한 일도 생겨났지만, 인권센터에서도 어찌할 수 없는 맘 아픈 일들이 많이 생겨났다. 때로는 생사를 알 수 없는 친구들도 있었다. 그럴 때면 숙정은 일에 더 매달렸다. 그것이 마치 생사를 알 수 없는 정의로운 친구들을 살려 내는 일이라도 되는 것인 양 몰입했다. 일은 끝이 없었다.

한국에 계신 부모님께 명절날 얼굴 한 번 보여드리는 것도 힘들었다. 부모님께는 죄송했지만 그녀의 손길을 간절히 필요로 하는 일이 많았다. 그녀가 하는 일은 뒤로 미룰 수도 없는 일이었다. 그녀가 일중독에 빠진 사람처럼 지내는 동안 아버지께서 돌아가셨다. 숙정은 장례식에도 참석하지 못했다.

인권센터 일로 바쁜 세월을 보내면서 그녀는 시나브로 지쳐 갔다. 언젠가부터 그녀에게 절망 덩어리가 들러붙었고 아무에게도 드러내지 않았지만 절망은 그 덩치를 조금씩 키웠다. 그녀가 느끼기에 세상은 조금도 나아지지 않았다. 아니 더 나빠졌다. 사람들은 이기적인 모습을 감추지 않았다. 선진국에선 자기 나라의 경제적 정치적 이익을 위해서라면 후진국 정치 세력의 도둑 정치를 막지 않았으며, 오히려 비호하는 것이 눈에 보였다.

그것을 인식하고 항의하는 사람들은 예전보다 줄어들었다. 다들 먹고살기에 바빴다. 나라 간 빈부 차는 커졌고 각 나라 안에서 자국민들의 빈부 차도 커졌다. 미국도 영국도 한국도 어려운 사람들 이야기를 들으려고 하지 않는 사람들이 점점 많아졌다. 그런 이야기라면 골치 아파하고 자신의 일이 아니니 외면하는 사람들이 더 늘어난 것처럼 보였다.

엠네스티에서 일하면서 친해지게 된 몇몇 친구들의 모국 상황은 여전히 열악했고, 죽음을 무릅쓰고 그곳으로 돌아간 친구들이 살았는지 죽었는지조차 알 수 없을 때 숙정은 괴로웠다. 그녀의 상태를 눈치챈 친구들은 하던 일을 멈추고 쉬기를 권했다.

"너도 할 만큼 했으니 이제는 좀 쉬어."

"아직은 쉴 때가 아니야. 요즘 일할 사람이 많지 않아."

"일단은 좀 쉬어. 그리고 마음 깊은 곳에 자리한 절망 덩어리부터 떼어 봐. 쉬면서 몸도 마음도 건강해지면 좋은 일이 생길 거야. 이참에 한국에 좀 가 있다 오면 어떨까?"

숙정은 친구들의 권유를 받아들이기로 했다. 아니 친구들의 말이 아니었어도 그녀는 쉬어야 했다. 몸이 이상했다. 조금씩 아픈 것은 대수롭잖게 생각하고 그냥 넘겼는데 점점 힘들었다. 어깨는 딱딱하게 굳어 심하게 아픈 날이 많았고, 하루만 밤을 새고 일에 몰두해도 온몸이 무너지듯이 피곤했다. 몸은 피곤한데도 잠을 설치고 자주 악몽에 시달렸다. 거울을 볼 때마다 얼굴색이 점점 짙어졌다. 더 이상은 안 되겠다 싶어 숙정은 쉬기로 작정하고 한국행 비행기에 올랐다.

광양의 엄마 집으로 돌아온 숙정은 며칠간 아무 일도 안 하고 잠만 잤다. 엄마는 딸의 몸이 망가졌다고 날마다 특별한 건강식을 만들어 먹이려고 하셨다. 집에 더 있자 해도 엄마에게 못할 일이었다. 한국에 아는 친구들은 몇 없고 그나마 그 친구들도 다 가정을 꾸리고 있어 마땅히 기댈 언덕도 없었다. 그러던 중에 한 친구가 숙정에게 권했다.

"한겨레 휴센터라는 게 생겼는데, 거기 프로그램이 좋아. 이번 여름에는 공주 마곡사에서 한다더라. 프로그램에 참가해 본 사람들이 좋다고 추천하던데 거기 한번 가 봐. 말 그대로 힐링이 된다던데…."

2013년 8월 초 가장 무더운 여름날 숙정은 3박 4일을 마곡사에 있었다. 그리고 명상 프로그램을 따라 하면서 가슴 답답함이 조금 가시는 듯하였다. 도인 체조도 좋았다. 그 무엇보다도 좋은 것은 한국의 아름다운 산이 거기 있다는 것이었다. 아침마다 산책을 나갔다. 그리고 걸으면서 생각했다.

'한국에 있는 동안 무엇을 할 것인가?'

불현듯 떠올랐다. 키가 많이 크고 빼빼한 몸에 힘이라곤 조금도 남아 있지 않을 것처럼 보이는 기인처럼 생긴 강사 분이 구수한 목소리로 조용조용 나누어 주셨던 아름다운 사람들에 대한 이야기가.

"마당에 물을 버릴 때도 행여 뜨거운 물을 쏟게 되면 생명체가 델까 봐 한 김 식혀서 뿌렸습니다. 아이를 만나도 공손히 절하고 어른을 만나도 공손히 절하였습니다. 여자와 남자도 서로 한울님 대하듯이 모시려고 했습니다. 양반과 상민이 서로 맞절하였습니다. 관리가 찾아와도, 동네 거지가 찾아와도 똑같은 밥상을 차려 함께 먹었습니다. 만나는 사람이 누구든지 사람을 대하면 한울처럼 귀한 사람으로 한결같이 대접하며 살았던 사람들이 있었습니다. 그분들은 사람만 그리 귀하게 여긴 것이 아니고 이 땅의 모든 것을 한울님으로 모시고 살았다고 합니다. 그렇게 사신 분들 중에 저희 외할머니도 계십니다. 저희 외조부모님께서는 육고기는 물론 생선도 일절 드시지 않았다고 합니다. 그리 사시다 보니 하루는 영양실조 비슷하게 어지러워 길을 가다가 냇가에 앉아서 잠시 쉬고 계셨더랍니다. 그러자 어디선가 새가 나타나 죽은 물고기를 외할아버지 계신 곳에 떨어뜨려 주고 가기도 했다고 합니다. 이렇게 사신 분들이 바로 동학 도인들입니다. 내년이면 동학농민혁명 120주년입니다. 여러분들도 그러한 삶이 아름답다 여겨진다면 동학 도인들의 삶에 관심을 가져 보세요. 좋은 몸공부, 마음공부가 될 것입니다."

그의 말은 숙정의 가슴속을 파고들었다. 이제까지 그녀는 세계인 권선언 제1조를 삶의 금과옥조처럼 여기며 살아왔다. 그것은 '모든 사람들은 천부인권을 지녔고, 사람들은 서로 형제애의 정신으로 살아야 한다.'는 것이었다. 청년 시절 그녀를 사로잡았던 인권 의식은 어렵고 힘든 세계의 사람들에게 관심을 갖게 하는 기폭제였다. 그런데 인권을 넘어 모든 생명에 가치를 부여하는 한울사상이라니! 그 짧은 강의 몇 마디에 몸 전체가 출렁이는 듯, 뭐라 표현할 수 없는 감동이 밀려왔다. 사람만이 생명의 원천은 아니구나. 사람 너머에 우주 전체를 관장하는 거대한 생명의 뿌리가 있었고, 그 진리를 알고 실천한 사람들이 이미 두 갑자 전에 있었다니….

그분을 다시 찾았다. 동학 도인들 이야기를 더 들려달라고 했다. 그분은 웃으셨다.

"정읍에 있는 동학농민혁명기념관을 찾아가 봐요. 동학 공부도 쉬엄쉬엄 하시고요. 그러고도 시간이 나면 천도교 수련원이 있는 경주 용담정에도 한번 다녀와요. 숙정 씨가 국제인권센터 일을 하였으니 세계인들의 삶이 바뀌어야 한다는 것을 잘 아시지요? 어쩌면 숙정 씨는 동학기념관이나 용담정에서 인권을 지키는 삶을 어찌 살아야 할 것인지 그 삶의 모델을 찾는 좋은 경험을 하게 될 수도 있겠네요."

숙정은 지난해 여름 마곡사의 힐링 기억을 잊고 살았다. 마곡사에 머무를 때는 정읍도, 경주도 한번 가보자고 생각했는데, 광양 집으로 돌아와서는 그냥 시들해져 별 생각 없이 살았다. 그 사이에 한국 엠네스티 지부에서 일하지 않겠느냐고 연락이 왔다. 숙정은 바로 대답하지 못했다. 그저 시간을 죽이고 있는데 런던에서 연락이 왔다.

"숙정아, 나 세리."

"응, 반가워. 근데 무슨 일 있어? 바쁜 친구가 전화를 다 하고?"

"나 이번 휴가 기간에 한국에 갈까?"

"응. 그거 괜찮네. 얼른 와. 나도 심심했는데 같이 여행 다니자. 내가 한국 여행 가이드 해 줄게."

숙정은 세리의 전화를 받자마자 얼굴에 생기가 돌았다. 그날부터 세리와 함께할 여행지를 물색하는데 마음을 쏟았다. 어디로 갈까? 한국의 대표적 여행지 하면 서울, 경주, 제주도가 아닌가. 서울은 오가는 길에 보고 싶은 곳을 보면 될 것이고, 제주도도 좋긴 하지만 육지 여행부터 해 보자 생각하고 세리와 함께하는 첫 여행지는 경주로 정했다. 그다음 여행지는 발길 닿는 대로, 마음 가는 대로 가볍게 움직이자고 생각하니 마음도 홀가분하고 기분이 좋았다. 세리가 오는 날이 학창 시절 친구들이랑 수학여행이라도 가는 것처럼 기다려졌다.

세리는 남쪽에 벚꽃이 만발한 4월 5일 인천 공항에 도착했고 바로 서울역으로 가서 경주행 기차에 몸을 실었다. 숙정은 경주역에서 세리를 기다리고 있었다. 서로를 향하여 달려온 두 사람은 얼싸안고 방방 뛰었다.

"숙정, 한국 너무 예쁘다. 기차로 내려오면서 보니까 한국 전체가 온통 꽃밭이야."

"예쁘지! 영국도 좋은데 한국도 참 좋아. 나도 가끔 봄날 한국처럼 아름다운 산하가 세상 어디에 있을까 그런 생각을 해."

"내가 정말 아름다운 계절에 잘 왔네."

"응, 세리야. 너 남자 친구랑 같이 왔어도 좋았을 텐데…."

"뭔 소리, 난 너랑 여행하는 게 더 좋은데. 그리고 그 친구 지금 정신없어. 일이 막 쏟아진다더라."

"하긴 나도 너랑 둘이 여행하니까 더 좋아. 우리 맘껏 이 여행을 즐겨 볼까요, 친구!"

"좋아, 나는 숙정이가 데려가는 곳이면 어디나 오케이."

"그럼 우리나라 최고의 관광지 불국사부터 가 볼까요."

숙정은 오랜만에 세리와 함께 깔깔거리고 수다를 떨었다.

불국사 일원은 온통 벚꽃 천지였다. 바람에 벚꽃 잎이 눈 내리는 것처럼 하얗게 날렸다. 나무 아래에 서 있으면 머리 위에도 하얗게 꽃잎이 덮였다. 세리는 나무 밑동에 수북한 꽃잎을 머리 한가득 면사포라도 쓴 것처럼 얹더니 사진을 찍어 달라고 했다. 사진기 화면 속 꽃잎을 머리에 올린 친구도, 그 뒤에 배경도 별천지인 것처럼 아름다웠다. 경주 불국사 경내 전경도 자연과 어우러져 숙정과 세리의 환호성을 자아냈다. 전날 새벽녘에 내린 눈이 녹지 않은 설산 풍경까지 어우러진 사월의 경주는 세리를 흥분으로 이끌었다.

"숙정아, 한국 너무 멋지다. 이리 멋진 나라에서 사람들은 어떤 생각을 하고 살지?"

"그거야, 뭐. 사람들이 원하는 것은 다 똑같지 않을까? 사랑, 행복, 평화…."

"한국에도 인권 운동이 있겠지?"

"한국의 인권이라…."

한참을 생각에 잠기던 숙정이 갑자기 무엇이 생각난 듯 눈빛을 반짝이며 소리쳤다.

"아, 맞다. 동학! 용담정! 세리야 우리 용담정에 가 보자. 거기 가면 우리나라 사람들의 인권 운동의 뿌리를 찾을 수 있을 거야."

물어물어 용담정으로 가는 길을 찾아가는 틈틈이 숙정은 교과서에서 배운 상식과 주위들은 이야기들을 총동원하여 세리에게 동학의 사상과 역사를 설명했다. 숙정은 비로소, 자신이 동학에 대해 얼마나 무지한가를 실감했다.

용담정은 경주 시내를 벗어난 곳에 있었다. 용담정으로 들어가는 버스는 몇 사람만 타고 있어 한산했다. 버스에서 내려 용담정 이정표를 보고 몇 걸음 들어가니 현곡마을 길가에 오랜만에 정겨운 모습이 보였다. 무쇠 솥뚜껑을 화덕에 걸어 놓고 할머니가 파전과 감자전을 부치고 있었다. 마침 배도 고프던 터라 세리의 팔을 이끌어 화덕 옆으로 다가갔다. 할머니는 부스스한 파마머리 아래로 이마와 눈가에 자글자글한 주름을 달고 있었다. 할머니가 두 사람을 보고 웃자 입가에 팔자 주름이 더 깊어졌다.

"세리야, 한국식 피자야. 먹고 가자."

"할머니, 파전 하나, 감자전 하나 맛있게 부쳐 주세요."

"오늘 파전도 감자전도 마싯따. 근데 처자들은 어디서 오싰으까?"

"할머니, 우리 전라도에서 왔어요. 할머니, 요 위에 용담정에 사람들 많이 오나요?"

할머니는 전을 잽싸게 뒤집으면서 대답했다.

"어데-. 사람들이 불국사로만 많이 가고 여는 많이 안 온다카이. 아는 사람들은 용담정 최제우 대신사가 불국사 부처님보다 더 훌륭한 분이라 카던데 내는 잘 모린다."

할머니가 부처 주는 전을 맛있게 먹고는 용담정으로 발걸음을 옮겼다. 오르면서 바라보는 구미산은 봉우리가 부드럽게 펼쳐져 편해 보였다. 적당한 오르막의 길가에는 은행나무가 늘어서 있었다. 은행나무는 여리고 작은 싹을 나뭇가지 밖으로 여기저기 조금씩 내밀고 있었다. 가을이면 노란색 물결이 사람들을 환영하겠지만, 사월 초입의 은행나무는 쭉쭉 뻗은 나뭇가지들이 시원스러웠다.

용담정 주차장을 지나자마자 넓은 뜰 왼편으로 최제우 선생의 동상이 보였다. 얼굴은 길쭉하고 키가 자그마한 양반이 사람 마음에 하늘이 들어 있다는 말씀을 온몸으로 표현하고 있었다.

숙정은 그 동상을 뒤로 하고 용담정으로 올랐다. 거대한 신식 한옥 건물을 지나고 중문을 지나 산길을 5분 남짓 오르다 보니 이내 용담정이 눈에 들어왔다. 잘 생긴 기와집이었다.

사람들이 드문드문하여 여기저기 기웃거리면서 누구 말 붙일 사람이 없나 찾는데, 마침 아주머니 한 분이 만면에 웃음을 띠고 두 사람에게 다가왔다. 하얀 백발에 파마를 하였는데 숙정보다 더 매끈하고 흰 피부를 가져 묘한 호기심을 불러일으켰다.

"젊은 분들이 여는 우찌 알고 오싰으까에? 여는 아는 사람들보다 모리는 사람들이 더 많을 낀데?"

"예, 이 친구는 영국에서 왔고요, 한국에 대해서 알고 싶어 해요. 저는 전라도 광양 사람이고요. 지금은 둘이서 경주를 둘러보고 있어요. 예전에 어떤 분이 동학을 알려면 용담정을 찾아가 보라고 한 말씀이 갑자기 생각나서 왔어요."

"아고. 잘 오싰네예. 동학 정신을 한마디로 말하면 나도 한울, 너도 한울, 세상만사가 다 한울이라는 거지예. 그래 우리가 나를 비롯한 세상 만물을 지극정성으로 모시면 행복한 세상이 온다는 거지예. 오시면서 최제우 대신사 동상 보셨지예?"

숙정이 짧게 대답했다.

"예."

아주머니는 두 사람을 보고 웃으면서 말을 이어 갔다.

"세상 만물이 한울이요, 인간이 한울이라는 도를 우리 최제우 대신사가 동학(東學)으로 이름 지어 펴내셨어예. 올해는 최제우 대신사의 사상을 이어받아 인간이면 모두가 한울로 대접받는 평등한 세상, 서

로 서로 존중하고 평화롭게 사는 동학 세상을 만들어 보겠다고 1894
년에 한반도 전역에서 동학농민혁명을 일으킨 지 120주년이 되는 해
지예. 왜놈들한테 엄청스레 당하면서도 우리는 그 사상을 천도교로
계속 이어 왔어예. 여 용담정에는 천도교 수련장도 있어예. 그란께
여서 며칠 머무르면서 동학, 그리고 천도교에 대해서도 알아보면 좋
을끼라예."

숙정은 세리에게 물었다. 세리도 한국의 동학사상과 천도교 수련
이라는 데에 관심을 보였다.

두 사람은 용담정에 머무르면서 동학 말씀을 들었다. 동학의 생명
사랑, 평화주의, 모두가 한울이라고 하는 만민평등 사상이 놀라웠다.

두 사람은 새로운 유토피아를 당대에 이 땅 위에 건설하려고 한반
도 전역에서 일어섰던 갑오년 사건을 알아보기로 의기투합했다. 그
들은 내친 김에 바로 정읍의 동학농민혁명기념관으로 향하였다.

처음으로 찾아보는 정읍은 작고 조용한 소도시였다. 동학농민혁
명기념관으로 가는 길은 넓은 벌판 가운데로 나 있었다. 이 싱그러운
들판에서 수많은 사람들이 피를 흘리며 전투를 하였다는 것이 믿어
지지가 않았다. 기념관은 황토재를 둘러싼 너른 벌판 가운데 있었다.
차에서 내려 걸어가는 길에 사발통문을 쓰고 투쟁한 농민군들의 두
상이 있었다. 기념관을 찾는 사람들은 눈에 띄지 않았다. 그날의 함
성은 땅속 깊이 잠겨 있는지 고요했다. 바람도 불지 않는 날이었다.

숙정과 세리는 동학농민혁명기념관 안으로 들어가 첫 번째로 만난 여성분에게 기념관 안내를 부탁했다. 그분은 미리 해설을 신청하지 않은 개인에게는 안내하지 못하지만 짧은 시간이라면 안내를 해 주겠다며 앞장서 걸었다. 그녀에게는 30대 후반이나 40대 초반의 여인들이 갖는 편안함이 있었다. 숙정은 그녀가 아름답다고 느꼈다.

맨 처음 안내해 주는 장소는 좀 특이했다. 아래가 트여 있고 안팎에 거울을 붙여 둥근 것 같기도 하고 육각형 같기도 한 작은 공간이었다. 숙정과 세리는 그녀를 따라 몸을 낮추고 그 속으로 들어갔다. 그 안에는 별들이 무수히 빛나고 있었다. 그곳에 들어간 사람은 단 두 사람뿐이었는데도 많은 사람이 거기 있었다. 이 공간을 구상한 작가는 갑오동학농민혁명으로 죽어간 수십만 명의 동학농민군들이 가졌던 꿈, 그 꿈이 새로운 세상을 열어 너도 한울이고 나도 한울이어서 서로 존중하는 모습으로 영혼의 별이 되어 저 우주의 한울에 총총히 박혀서 영원히 빛나는 것으로 표현하려는 의도를 담았다고 했다. 잠시 그분들의 영혼에 접목되는 느낌이었다. 그리고 의문이 들었다. 도대체 무엇이 그 많은 사람들로 하여금 죽음마저도 무릅쓰게 했을까?

숙정과 세리는 그 의미 깊은 빛의 공간에서 몸을 낮추고 나오는 동안 몸을 따라 마음도 낮아지고 깊어지는 걸 느낄 수 있었다. 그 마음을 들여다보기라도 하는 듯 동학농민혁명 접주들의 흉상이 그들을 맞이했다. 전봉준, 김덕명, 최시형, 손화중, 최경선의 얼굴상을 찬찬히 살펴보았다. 숙정은 마지막으로 김개남의 얼굴을 보면서 손을 가만히 대어 봤다. 옆에 서 있던 안내원이 말하였다.

"김개남 장군입니다. 그분은 일반인들에게 많이 알려지지 않았는데 전봉준 장군 못지않은 활동을 했어요."

"아, 그래요?"

"지금으로 치면 전봉준 장군이 동학군 전라우도 총사령관이었고 김개남 장군은 전라좌도 총사령관이었는데, 일본과 대항해 싸울 때는 전라좌도 활동이 더 컸다고들 해요. 특히 남원에서 많은 활동을 하였지요. 본격적인 대일 항쟁의 시발점이었던 남원 대회를 열었고, 영호대도소로 김인배 대접주를 파견해 경상도 지역 동학군 활동을 지휘하고 지원했어요."

정읍에서 나온 숙정과 세리의 다음 행선지는 자연스럽게 김개남이 활동을 크게 하였다는 남원으로 정해졌다.

숙정은 동학을 접하면서 감동에 젖는 순간을 자주 경험했다. 벚꽃이 지는 4월 그날도 그랬다. 동학농민혁명기념관에서 건네준 남원 동학농민혁명 역사자료집을 남원행 버스 안에서 읽었다. 숙정은 가슴에 울림을 주는 글을 만났다. 자료집의 첫인사말부터 자료 내용 하나하나가 가슴 가득한 애정과 올곧은 정신을 담고 있었다. 그 글을 쓴 분의 생각에 매료되어 그 자료집을 만든 이를 만나고 싶었다. 다행히 그 자료집에는 그분의 전화번호가 있었다. 자료집을 만든 이는 남원 시민운동가 설촌 선생이었다. 한 번도 뵙지 않은 분이지만 숙정은 무턱대고 전화를 걸었다.

"설촌 선생님이십니까?"

수화기 저편에서 굵으면서도 차분한 목소리가 들려왔다.

"네 그런데요."

"저는 동학을 알고 싶은 유숙정입니다. 동학농민혁명기념관에서 남원 동학 자료를 받았습니다. 실례인 줄 알지만 그 자료에 있는 선생님 전화번호를 보고 연락드립니다. 선생님, 남원 동학 유적지 답사 안내를 부탁드려도 될까요?"

"반갑습니다. 남원 역사에 관심을 가져 주니 너무 좋습니다. 언제든지 환영합니다."

숙정과 세리는 남원에 도착하는 길로 설촌 선생을 만났다. 허연 백발에 양복을 걸친 초로의 남자가 자전거를 타고 왔다. 살집은 없어 보였지만 목소리에서 힘이 느껴졌다. 동행한 그분의 제자인 정구영 선생과 함께 먼저 교룡산성 은적암에 올랐다. 은적암 오르는 길에 선국사가 있었다. 선국사는 대웅전을 중심으로 왼편 살짝 높은 곳에 삼성각이 있고 그 사이에 수령이 백 년을 넘었을 성싶은 배롱나무가 휘어진 몸을 틀어 앉아 있었다. 그리고 그 앞으로 7층 석탑이 우뚝 서 있었다. 7층 석탑 왼쪽 편에 관음전이 자리를 잡고 있었다. 일행은 대웅전에서 정면으로 바라보는 맞은편에 세워진 보제루에 올랐다. 남원 시내가 한눈에 내려다보였다. 지리산이 남원 시내를 굽이굽이 감싸고 있는 형국이었다. 사방으로 솟은 산줄기가 기세 좋게 뻗어 있었다. 높고 굽이진 산으로 둘러싸여 있으면 땅이 좁을 것 같은데 의외로 남원 시내는 들이 넓었고 시가지를 가로지르는 요천강은 물을 넉넉하게 담아 흐르고 있었다.

설촌 선생이 보제루에서 남원 시내를 바라보며 말했다.

"남원 시내가 한눈에 보이지요. 여기가 천연의 요새요. 올라오면서 느꼈겠지만 여기 산세가 상당히 험해요. 밀덕봉, 복덕봉 양 봉우리가 우뚝하지요. 일단 좀 올라와 버리면 의외로 널널한 땅이 있어 은거하기가 안성맞춤인 곳이지요. 올라와서 적들의 형세를 살피면서 대처하기가 아주 좋지요. 이러한 지형 때문에 이곳은 일찍이 백제와 신라의 군사 요충지였고 백제 때부터 돌성을 쌓았다고 해요. 그 성이 교룡산성이지요. 그때부터였는지는 확실치 않으나 성안에 우물이 아흔아홉 개가 있었다고 해요. 난리가 일어나면 고을 백성들이 여기로 숨어들었겠지요."

남원 시내를 바라보면서 설촌 선생의 말을 듣고 있던 숙정이 대답했다.

"여기 올라와 보니 천연 요새란 말이 실감나네요. 김개남 장군이 왜 여기 선국사에 머물렀는지 알 것 같아요."

"그러지요. 여기가 새로운 혁명을 꿈꿀 만한 터로 보이지요?"

옆에서 듣고 있던 정구영 씨가 자리를 정리하였다.

"선생님, 이제 은적암으로 오르시지요. 남원 동학은 은적암을 빼고 말할 수 없지요."

은적암으로 오르는 길은 가팔랐다. 십 분도 되지 않아 숨이 찼다. 오르는 길 초입은 대나무가 빽빽하여 어두워서, 동물도 겨우 다니겠다 싶었다. 대나무 숲을 빠져 나가자 오래된 산길이 나타나고 길가에 풀이 무성했다. 가파른 길을 다 올라서자 꽤 넓은 공터가 나타났다. 사방으로 대나무가 꽉 차 있어 산 아래 전경이 전혀 보이지 않고 잡풀만 무성했다. 가운데쯤에 표지판 두 개가 서 있었다. 그리고 가장자리 쪽에는 절벽이 하늘을 가리고 있었다.

설촌 선생은 표지판 쪽으로 가더니 이마에 송글송글 맺히는 땀을 씻으며 안내했다.

"여기 왼쪽 것은 불교 표지판이오. 3·1운동에 참여한 33인 대표 중 한 사람인 백용성 스님이 첫 출가한 자리를 알리는 거지요. 그리고 여기 오른쪽 표지판은 최제우 선생이 탄압을 피해 여기로 와서 논학문을 짓고 '동학'이라 최초로 이름 지은 곳임을 알리는 거요. 이 표지판은 천도교에서 세웠어요."

숙정은 의아하다는 표정으로 물었다.

"그럼 여기가 은적암이 있었던 곳인가요?"

설촌 선생은 네모반듯한 돌을 가리키며 말했다.

"여기 돌이 보이지요? 아마도 여기가 주춧돌 자리일 것이오. 원래 이곳 암자 이름은 덕밀암이었는데 최제우 선생이 은거하면서 은적암이라는 현판을 걸고 이곳에서 동학의 기본 교리를 정리하였다고 해요."

여전히 의문이 풀리지 않은 듯 숙정은 따지듯이 물었다.

"선생님, 천도교에서 보면 이곳은 제2의 성지나 다름없는데 유적을 기리는 시설이 겨우 이 표지판 하나인가요?"

설촌 선생도 안타깝다는 표정으로 대답했다.

"좀 그렇지요? 그것이 우리 사회의 현주소입니다. 우리 민족의 자주적 사상이요, 종교이자 새로운 세상을 열어 가는 혁명의 출발점이기도 한 곳을 우리는 지금 사람들에게 알리지도 못하고 이렇게 방치하고 있어요. 우선 여기 앞에 대나무들부터 다 정리하고 나면 아래 남원시 전경이 다 보여요. 그리고 은적암을 다시 세워야겠지요. 젊은이들이 동학을 알게 하려면 이런 유적지가 재건되고, 젊은이들의 답사 코스가 되고, 그러면서 젊은이들 사이에 우주와 생명을 논하는 대 토론이 이루어지게 해야 할 터인데 그러지 못하니 참으로 답답하네요."

옆에서 듣고 있던 정구영이 말했다.

"프랑스는 프랑스대혁명을 얼마나 잘 선전하는지 전 세계 사람들이 다 알아요. 그런 나라하고 비교하면 지금 우리 모습은 좀 한심하지요."

조용히 옆에서 따라다니던 세리가 정구영의 말에 맞장구를 쳤다.

"맞아요. 프랑스는 중세 감옥 바스티유를 평민들이 습격한 7월 14일을 프랑스혁명 기념일로 제정하여 파리 사람들이 그날은 하루 종일 축제를 즐겨요."

정구영이 다시 말을 이었다.

"동학농민혁명은 참여 인원도 엄청났고, 기간도 길었어요. 특히 그 속에 담긴 혁명 정신과 사상은 실로 엄청난 것이었어요. 사람 속에 우주 즉 한울이 있고, 우주 속에 사람이 있다는 생각만으로도 대단하지요. 이 우주 삼라만상이 모두 한울이어서 서로 존귀하게 대하고 생명의 기운을 살리는 자주적인 삶을 실천하는 동학사상은 인류 역사가 발전시켜 온 사상의 최고봉이지요. 오늘날 우리 삶의 많은 문제들은, 동학사상대로 살기만 하면 실마리가 풀릴 거라고 봐요. 특히 물질만능주의에 사로잡혀 대결 구도에서 빠져 나오지 못하는 세계 문제도 동학사상을 실천하기만 하면 생명 존중의 평화 구도로 그 양상이 달라질 겁니다."

옆으로 삐져나온 대나무를 밀어 넣으면서 듣고 있던 설촌 선생이 말했다.

"정구영 선생 말이 맞아요. 우리나라는 반만년 역사를 지녔고 그 속에 깃든 정신의 줄기를 따라가 보면 엄청나요. 그런데 그 유구한 역사 속에서 우리 사상을 바로 세우지 못하고 외세가 짓밟는 대로 흘러가 버렸으니 참 안타깝지요."

풀 속에 묻힌 허름한 표지판 하나로 남아 있는 은적암을 뒤로하고 숙정과 세리는 설촌 선생을 따라 교룡산성을 내려왔다.

숙정은 설촌 선생을 바라보면서 속으로 생각했다.

'저 어르신이 올해 일흔둘이라 했다. 이제 저런 고민은 후대들이 해야 하는 것 아닌가? 부끄럽다. 저 어르신이 바른 역사를 찾아가고 있을 때 젊고 팔팔한 나는 무엇을 하였는가? 인권센터에서는 산 사람들의 이야기에만 귀를 기울였던 것은 아닌가? 내 속에 들어와 흐르고 있는 우리 조상들의 목소리는 왜 들을 줄 몰랐을까? 결국 산 사람의 문제는 우주 속으로 돌아가 내 안에서 숨 쉬는, 돌아가신 선열들의 한울 정신을 제대로 이어받지 못했기 때문이 아닌가?'

꼬리에 꼬리를 무는 생각을 자르면서 숙정이 말문을 열었다.

"선생님 오늘 설명 정말 감사합니다. 이제 저부터 시작하여 젊은 사람들이 올곧은 정신을 살리도록 노력할게요. 하지만 선생님도 도와주셔야 하니까 건강하세요."

숙정은 선생님의 건강을 당부하면서 함께 식사를 하고, 그날 저녁 무렵이 되어서야 광양 집으로 돌아왔다. 숙정은 일찍 잠자리에 들었다. 몸은 피곤한데도 선생님이 생각났다. 설촌 선생님은 교직에 있다가 마음으로 크게 느낀 바가 있어 오십 대 중반에 퇴직하고, 지난 십오 년간 남원의 역사와 문화 그리고 올곧은 사상을 챙기고 알리는 활동을 계속해 오셨다고 했다. 그 일에 제자 정구영 씨도 줄곧 동참하였다고 하니 아름다운 사제지간이다. 숙정은 그 두 분이 챙겨 준 남원 동학 관련 자료를 훑어보면서 생각했다.

'아, 이제는 내 차례구나. 내가 할 일을 찾았구나.'

세리는 광양 집에서 며칠 더 머무르며 주변의 농촌 풍경과 소도시의 일상을 돌아보고 영국으로 돌아갔다. 그녀는 이번 동학 답사 여행이 참 좋았노라고 했다.

세리가 떠난 뒤 숙정은 자신의 고향에서 활동한 동학 도인들에 대해서도 알아보고 싶었다. 숙정은 자신이 태어나고 자란 곳에서 120년 전에 사람들이 동학의 사상을 받아들이고 사람이 모두 하늘처럼 고귀하다는 걸 믿으며 죽음을 무릅쓴 투쟁에 나섰다는 것이 놀라웠다. 숙정은 날마다 산책길에서 그 생각만 했다. 그리고 세리를 배웅한 날부터 광양 도서관으로 달려가서 자료를 찾기 시작했다. 그들이 어떻게 살았는지 궁금했다. 이 책 저 책 닥치는 대로 읽어 갔다. 그래도 그들의 삶은 쉽게 그려지지 않았다. 그들이 동학사상을 어떻게 실천했는지 구체적인 정보가 손에 잡히지 않았다.

동학 도인들이 살았다는 동네로 가서 걸어 보기도 했다. 그들은 '동학을 믿는다'고 말하지 않고 '동학을 한다'고 했다. '동학 한다'는 것은 무엇이었을까? 그들은 어떻게 살았을까? 역사 속으로 사라져 간 그들을 만나고 싶었다. 그들이 떼죽음을 당했다는 광양 섬진 골짜기를 찾아갔다. 섬진 언덕은 매실나무가 숲을 이루고 있었다. 휘어진 가지마다 다닥다닥 매실을 매달고 금방이라도 땅으로 드러누울 듯이 휘청거리고 있었다. 피 냄새로 진동했던 이곳에 해마다 2월 말에서 3월 초가 되면 매화 향기가 온 산야를 가득 채운다. 120년 전에 사람들은 무슨 마음으로 동학에 뛰어들었고 이곳에서 떼죽음을 당했을까…. 숙정은 그들의 마음자리가 알고 싶었다.

광양 옥룡에서도 동학농민혁명 때 처형된 이들이 많아 그분들에 대해서도 알고 싶었다. 그분들 이야기를 알아보려면 후손들을 만나야 했다. 그녀는 광양문화원으로 전화를 걸었다.

"저는 동학에 관심을 가지고 자료를 살펴보고 있는 유숙정입니다. 제 고향이 옥룡인데 옥룡에서도 동학농민혁명 당시 처형된 분들이 많더라고요. 그분들의 후손을 만나고 싶은데 연락처를 알 수 없을까요?"

"광양에서 동학농민혁명에 참여한 사람들은 아주 많습니다. 하지만 후손들이 누구인지 다 파악하고 있지는 못합니다. 그리고 전화상으로는 자세한 이야기를 나누기가 어렵네요. 여기 문화원에 오기 전에 먼저 광양시지를 살펴보시지요. 거기에 웬만한 내용은 다 나와 있습니다."

"아, 그래요? 고맙습니다."

숙정은 전화를 끊자마자 바로 광양시청 홈페이지에 들어가서 광양시지를 검색했다. 광양시지는 기록이 충실했다. 2권 역사 편에서 4장 근대로 클릭해 들어가니 제1절에 '동학농민봉기와 광양'에 관한 기록이 있었다. 이미 전라도 동부 지역 동학 관련 인물과 활동은 어느 정도 알고 있다고 생각하지만 광양시 기록도 살펴보려고 천천히 읽어 내려갔다. 한 다섯 쪽 정도 읽어 가던 숙정은 깜짝 놀랐다.

전주 화약 이후로는 각 군의 수령이 도망하거나, 농민군의 눈치를 살피며 향응을 베푸는 경우가 많았다. 따라서 농민군의 의도대로 읍정(邑政)이 좌우되는 지역이 많았다. 당시 광양에서도 동학 도인들이 활발한 활동을 전개한 것으로 보인다. 봉강면의 유석훈(兪錫勳) 접주와 진월 출신의 양 접주가 뛰어난 활동가로서 이름이 높았으며, 각 지역마다 동학 조직이 결성되었던 것으로 전해지기 때문이다. 이로써 미루어 보면 당시 광양에도 도소가 설치되어 있었음이 분명하다.

이 대목에서 숙정은 머릿속이 하얘졌다. 봉강면 유(兪) 씨라면, 아버지께서 살아 계실 때 매번 시제를 모시러 봉강으로 고개를 넘어 가셨고 '우리 유씨가 원래 봉강 살다 윗대 고조할아버지 대에서 이사 오셨다'고 말씀하셨던 걸로 미루어, 유석훈 접주는 나와 같은 집안이라는 생각이 퍼뜩 들었다. 지금까지 본 광양 동학 자료에서는 기계유(兪) 씨를 발견하지 못했는데, 이제 어쩌면 우리 집안 조상일지도 모르는 동학 접주를 발견한 것이다.

부리나케 집으로 돌아와 족보를 뒤져 봤다. 족보에는 유석훈이란 분은 보이지 않았다. 대신 그녀로부터 12대를 올라가서 갈라진 집안에 동학란으로 돌아가셨다는 부자의 기록이 있었다. 그분들과 유석훈 님은 분명 관련이 있으리라 생각하고 집안 어르신을 찾았다.

"우리 집안이 예전에 봉강 일대에 땅이 많았고 잘살았다는 말은 들었지만 봉강 접주셨다는 말씀은 들은 적이 없네요."

여든 살이 넘었다는 어르신의 전화 목소리는 카랑카랑했고 똑부러지게 야무졌다. 그 목소리의 주인공이 여든 살이 넘었다는 말씀에 놀라면서 한편으로 숙정은 마음이 아팠다. 자신이 확인한 족보에는 유치진-유석린 부자는 분명 '동학란 졸'로 기록되어 있는데, 동학농민혁명 참여자 명단에는 올라가 있지 않았다. 광양의 활발한 활동가였다는 봉강면 유석훈 접주 역시 동학농민혁명 참여자 명단에는 물론이거니와 집안 족보에도 그 이름이 없었다. 다만 군지에 누군가가 전하여 기록되어 있을 뿐이다. 이렇게 동학농민혁명에 뛰어들어 활발한 활동을 하였던 많은 이들이 흔적도 남기지 못하고 사라졌다는 것은 마음 아픈 일이다. 나라의 기록은 그렇다 하더라도 가족들의 기록인 족보에도 그 이름이 올라 있지 않다는 것은 서글픈 일이다. 숙정은 오늘을 사는 후세들이 그분들을 살려 내야 한다고 생각했다. 그리고 시간이 날 때마다 찾아보리라고 다짐했다.

겨울이 끝나고 매화가 피어나는 삼일절 날 숙정은 가족들과 함께 봉강 영진식당에 간 적이 있다. 그 집은 아저씨가 피리를 잡고 아주머니가 마늘을 많이 찧어 넣어 독하면서도 알싸한 맛이 일품인 피리매운탕이 제격인 집이다. 숙정은 영진식당이 정겨웠다. 그곳은 아버지께서 살아 계실 적에 가족들이 모두 모여 뜨거운 피리매운탕을 호호 불며 먹었던 추억이 새록새록 돋아나는 곳이다. 그날도 아버지와의 추억을 더듬으며 식당 주변에 핀 매화꽃을 보았다. 매화 향은 언제 맡아도 좋았다. 숙정은 세상에서 가장 아름다운 꽃 향기는 매화꽃 향기일 거라고 속으로 생각하며 밭둑에 심어진 매화나무 옆에 서서 그 향기를 흠뻑 맡았다. 뒷산에는 누가 심었는지 산수유 꽃이 노랗게 장관을 이루고 있었다. 언덕에는 쑥이 지천으로 깔려 있었다. 간간이 보라색 제비꽃이 수줍은 듯 얼굴을 숙이고 있었다. 언덕에서 바라보는 앞뜰은 논밭이 학교 운동장을 정비해 놓은 것처럼 반듯하게 구획 지어져 있고, 그 앞으로 봉강 길은 길게 뻗었다. 그 길옆으로 논 백 두락도 넘는 땅이 수몰되었다는 봉강 저수지가 펼쳐졌다. 보기에도 시원했다. 저수지 둑에 서 있는 버들가지에 봄물이 올라 색깔이 연두 색으로 변하고 있었다. 아름다운 봄날이었다.

마을은 집이 서른 채쯤 되어 보였다. 마을 앞 논을 지나 길옆으로 면사무소, 농협, 우체국, 보건소가 길을 따라 늘어섰다.

이곳 일대가 다 논이었던 예전에 이 마을은 봉강면에서 가장 부자 동네였음은 말할 것도 없다. 이곳이 갑오년에 유석훈 접주가 살았던 터전이다.

*　　　　*　　　　*

기계 유씨 대동보 편찬위원회에서 1991년 10월 1일 발행한 족보 제5편 1067쪽에 부모와 아들이 동학란졸로 기록되어 있다. 그 가족은 동학농민혁명으로 대가 끊긴 것이다. 그리고 언제 사망했는지 확인할 기록이 없고, 대가 끊긴 것으로 추정되는 사촌 가족들도 있다. 오로지 단 한 가족만이 동학농민혁명 이후 김제로 피신하였고, 거기서 다시 경기로 이사하여 살았는데, 광양에서 떠날 때 돌아오면 죽은 목숨이니 절대로 발을 들여놓지 말라는 말을 듣고 피신하여 살았다.

1970년대 들어서야 광양 봉강으로 돌아와 조상 묘 두어 군데를 찾았다고 하였다. 광양군지에 나오는 봉강면 접주 유석훈은 기계 유씨 족보 어디에서도 찾을 수 없었다. 다만 동학란 졸로 기록된 것으로 그때 그 집안의 누군가였을 것으로 추정할 뿐이다. 족보에도 없는 유석훈 접주가 이 소설의 주인공이다.

　진월의 양 접주를 광양시지에서 확인하고 그 후손을 찾았다. 후손의 이야기에 의하면 그의 이름은 양계환이고 그 집안은 원래 잘살았다고 하였다. 동학농민혁명 이후에도 양계환은 살아남아 계속 피신하면서 항일 투쟁을 전개하였고, 언제 어디서 돌아가셨는지 확실하지 않아 장례식도 치르지 못하였으며, 제삿날도 대강 정했다고 하였다. 후손에게서 들은 이야기를 토대로 하여, 양계환은 진월 구동마을을 배경으로 이 소설의 주인공으로 등장하였다.

1장/ 의형제

　경덕사 스님은 오늘 산 아래 구동마을로 탁발을 나가려고 마음먹었다. 들자 하니 아랫마을에 양 부자가 인색하고 고약하기로 소문이 났다고 하였다. 며칠 전에 들른 구동댁 이야기다. 양 부잣집에서 논을 몇 마지기 얻어 농사를 지은 지 몇 해가 넘었건만 갈수록 살길이 막막하다고 하소연이었다. 일 년 내내 갖은 애를 쓰고 농사를 지어 놓으면 가을걷이하기가 바쁘게 나락수(소작료)로 다 뜯어가 버려 겨울에는 자식을 굶기게 생겼다고 하였다. 견디다 못해 몇 마디 말을 내어 인정을 좀 보여주십사고 양 부자에게 청을 하면 양 부자란 사람은 농부들의 사정쯤에는 눈도 깜박하지 않는다고 하였다. 오히려 자기 눈에 조금만 거슬려도 부처 먹는 땅을 바로 뺏어 가 버리는 통에 살기가 무섭다고 하였다. 스님은 오늘 그 양반 버릇 한번 고쳐 보리라 생각하고 길을 나섰다.

　양 부자가 사는 구동마을은 부농이 많은 동네였다. 마을을 감싸고 있는 산은 국사봉, 매봉으로 이어져 기상이 반듯하였고, 산자락은 마을을 아늑하게 품어 안으며 양 갈래로 뻗어 내렸다. 앞에는 넓은 들이 한껏 펼쳐지고 들녘으로 한참을 나아간 곳에서 보면 월포 섬진강 물이 유장하게 흘러 바다로 들어가고 있었다.

망덕 포구를 거쳐 바다로 이어지는 광양만에는 온갖 물산을 실은 배들이 쉴 새 없이 드나들었다. 광양만과 인근 바다에서는 사철 때에 맞춘 산물들이 넘쳐 났다. 이른 봄 매화가 필 무렵이면 어부들은 예사 굴의 열 배도 넘을 만큼 큰 강굴을 섬진강 하류에서 따 올렸다. 어부들은 이 귀한 것이 광양에만 있다고 자랑하였다. 매화꽃이 질 때쯤 만개한 벚꽃이 눈발처럼 휘날리면 어부들은 섬진강 물과 바닷물이 하나로 섞여 드는 곳에서 발밑에 미끈거리는 재첩을 삽으로 퍼 올리기에도 숨이 가빴다. 봄을 지나 여름으로 접어들 무렵 갯벌에는 백합, 맛, 반지락이 지천이고, 구멍마다 게와 낙지가 그득그득하였다. 갯벌을 벗어나 바닷물이 좀 잠긴다 싶은 곳에는 김발장이 넓게 펼쳐져 있었다. 가을이면 광양 바다는 전어 반 물 반이었다. 그렇게 바다에는 진미가 가득하고 뭍은 논둑이 길게 이어져 있었다.

양 부자의 집은 구동마을에서 가장 높은 곳에 기와 처마가 양 날개를 활짝 펼친 듯 도도하게 솟아올라 넓은 들판을 내려다보고 있었다. 솟을대문도 한양의 대갓집이 부럽잖게 큼직했다.

스님은 방자하게 풀어헤쳐진 두루마기 같이 열린 대문을 불문곡직 밀어제치고 마당으로 들어서며 소리쳤다.

"시주하시오. 시주하시오."

대문간 근처에 있던 텁석부리 영감이 슬슬 다가와 스님을 밀어내며 말했다.

"스님, 우리 집은 그런 거 모르요. 긍께 얼른 가시오. 우리 집 어른이 아시는 날엔 경을 칠 꺼시요."

그러나 스님은 밀려나지 않고 오히려 더 안으로 들어가면서 소리쳤다.

"시주하시오. 이런 부잣집에서 시주를 안 허면 누가 시주를 허것소. 시주할 때까지 난 못 가오."

안에서도 그 소리가 들렸던지 양 부자가 나왔다.

"웬 소란이냐?"

텁석부리 영감이 양 부자 쪽으로 가면서 말했다.

"지금 스님이 시주허라고 이리로 들어오그만요."

양 부자는 갑자기 뭔 생각이 났던지 입가에 능글맞게 웃음을 피우면서 큰 소리를 냈다.

"스님께서 시주를 허라니 혀야제. 저번에 준비해 둔 것 있지 않느냐? 그것 좀 내오너라."

텁석부리 영감은 어리둥절하여 양 부자 얼굴을 쳐다보았다. 그러자 양 부자는 거드름을 피우며 말했다.

"거지들한테는 밥이 보약이고 밥한테는 똥이 보약 아니더냐. 우리 집에서는 그 두 가지를 다 준비해 놓았더니라. 헛간 한 귀퉁이에 있는 똥장군을 가져오너라. 그 속에 귀한 보약 쌀을 넣어두었느니라. 흘릴지 모르니 잘 지고 오너라."

그 말을 들은 턱석부리 영감은 고개를 절레절레 흔들면서 헛간으로 가 똥장군을 안고 나와 마당 앞에 부려 놓았다. 똥장군은 오래전에 썼는지 냄새가 심하게 나지는 않았다. 스님이 가까이 다가가 보니 기다랗게 둥근 통 위로 솟은 똥장군의 입 안쪽에 희끗희끗한 게 보였다. 양부자는 심술궂은 눈으로 스님을 보며 말했다.

　"스님 바랑에 넣어 가시오. 둘 다 보약이오."

　스님은 양 부자 얼굴과 똥장군을 번갈아 보았다.

　"어허. 참 보약이구려. 똥장군 속에 들어 있는 쌀이라…. 고맙소. 여기 바랑에 부어 주시오. 이렇게 귀한 보약을 두 가지나 시주허싰으니 저도 말 보시라도 허고 가야겠소."

　스님이 어찌 나오나 보고 있던 양 부자가 말 보시라도 하겠다는 스님 말에 놀라는 눈치였다. 그 기색을 찬찬히 뜯어보던 스님이 뜸을 들이며 한 마디씩 콕콕 집어 이야기하였다.

　"이 집은 말을 조심허시오. 말이 정재(부엌) 안으로 들어가는 날 당신 집은 망하리다. 명심허시오"

　그 말을 던져 놓고는 바랑에 쌀을 담기도 전에 스님은 총총히 대문 밖으로 나서 떠나 버렸다. 양 부자는 중놈 말은 믿을 것이 못 된다 하면서도 속으로는 켕겼던지 말이 부엌 앞으로 가는 것은 엄금하라고 집안 사람들을 단속했다.

　그다음 해에　양 부자가 구례 쪽 전답을 돌아보고 밀린 나락수도 거둬들이겠다고 나가더니 며칠 만에 옆에 아이 딸린 여자를 달고 돌아왔다. 여자는 얼굴이 희고 갸름한데다 쌍꺼풀진 눈매가 뚜렷하였다. 코도 오똑하고 얼굴선이 고왔다. 가녀린 어깨 아래로 가슴은 봉곳 솟고 허리는 잘록했다.

마을 사람들은 저 여자가 양 부자 애간장 좀 녹이겠다고 말들 하였다. 나중에 안 사실이지만 그 여자는 구례 구만촌에서 데려왔고 성이 마(馬)가라 했다. 스님 똥장군 시주 이야기를 아는 동네 사람들은 수군수군하면서도, 그녀를 '구만댁'이라 불렀다.

구만댁은 양 부잣집으로 들어와서부터 몇 년간은 마을 사람들 입방아에 오르지 않으려고 애를 썼다. 양 부자의 아내와 그 아들 양계환의 눈치도 살폈다. 하지만 세월이 갈수록 구만댁은 목소리가 커지고 권세가 양 부자 버금갔다.

양계환의 어머니는 남편 양 부자의 인색함에 질렸던 사람이라 새로 첩실을 들이면 양 부자가 혹 달라질까 싶어 구만댁하고도 잘 지내고, 그녀가 데려온 아들에게도 후히 정을 베풀었다. 그러나 천 길 물속은 알아도 한 길 사람 속은 모른다더니, 구만댁은 데려온 아들이 장성할수록 뒤가 걱정이었는지 가실 농사가 끝난 어느 날 땅문서 몇 장을 챙겨 귀신도 모르게 사라져 버렸다. 양 부자는 구만댁을 찾겠다고 한양으로 올라갔다. 온 나라를 이 잡듯이 뒤지고 한양 관리들에게 선을 대어 구만댁을 찾는다는 방을 붙이고 봉화까지 올렸다고 하였다. 하지만 뛰는 놈 위에 나는 놈 있다고 구만댁은 대원군과 손이 닿았다고도 했다. 그 땅문서를 운현궁 대원군에게 갖다 바치고 아들놈에게 벼슬 한 자리라도 얻어 안기려는 수작이었는지 모르지만 결국 많은 전답이 대원군에게로 넘어갔다고 하였다.

그렇게 어수선한 집안 분위기에서 자라난 양 부잣집 아들 양계환은 사람이 어떻게 살아야 하는지에 대한 물음이 많았다. 집안의 재산에도 욕심을 내지 않았고, 여인들에게도 별 관심이 없었다. 그저 나중에 한 여자의 지아비로, 자식들에게 존경받는 아비로 살면서 사람들에게 욕이나 먹지 않고 살 수 있기를 바랐다. 아버지처럼 인색한 사람으로 동네 사람들에게 군림하는 것은 생각하기도 싫었다.

한편으로, 양계환은 어수선한 세상 형편에 왜국 상인들까지 부쩍 자주 오가는 것을 볼 때마다 속이 끓어올랐다. 제깟 놈들 말로는 조선 사람들이 필요한 신식 물품을 판다는 거라지만, 잠깐 따져 봐도 눈앞에서 코 베이는 것처럼 거래 잇속이 공평해 보이지 않았다. 하지만 계환의 아버지 양 부자는 왜국 사람들을 잘 보라 하였다. 그의 아버지, 양 부자는 탐욕스럽게 일궈 온 부를 첩실로 인해 많이 잃어버리긴 했어도 돈 냄새를 맡는 데는 영민한 사람이었다. 양계환은 그런 아버지가 싫었다.

그날도 양계환은 구만댁에게 도둑맞은 전답을 되찾아보겠다고 서울로 돈을 싸 들고 가는 아버지 모습이 보기 싫어서 집을 나와 버렸다. 특별히 갈 만한 데도 없어 바람이 시원한 월포로 나갔다. 섬진강 물길은 굽이굽이 지리산 자락을 감싸고 돌았다. 물길이 닿는 곳마다 뭇 생명들을 적시면서 여린 풀잎들이 내어 주는 이슬방울을 받아 강

물을 불렀다. 월포는 섬진강이 그 긴 여정을 끝내고 바다로 섞여 들어가는 곳이었다. 그런 지리적 이유로 월포는 풍성한 먹을거리를 주변 사람들에게 안겨 주었는데, 특히 강굴과 재첩이 일품이었다.

양계환은 물가에 앉아 바람을 쐬며, 하염없이 바다를 바라보고 있었다. 물 가운데서 재첩을 잡는지 강굴을 따는지 허리를 굽히고 있는 사람이 보였다 싶은 찰나 그 사람 몸이 갑자기 물속으로 사라지더니 이내 퍼덕거리며 솟구쳤다. 양계환은 바로 윗옷을 벗어던지면서 물가 주변을 둘러보았다. 다행히 대나무 장대가 보였다. 그 장대를 집어 들고 물속으로 뛰어들었다. 물 가운데로 들어갈수록 물은 깊었다. 발이 닿지 않는 곳도 있었다. 한 손으로 장대를 밀며 헤엄을 쳤다. 퍼덕거리는 사람 옆으로 다가갔다. 물속으로 빠져들던 사람이 어디서 그런 힘이 나는지 필사적으로 양계환을 붙들었다. 양계환은 사정없이 그를 내리쳤다. 물에 빠진 사람이 죽을힘을 다해 옆 사람을 붙들면 붙들린 사람도 같이 물속으로 들어가는 수밖에 없다. 계환은 어렸을 때부터 물에 빠진 사람을 구할 때는 손으로 붙들지 말고 끈을 이용하거나 그도 여의치 않으면 장대를 이용하라는 소리를 듣고 컸다. 막상 물에 빠진 사람을 대하는 것은 처음인데 그 생각이 퍼뜩 나서 대나무 장대를 찾아 들었던 터다. 저쪽으로 나가 떨어져서 버둥거리는 사람에게 장대를 내밀었다. 양계환은 그가 장대를 잡자마자 재빨리 헤엄을 쳤다. 한 손과 두 발짓이지만 워낙에 죽기살기로 움직여서인지 뭍이 가까워지더니 금세 발이 바닥에 닿았다. 그제서야 양계환은 그를 껴안다시피 붙들고 물 밖으로 나왔다. 그는 물을 많이 먹었는지 물가에 널브러졌다. 얼굴이 하얀 게 이상하여 몇 번이나 가슴팍을 누르고 입을 돌려 물을 토하게 하였더니 그가 눈을 떴다. 양계환이 좋아서 소리쳤다.

"워매, 인자 살아나네."

같은 또래로 보이는 청년은 입으로 숨을 내뱉었다.

"휴우-."

몸을 일으키려는 청년을 도와주면서 양계환이 말했다.

"어따, 지비는 헤엄도 못 침서 뭘라고 물속에를 들어갔소?"

"저그가 그리 깊은 곳인 줄 모르고 들어갔소. 그나저나 고맙소. 아까는 여그 아무도 없었는디 언제 왔소?"

"지비 살릴라고 나가 왔는갑소."

"참말로 고맙소. 내 생명의 은인이오."

양계환은 싱글벙글 웃으면서 말했다.

"오늘 우리 아부지 땜시 속이 끓어서 바람이나 쐴라고 나왔다가 지비를 살렸지다. 하하."

"암튼 고맙구만요, 근디 뭐 좀 물어봐도 돼요?"

"뭘? 글먼 물어보이다."

죽다 살아난 총각의 얼굴색은 이제 완연히 돌아왔다. 그는 양계환의 눈치를 살피면서도 웃으면서 물었다.

"나를 살리조서 고맙긴 하요만 나이나 좀 압시다."

"나는 열아홉이요. 그러는 지비는 몇 살 자싯소?"

"하하하. 나랑 동갑이구마. 우리 말 트고 지냅시다. 나는 유석훈이
요."

"지비도 열아홉 살이요. 좋구마~다. 내 이름은 양계환이요. 근디
지비는 헤엄도 못 침서 뭘라고 물에를 들어갔소?"

"여그 월포가 우리 외갓집이요. 올 때마다 사람들이 물에만 들어
갔다 오먼 수월케 갱조개(재첩)랑 강굴을 한 바구리씩 갖고 오길래 오
늘은 나도 한번 잡아 볼라고 했다가 까딱했으먼 나 잡을 뺄했구마요.
휴우. 참말로 지비 아니었으먼 큰일 날 뻔 했어다."

"거그 집은 어딘디?"

"우리 집은 봉강이라다. 거그는 물이 무릎까지나 차는 작은 시냇물
은 있어도 이리 크고 깊은 물은 업그마요."

"그래 에서 보면 물이 그리 깊게 안 보이다. 근데 저 가운데만큼
가면 내 키도 훌쩍 넘는 깊은 물 수렁이 있어서 사람들이 여그서 여
럿 빠져 죽었어다. 긍깨 지비처럼 덜렁이가 들어가먼 안 되구마요."

"글먼 이녁은 이 동네 사요?"

"아니라다. 나는 저그 모퉁이를 돌아가먼 보이는 동네 구동서 살
다. 구동 가서 나 이름 대먼 우리 집은 다 안께 다음에 놀러 오이다."

"이녁이 나 목심도 구해 주고. 처음 봤어도 나는 지비가 맘에 드
요."

양계환은 유석훈의 말에 입이 크게 벌어지더니 손을 내밀었다.

"나도 지비가 맘에 들구마이다. 오늘 우리 아부지 땜세 성질나서 나왔다가 지비를 만난 것인데 우리 인연이 보통이 아닌갑소. 긍깨 그 뭣이냐? 우리도 그 의형제를 맺으면 어찌겠소?"

유석훈도 양계환의 손을 덥석 잡으면서 좋아했다.

"야~! 참말로 좋지이다!"

그러고는 옆에 놔두었던 장대를 집어 들었다.

"이것은 지비가 나 목심줄 잇아 준 작대긴께 의형제 기념으로 나 죽을 때까지 간직할라요."

"계환이 친구, 글먼 나는 뭘 간직허면 좋겠소?"

석훈은 계환의 말끝에 사방을 둘러보았다.

"아, 나 옷. 쩌그 있네."

석훈이 물에 들어가기 전에 벗어 놓았던 옷을 가지러 달려갔다. 석훈은 옷을 걸치고 손에 장도를 들고 왔다.

"이것은 우리 아버님이 나 열여섯 살 생일날에 주신 거구마. 몸 관리를 잘하라고 주신 것인디 우리가 의형제를 맺어 내 몸이 자네 몸이고 자네 몸이 내 몸인께 이걸 가지소."

석훈이 건네주는 장도는 팔각 은장도였다. 팔각으로 각이 선 장도를 받은 계환은 장도를 이리저리 만져 보더니 칼집에서 칼을 빼냈다. 제 손에 칼날을 이리저리 대어 보더니 칼집을 씌우고 자신의 허리춤을 헤집고 거기에 찼다. 그리고 그 옆에 매어 놓은 자신의 장도를 끌렀다.

"석훈이, 나도 항상 차고 댕기는 은장도가 있네. 내 것은 우리 엄니가 챙겨 주신 것이라 여자들이 차고 댕기는 것처럼 색도 맵시도 고운 께 담에 자네 각시한테 주면 좋을 꺼여. 어쨌거나 우리 의형제 맺은 기념으로 오늘부터 자네랑 나랑 바꿔 차고 댕기세."

"워매, 자네 각시 생기면 주라고 헌 것을 나한테 줘 버리면 자네 엄니가 속상헐 것인디 어쩔라고?"

"나 장가갈 때는 우리 엄니가 더 좋은 걸로 해 줄 것인께 그런 것은 걱정 마시고."

"글먼 좋고. 그나저나 어찌 우리 둘 다 오늘 장도를 차고 왔을까~다?"

"긍깨, 오늘 우리가 의형제 맺을 인연이 확실헌갑소."

석훈도 계환이가 허리춤에서 내어 주는 은장도를 귀한 보물을 손에 쥔 것처럼 이리저리 돌려 보더니 자신의 허리춤에 찼다. 그리고 흙바닥에 떨어져 있는 장대를 다시 주워 들었다.

"그래도 난 이 작대기도 가져갈 꺼구마. 의형제 기념으로는 은장도를 허리춤에 차고 댕기고, 내 생명을 살린 기념으로는 이 작대기를 가져다가 우리 집 벽에 걸어 둘라고."

2장/ 광양 민란(1889)

의형제를 맺은 양계환과 유석훈은 금세 십년지기 친구가 됐다. 의형제라서가 아니라, 어쩐 일인지 속생각까지 찰떡궁합이었다. 그 합으로 세상 이야기 나누는 것이 좋았다.

추수가 끝난 어느 날 계환은 석훈의 집을 찾았다. 그날따라 석훈은 유독 반가워하며 계환의 손을 잡아 방으로 끌었다. 방에는 낯모르는 젊은이가 있었다. 젊은이는 단단해 보였다. 계환이 들어서자마자 눈을 빛내며 수인사를 건넸다.

"반갑소. 지는 조두환이요."

엉겁결에 수인사를 받으면서 양계환도 얼른 고개를 숙였다. 그러고는 석훈 쪽을 살폈다. 눈길이 마주친 석훈은 웃으면서 청년을 소개했다.

"계환이, 이 친구는 여그 봉강 사는 조두환이구마. 좋은 친군게 잘 사귀어 보소."

그때서야 계환이도 얼굴 표정이 누그러지며 말을 텄다.

"반갑소. 나가 지난여름에 석훈이 목숨을 살리고 의형제를 맺은 사람이오. 월포 사는 양계환이요."

"나도 그 이야긴 들었소. 글고 석훈이랑 이런저런 좋은 이야기도 많이 나눈담서요. 나도 나이가 석훈이랑 같은게 우리 서로 말 틉시다."

"거 좋소. 두환이 친구, 우리 잘 지내 봅시다."

양계환이 손을 쑥 내밀었다. 그 손을 잡은 채로 조두환은 눈빛을 반짝이며 빠르게 말을 내놓았다.

"실은 오늘 급히 할 이야기가 있어서 이 친구 집에 들렀소. 지비들 광양 관아 털린 소식 들었소?"

석훈은 두환의 말에 놀라 앉으려고 숙였던 고개를 번쩍 쳐들며 물었다.

"뭐? 광양 관아가 털리다니 그거이 뭔 소리단가?"

양계환도 눈이 화등잔만해 지면서 두환이 입만 주시했다.

"시방 읍내는 난리가 났구마. 그동안에 김두현 현감이 어지간히 뜯어 갔어야 말이제."

"아따! 뭔 소린지 궁금해 죽겄구만. 찬찬히 제대로 말을 해 보소."

석훈의 재촉에 두환이 말을 풀었다.

"시방 자세한 이야기는 다 헐 틈이 없고, 우리 아재 말씀으로는 광양 현아 백지홍 이방이 사람이 괜찮다고 헙디다. 이번 난리는 이방이 앞장을 서고 나중에 백성들을 끌어들이서 일을 벌렸다 허더만요. 근디 일이 잘못돼 부렀는가 시방 나주 목사 김규식이 안핵사로 와서 사람들을 닥치는 대로 잡아들이고 있다요. 울 아재도 거그 끼여 있다가 쥐도 새도 모르게 빠져나와 갖고 우리 집에 숨었는디 앞일이 어찌 될랑가 나도 모르겠소."

"글먼 시방 지비 집에 숨어 기신단 말이요?"

"아먼. 시방 우리 아부지는 아재가 계속 우리 집에 있으면 우리 집도 위험하고 아재도 위험헌께 피해야 쓰건디 어째야 쓰까 허고 걱정이 태산이라다. 그래서 뭔 좋은 수가 없으까 허고 석훈이 친구헌티 의논이나 해 보자고 나왔그마요."

"피할 곳이라…."

두환의 말을 듣고 계환이 혼잣말을 내놓더니 갑자기 생각이 난 듯 저 혼자 들떠서 말했다.

"아! 좋은 디가 있소! 구례가 좋겄소! 울 집 땅을 일궈 먹는 집인디, 그 집이라면 안전허겄소. 나도 몇 번 가 봤는디 그 집 아재가 나를 잘 알고 뭐보다 신실한 사람잉께 나랑 같이 가면 잘해 주꺼요."

그 말에 두환의 얼굴이 환해졌다.

"글먼 언능 가 보세."

그때 석훈이 나섰다.

"이런 일일수록 사람이 단출해야. 네 사람이 다 함께 돌아다니다가는 넘들 눈에 들키기 십상이제. 긍께 자네 집 아재만 계환이 친구를 따라가면 어쩌겠는가?"

"석훈이 자네 말이 맞것구마. 글먼 지비가 울 아재 좀 잘 모시고 가소. 이따가 날이 좀 어둑해지면 성불사 뒷산 길로 올라가시라 혈랑깨 지비가 거그서 지달리다~이!"

말을 마치기가 바쁘게 두환은 자기 집으로 돌아갔다. 그 뒤로 석훈과 계환은 한참이나 광양 관아에서 벌어졌다는 난리를 두고 갑론을 박하며 이야기를 주고받았다. 석훈이 어머님께서 차려 주신 밥상을 물리고 양계환이 길을 나선 것은 해가 서산에서 한 발쯤 남은 무렵이었다. 발걸음을 바삐 하였는데도 성불사 뒷산 길에 당도하니 해가 산을 꼴깍 넘어갔다. 계환은 떡갈나무 뒷편에 있는 바위에 걸터앉아서 두환네 아재를 기다렸다. 갈빛 마른 잎이 바람에 몇 잎씩 날렸다. 서편 하늘을 붉게 물들였던 노을이 점차 그 빛을 잃고 컴컴해진다 싶은 무렵에 발소리가 들렸다. 이즈음에 성불사 뒷산 길로 급하게 올라올 사람은 두환이의 아재뿐이다 싶어 일어나서 산길로 나갔다.

"두환이 아재 되시는가요?"

"그러네. 내가 조삼도구만."

"예, 지가 양계환이라다. 아재를 구례로 모실라는디 괜찮컷능가요?"

"어려운 일인디 날 도와준당께 고맙네. 지금 나는 어디가 됐건 여서 언능 달아나야 헝깨 자네가 가잔 대로 갈라네."

"글먼 언능 가입시다."

양계환과 조삼도는 부지런히 산길을 탔다. 다행히도 보름이 이틀 뒤인지라 달이 밝았다. 한참이나 오르니 달덕이재가 나왔다. 두 사람은 달덕이재 근처에서 작은 바위 하나씩을 차지하고 걸터앉았다. 계환이 물었다.

"근디 아재는 어쩌다가 난리에 뛰들었당가요?"

"두환이헌티 들었네만 자네 집맹키로 부잣집은 우리들 겉은 백성들이 겪는 고통을 모를 것이네. 여그서 나가 그 이야기를 다 헐라먼 오늘 밤을 꼬빡 새도 다 못 허꺼그마."

"아재, 그래도 좀 들리주이다. 밤길 가는 것도 심심헌디."

"글먼 그러세. 인자 어차피 피신허는 몸이라 사람 노릇 허기도 어려운 판에 나가 한 맺힌 이야기를 풀어 놓을랑깨, 나중에라도 자네 겉은 젊은이들이 기회가 오면 저 악독한 놈들 등쌀에 시달리지 않고 우리 겉은 백성들이 좀 편히 묵고살게나 해 주시게."

"가난 구제라는 것은 나라님도 못 허는디 우리가 어찌 헌당가요?"

"젊은 사람이 그거이 뭔 소리여? 암튼 간에 이야기나 들어 보게."

광양 현감 김두현은 욕심이 사나웠다. 광양은 농사지을 땅은 좁은데 바다가 가까이 있어 온갖 명목으로 세미와 세전을 걷어 갔다. 그 바람에 광양 사람들 소원이 하루라도 편하게 뜨신 밥 한번 입에 넣어 보는 것이었다. 그렇게 간신히 살아가는 사람들에게 새로 부임한 김두현은 자리에 앉은 그날부터 관속들을 산지사방으로 내보내 온 고을 사람들에게 산비탈 골짝 속까지 밭을 일궈 곡식을 심으라 독려하였다. 그렇게 봄에 산밭을 일굴 때는 세전을 면해 준다고 해 놓고선 바로 그해 가을에 세전을 물리는 통에 못살겠다는 아우성이 동네마다 일었다. 날이면 날마다 관아 한쪽에는 세전을 내지 못해서 사람들이 잡혀 오고, 또 다른 한쪽에선 은밀하게 관아 사람들을 붙잡고 협상하는 사람들이 늘어 갔다.

조삼도 역시 산밭을 일궜다. 땅이 얼어 곡괭이로 찍어도 땅에서 오히려 곡괭이가 튀어 버리는 한겨울부터 조상 대대로 물려 오는 산 아래쪽을 온 식구가 매달려 죽을힘을 다해 파고 또 팠다. 그리고 산밭에서 나오는 돌로는 돌담을 쌓았다. 장맛비에 산밭 흙이 씻겨 내려가지 않도록 물길도 큼직하게 내고, 돌담 쌓기에도 온갖 정성을 쏟았다. 그렇게 만든 밭에 조삼도는 콩과 고구마를 심었다. 그 밭에 처음으로 심은 작물은 잘 자랐다. 가을걷이를 하고 보니 콩이 세 말, 고구마가 작은 방 윗목에 놓은 두대통에 가득 찼다. 두대통은 여름 농한기 때 미리 대나무로 얼기설기 엮어서 만들어 두었다. 그때는 이만큼이나 고구마가 나올까 했는데 두대통에 한가득 들어찼다. 삼도는 입이 절로 벌어졌다. 인자 세미 내고도 우리 새끼들을 굶기지 않고 고구마 밥은 먹일 수 있겠구나 싶었다. 이름도 다 못 셀 만큼 온갖 명목의 세전을 달라는 대로 다 냈다. 가을 농사가 비교적 잘 되었는데도 집에는 나락(벼)이 몇 톨 남지 않았다. 그래도 올해는 콩과 고구마가 있으니 어찌 버티겠구나 싶어서 내심 든든했다. 그러나 그것은 삼도의 착각이었다. 고구마 밥이라도 먹기 시작한 평화로운 며칠이 지나자 마을의 오가작통제 통주(다섯 집의 세금 납부 연대책임을 맡고 있는 대표)

김 서방과 관아 호방이 들이닥쳤다.

"이리 오너라."

삼도가 급히 방문을 열고 내려오자마자 호방의 호통이 이어지고 그 옆에서 김 서방은 안절부절못했다.

"조삼도, 자네는 어찌하여 제대로 세전도 내지 않고 이러고 있는가?"

"뭔 세전이랑가요? 저는 관에서 내라는 대로 한 푼도 빠지지 않고 다 냈는디요?"

"이 사람, 안 되겠구마. 관아로 가서 볼기짝이라도 맞아야 정신을 차릴랑가?"

옆에서 안절부절못하던 김 서방이 조삼도와 눈빛이 마주치자 그때서야 풀죽은 소리로 말을 냈다.

"글쎄, 삼도 저 산밭 안 있는가? 그 밭 세전이 빠졌다고 그러네만…."

그 말을 들은 삼도는 눈이 휙 돌아갔다.

"그거이 뭔 소리여? 지난번 봄철에 세전 없이 산밭을 일구어 먹으라고 한 이가 누구였소?"

"나라 땅을 일궈 곡식을 걷었으면 세전을 내는 거야 당연지사지. 이러코롬 관에서 찾아댕기게끔 하는 버릇은 어디서 배워 먹은겨?"

"아니, 호방 나으리. 분명히 산밭을 일구면 산밭 세전은 면제해 준다 안 하였소? 그 말 듣고 우리 식구들이 지난겨울부터 지금까지 피

똥을 쌀 정도로 힘들게 일해서 밭 맹글어 농사지어 논께 인자 와서 세전을 내라니 그것이 나라 법이요?"

"정 따지고 싶걸랑 관아로 내일 나오게. 근디 관아로 올 때는 세전은 꼭 챙겨서 오는 것이 좋을 것이네."

어제 저녁 김두현 현감은 한양으로 올릴 세미, 세전 운반선 대책을 궁리하느라고 늦게까지 잠들지 못했다. 잠을 설친 김두현 현감은 아침에도 몸이 개운치 않아 뭉기적거리고 있는데 관아가 시끄러웠다.

"밖에 무슨 일이냐?"

"이방 백지홍입니다. 사또께서 얼른 나오셔야겠습니다."

현감이 이방의 재촉을 받고서야 동헌으로 나왔더니 동헌 뜰에 한 사람이 엎드려 있었다. 현감이 등장하자 이방과 호방이 머리를 숙였다. 그리고 호방이 아뢰었다.

"사또! 지는 어제 봉강으로 빠진 세전을 챙기러 다녔습니다. 그런데 이 사람이 세전 내는 것이 억울하다고 사또께 아뢸 것이 있다 하옵니다."

"저런! 고얀 놈을 봤나? 목숨을 부지한 것을 보면 농사는 지었을 터, 그런데 세전 내는 것이 억울해? 무엇이 그리 억울하단 말이냐?"

잠자코 엎드려 있던 조삼도가 고개를 들며 말했다.

"사또! 지난봄에 분명히 산밭을 일구면 그해는 세전을 안 내도 된다고 하지 않았습니까? 그런데 이제 와서 세전을 내라 하는 법이 어디 있습니까?"

조삼도의 말이 떨어지기가 무섭게 현감은 호방 쪽으로 눈길을 돌리면서 물었다.

"호방! 그 땅이 산밭이더냐? 묵전을 일군 밭이더냐?"

"예. 제가 보기엔 묵전을 다시 일군 좋은 밭이더이다."

호방은 싱긋 웃기까지 하였다. 사또는 호방의 말을 듣자마자 호령하였다.

"저놈은 좋은 밭에서 수확을 하고도 세전을 떼어먹으려 산밭 운운하는 숭악한 놈이다. 저놈을 데려다가 혼쭐을 내주어라."

조삼도는 그날 곤장 열 대를 맞고 옥에 갇히었다. 그다음 날로 조삼도의 아내가 돈을 꾸어 호방 집에 가져다주고 나서야 그는 감옥에서 풀려났다. 그해 겨울 조삼도의 식구들은 고구마로도 배를 채우지 못하고 주린 배를 움켜쥐었다.

그 무렵 광양 현감 김두현은 속내가 복잡했다. 한양에 올려 보내야 하는 어마어마한 세미, 세전에 자신의 곳간까지 채우려니 아무리 닦달을 하여도 성에 차지 않았다. 그런데 자신의 수족이 되어도 부족할 판인 이방 백지홍이 어느 날인가부터 이상했다. 자신과 호방이 매기는 세수에 맞장구를 칠 때도 있지만 어깃장을 놓는 일이 점점 늘어났다. 세수 매기는 것을 제대로 따지자면 이방의 말이 맞았다. 그러나 이방의 말대로 해선 자신의 곳간을 채우기는커녕 광양 관아 곳간도 채울 수 있을지 의문이었다. 이방도 그 사정을 모르진 않을 텐데 그가 왜 가끔씩 딴죽을 걸고 나오는지 알 수가 없었다. 게다가 광양의 향리들과 백성들이 이방 백지홍을 은근히 싸고도는 눈치였다. 김두현 현감은 왠지 모르게 불안했다. 이방을 가만두자니 자신의 재산을 늘릴 수가 없고, 이방을 제재하자니 광양 사람들이 어찌 나올까 두려웠다. 이방의 속내에 뭔가 있는데 무엇인지 알 수 없다는 생각을 하고 있던 차에 백지홍이 동헌 내아로 찾아왔다.

"사또, 이방 백지홍입니다. 긴히 드릴 말씀이 있습니다."

누워 있던 현감이 몸을 일으켰다.

"어서 들게."

백지홍은 사또 방으로 들어갔다. 살찐 몸을 일으킨 현감은 얼굴을 찡그렸다.

"무슨 일인가? 할 말이 있으면 동헌에서 할 것이지. 쯧쯧."

사또는 못마땅한 듯 혀를 찼다.

잠시 고개를 숙이고 있던 이방이 뭔가 결심한 듯 얼굴을 들고 차분한 목소리로 사또에게 아뢰었다.

"사또, 저 백지홍과 우리 향리들은 오로지 나라와 현감을 위해 헌신 봉사하고 있습니다. 그것은 사또께서도 잘 아실 것이옵니다. 그런데 요사이 우리 고을 좌수께서는 별일도 없으면서 백성들에게 세전을 마구 뜯어내고 있다는 말이 자주 들리옵니다."

"그건 무슨 소린가?"

사또는 자리를 고쳐 앉으며 느슨하던 눈빛에 힘을 주었다.

"사또께옵서도 요즘 한양에 올려 보낼 세미, 세전 때문에 걱정이 많으시옵니다. 게다가 우리 관아 살림도 제대로 꾸려 가기가 어려운 실정인데 김경문 좌수까지 양반입네 하면서 백성들에게 세미, 세전을 함부로 걷고 있습니다. 그런 까닭으로 우리 광양현이 세전을 걷기가 더 팍팍합니다. 이런 사정을 감안하시어…."

백 이방은 침을 꼴깍 삼키고 현감의 얼굴을 보더니 결심한 듯 말을 내었다.

"이번에 좌수를 바꾸면 어떨까 합니다."

백 이방의 말을 듣는 현감 얼굴빛이 바뀌었다. 현감은 곧바로 등을 꼿꼿이 세우고 바로 앉았다.

"무슨 소리? 지금도 광양 향반들 기세가 만만찮은데 현감이 좌수를 바꾸는 것이 말처럼 그리 쉬운 줄 아는가? 안 될 일이네."

현감의 표정은 단호했다. 그것을 바라보는 이방의 얼굴빛이 잠시 어두워졌다. 하지만 백 이방은 물러서지 않고 그 말을 또 내어놓았다.

"사또, 다시 한 번 생각해 주십시오. 지금 우리 향리들의 형편도 좀 살펴 주십시오. 우리들 형편이 전 같지 않고 식솔들 먹을 것도 없는 날이 많사옵니다."

"그거사, 자네들이 세전을 제대로 걷지 못한 탓이 아니던가? 그런데 이제 와서 좌수 자리를 바꾸자는 이야기를 뜬금없이 하는 이유는 대체 뭔가?"

"사또, 아시는 대로 양반은 세전을 물지 않습니다. 그들은 일반 백성들하고는 비교도 안 될 정도로 넉넉한 살림을 하고 있습니다. 그런데도 양반들은 크고 작은 집안 행사에 쓰일 물품을 백성들에게서 뜯어 갑니다. 백성들은 나라 세전도 못 낼 판에 유향소에 필요한 비용을 때마다 대느라고 죽을 맛입니다. 그러니 이참에 좌수 자리를 저희에게 내주십사 하는 것입니다. 어차피 우리도 백성들이 내어 주는 세전이 아니면 살지를 못합니다. 그러니 저희 사정과 백성들의 사정을 헤아려 저희에게 좌수 자리를 내어 주십시오."

"어허. 그것은 안 될 말이네. 자네들에게 좌수 자리가 넘어가면 이 고을 향반들이 가만있을 성싶은가? 한양 땅으로 상소가 빗발치는 날이면 자네나 나나 이 자리에 붙어 있지 못할 것이네."

"안 된다고만 하지 마시고 다시 한 번 생각해 주십시오."

"안 된다고 하였네. 두 번 다시는 내 앞에서 그런 소리를 내지 말게. 어허, 참."

어깨를 굽히고 물러가는데도 백지홍의 뒷모습에선 찬바람이 불었다. 김두현 현감은 입맛이 썼다.

백 이방의 속내는 분명했다. 향리들에게도 떡고물이 떨어지는 합법적인 자리가 필요하다는 것이었다. 지금껏 모신 현감들은 향리들이 호기 부릴 정도는 아니어도 밥술은 들고 살 수 있도록 배려했다. 그런데 이번 김두현 현감은 아니었다. 물론 한양에서 올리라는 조세가 날로 늘어 가는 탓도 있었다. 하지만 그것만이 문제는 아니었다.

김두현 현감은 자신이 드러내 놓고 챙기지 않으면 이 벼슬자리도 유지하기가 힘든지라 챙기지 않을 수 없다고 하였다. 그래서 오늘 협상을 걸었다. 누이 좋고 매부 좋게 좌수 자리만 향리들에게 넘겨주면 향리들이 알아서 챙겨 주겠다는데도 김두현 현감은 딱 잘라서 안 된다고 선을 그었다. 현감은 이 지역 향반들이 별 볼 일 없다는 것을 뻔히 알고 있으면서도 조금이라도 분란이 일어날 수 있는 어떤 일도 벌이기 싫다는 거였다. 백 이방은 이제 백성들과 손잡고 김두현 현감에게 맞서 보는 수밖에 없다고 결론지었다. 일은 신속하게 진행했다.

그날 저녁 이방 집으로 사람들이 모여들었다. 이방 집은 네 칸 초가였다. 제법 굵은 기둥을 받친 주춧돌이 단단해 보였다. 높직이 놓인 댓돌에 짚신들이 다닥다닥 붙어 있었다. 댓돌에 얹힌 짚신보다 토방에 이리저리 흩어진 짚신이 곱절은 많아 보였다.

사람들이 방 안으로 모여들자 이방은 모인 사람들을 다 둘러보고 고개를 반듯이 하였다.

"우리 고을은 한양에서 멀리 떨어져 있다 보니 오히려 백성들 살기가 좋은 곳이오. 그런데 요즘은 한양에서 올려 보내라는 조세도 만만찮고 또 광양 땅을 밟기만 하면 한 살림 장만해 가려는 관리들만 내려오는 바람에 고을 백성들은 말할 것도 없지만 관아에서 일하는 우리 향리들도 살기 어려운 것이 백성들과 마찬가지지요. 그래서 우리가 함께 살길을 찾아보자고 이리 모이자 했소."

그때 눈이 부리부리하고 어깨가 떡 벌어진 것이 힘깨나 쓰겠다 싶은 박창규가 나섰다.

"글먼, 무슨 좋은 수가 있소?"

백 이방은 모인 사람들을 다시 찬찬히 살피며 한 사람 한 사람 눈길을 맞추었다.

"여러분들은 조세에 원한이 많지요? 우리가 저 지독한 김두현 현감을 쫓아내 버리고 새 현감을 맞으면 새 현감도 여기 광양에서는 함부로 하진 못할 것이오. 일을 벌여 봅시다. 관아에서는 우리가 이미 다 준비를 하였소. 밖에서 밀고 들어오면 우리가 바로 함께할 것이오."

이번에도 성질 급한 박창규가 앞장을 섰다.

"좋소, 우리도 굶어 죽게 생겼은게 현감 쫓아내고 관아 창고나 좀 털어 봅시다."

그때 조삼도가 두리번거리며 말했다.

"관아를 턴다는 것은 난리를 일으킨다는 것인디 그래도 될랑가 모르겠소. 나는 무섭소만."

그때 옆에 앉은 사람이 말을 받았다.

"참, 그 양반 겁 많기는. 관아에서 이방, 호방, 병방 관속들이 다 우리가 들어오기만 하면 바로 함께헌다는디 뭣이 걱정이오."

여러 사람의 말을 들은 이방이 마무리를 지었다.

"좋소. 거사는 내일 오후 해 질 무렵인 신시면 좋겠소. 그래야 여러분들 얼굴도 잘 안 드러나고, 현감도 우리 요구를 들어주지 않으면 내쫓기가 수월할 것이오. 사람들은 될 수 있는 대로 많이 모아 오면 좋겠소."

  양계환과 조삼도 두 사람은 광양 난리 이야기를 주고받으며 밤길
을 부지런히 걸었다. 어느덧 구례 남쪽 구만촌으로 들어가는 길목의
섬진강 나루에 당도하였다. 밤이라 뱃사람이 없었다. 두 사람은 물이
깊지 않은 상류 쪽으로 올라가 걸어서 강을 건너기로 하였다. 바짓단
을 걷어 올리고 물에 들어섰다.

  "아재, 물이 많이 차분디 괜않겄소?"

  "나야 괜않네만 자네가 나 땜세 고생이 많구만."

  그러고 한참을 건너니 발에 감각이 없어지고 얼얼했다. 강 중간쯤
에 이르자 물은 허벅지까지 차올랐다. 하지만 금세 물이 얕아져서 다
행이었다. 두 사람은 달빛에 의지하여 길을 줄인 끝에 토지가 한없이
펼쳐져 구만촌이라 부르는 동네 입구에 닿았다. 그때부터는 계환이
훨훨 날았다. 한달음에 달려 동네 갓집 제법 넓은 초가집으로 들어갔
다.

  "아저씨, 계세요?"

  방문이 열리면서 덩치 큰 남자가 나왔다. 그는 밤중이라 얼굴이 잘
안 보이는지 말소리가 나는 쪽으로 다가서더니 반가운 소리로 알은
체를 하였다.

  "계환이 도련님이 아니요. 이 밤중에 웬일이요? 그나저나 추운디
어서 방으로 들어갑시다."

방으로 들어선 덩치 큰 남자는 얼른 호롱불 심지에 불을 붙였다. 어둡던 방 안이 좀 환해졌다. 방 안에는 올망졸망한 아이들이 이리저리 궁굴면서 자고 있었다. 그는 아이들을 한쪽으로 밀어 올리고 손님을 자리에 앉게 했다. 그때서야 양계환은 덩치 큰 남자에게 조삼도를 소개하였다.

"아저씨, 여기 계신 어른은 제 친한 친구 아재 되는디요, 갑자기 뭔일이 생겨서 여그 좀 계셔야 쓰것는디, 그래도 될란가 모르것그만요?"

"그거이사 우리 도련님 부탁인디 당연히 그래야지라."

조삼도는 얼굴이 환해지면서 인사를 했다.

"지는 봉강 사는 조삼도구만요. 이렇게 폐를 끼치게 돼서 송구하구만요."

"지는 여서 우리 도련님 댁 농사를 짓는 양또치구만요."

인사를 마치고 나서야 두 사람의 옷이 젖은 것을 눈치챈 양또치는 안방으로 건너가더니 바지 두 벌을 가지고 왔다. 그 사이에 아이들이 일어났다. 손님 말소리를 듣고 눈을 비비면서 일어났다.

양또치는 아이들에게 인사를 시켰다.

"여그 도련님이랑 아저씨께 인사하고 느그 둘은 나랑 같이 엄마 옆에 가서 자자."

그 말이 끝나자마자 아이들은 수줍은 듯 고개를 숙이더니 양또치 손을 잡았다. 양또치는 아이들 손을 끌고 방문을 나가면서 말했다.

"여까지 오시니라 피곤허겄디 언능 주무시시오~이!"

양계환은 얼른 옷을 갈아입고 호롱불을 입으로 훅 불어서 껐다. 그리고 자리에 몸을 뉘었다. 옆에 누운 조삼도는 잠이 오지 않는지 몸을 몇 번이나 뒤척였다.

"어이, 계환이, 잔가?"

"아니요. 지도 어찌 잠이 안 오는그만요. 아재! 잠도 안 온디 아까 했던 광양 난리 이야기나 이어 보시이다."

"그러세."

양계환의 청에 조삼도는 기다렸다는 듯이 대답을 하고 그날 벌어진 일을 술술 풀어냈다.

그날은 광양 장날이었다. 장터엔 사람들이 북적였다. 지난번 백지홍 이방 집에서 보았던 얼굴들이 간간이 눈에 띄었다. 조삼도는 장터에서 국밥 한 그릇을 말아 먹고 이리저리 구경을 했다. 해가 설핏해지자 박창규가 하얀 깃발을 들었다. 신호였다. 장터에서 가까운 광양 관아 동헌 쪽으로 잰걸음을 걷는 사람들 수가 제법 많았다. 광양 관아 동헌으로 통하는 문은 열려 있었다. 동헌 문 앞에서 무리를 제대로 지은 사람들은 아무런 제지도 받지 않고 동헌으로 들어섰다. 그리고 박창규가 앞으로 쑥 나서며 외쳤다.

"사또 나오시오."

박창규의 외침에도 사또는 나오지 않았다. 그러자 이번에는 사람들이 모두 큰 소리로 외쳤다.

"김두현 현감 나오시오."

"사또 나오시오."

"안 나오면 우리가 찾으러 가겠소."

그 시각에 동헌 내아에 있던 사또는 갑자기 동헌에서 시끄러운 소리가 들리자 옆에 있던 병방을 불렀다.

"병방, 저것이 뭔 소리요?"

"사또님을 찾는 백성들이 많이 몰려왔습니다."

그때 밖에서 이방이 사또를 찾았다.

"사또, 어서 동헌으로 나와 보셔야겠습니다."

그 소리에 놀란 김두현은 방문을 열어젖히면서 물었다.

"이방, 이것이 뭔 일이요? 내가 나가면 일이 해결되겠소?"

"그것은 나가 보셔야 알 것 같습니다. 일단 나가셔야 합니다."

광양 사또는 놀란 토끼 눈을 하고 허둥지둥 동헌으로 내달렸다. 그 뒤를 이방과 호방이 뒤따르며 소리 없이 웃었다. 동헌 의자에 사또가 앉자 박창규가 앞으로 나섰다.

"사또, 우리는 지금 이대로 살 수가 없습니다. 사또께서 우리의 청을 들어주실 것으로 믿고 말씀을 올립니다."

그 말에 사또는 덜덜 떨면서도 짐짓 위엄을 갖춘 양, 말을 똑바로 하려고 애를 썼다.

"너희들은 들어라. 청이 있으면 소장을 써서 내면 된다. 이렇게 떼

지어서 오는 것은 무엄한 짓이다."

그 말이 끝나기도 전에 사람들은 악다구니를 썼다.

"뭐라고? 사또 시방 당신이 살고 싶소, 죽고 싶소?"

"우리 청을 안 듣는단 말이요?"

여기저기서 터져 나오는 소리가 사나운지라 사또는 얼른 꼬리를 내렸다.

"어허, 그렇게 중구난방으로 떠들지 말고, 너희들의 청이 무엇인지 차근차근 말하여라."

무리 중에서 키가 크고 어깨가 떡 벌어진 박창규가 앞으로 쑥 나서더니 가슴팍에서 두루마기 종이를 꺼내 들고 읽어 내려갔다.

"사또는 잘 들으시오. 첫째, 양전세, 균역세는 나라에서 정해 준 것만 정확하게 법대로 받아 가시오. 둘째, 공납(세금)에서 방납인(백성을 대신해 나라에 공물을 대납하고 이익을 얻는 상인)을 없애 주시오. 우리 지역 특산물은 우리가 알아서 바치게 해 주시오. 중간에서 방납인이 뜯어 가는 돈이 너무 많아 우리들이 살 수가 없소. 공납은 이 관아에다 우리 특산물을 직접 바치게 해 주시오. 셋째, 좌수를 우리 손으로 뽑게 해 주시오. 넷째, 지금껏 내지 못한 세미, 세전을 더는 독촉하지 않는다고 약조를 하시오. 그리고 마지막으로 현감이 세금 대신 걷어 간 우리 땅문서를 돌려주시오."

초판에 많은 사람들이 들이닥친 것을 보고 덜덜 떨던 사또 김두현은 박창규가 읽어 내려가는 소장을 듣고 이제는 화가 뻗치는지 얼굴이 붉으락푸르락하였다. 그는 백지홍 이방의 청을 대번에 잘라 버렸듯이 이번에도 그리하였다.

"너희 무도한 놈들은 들으라. 너희의 소장 중 하나도 들어줄 것이 없다. 조세는 이 나라의 백성이면 누구나 내야 하는 법, 그 법을 어긴 자는 국법으로 처벌하는 것도 당연한 법. 오늘 너희들은 모두 옥에 가두어야 할 일이지만 광양 감옥이 좁은 것이 한이다. 또 좌수 선임을 너희들 손에 넘기라는 것은 이 나라의 반상의 법도를 뒤집어엎자는 소린데 그것 또한 극악무도한 말이다."

이번에는 동헌 뜰에서 고개를 숙이고 있던 사람들 중에서 키는 작아도 얼굴빛이 단단한 사람이 나섰다.

"사또, 통촉하옵소서. 우리도 이 나라의 백성이오. 우리도 묵고는 살아야 이 나라의 백성 노릇을 하옵니다. 지금 이대로는 살 수 없습니다. 오늘 저희의 청을 들어주지 않으면 우리는 여기서 한 발짝도 움직이지 않을 것이옵니다."

그 사람의 말끝에 사람들은 모두 한목소리로 외쳤다.

"사또 우리의 청을 들어주소서."

사또는 급하게 이방, 호방, 병방을 가까이로 불렀다.

"저들을 다 잡아 가두시오."

그러자 이방 백지홍이 말하였다.

"우리 관아에 향리들과 병사들보다 저들의 숫자가 훨씬 많습니다. 지금은 사또 신변이 위험하오니 일단 저들의 요구를 들어준다고 약조를 하는 것이 어떨는지요?"

"병방 생각은 어떠시오?"

"이방 생각이 옳은 듯하옵니다. 오늘은 우선 이 난국을 피하고 훗날을 기약하십시오."

"에끼 이보시오. 나라 조세를 탕감해 주라는데 그것을 이놈들과 약조한 날엔 곧 이 나라 조정에서 내 목숨을 거둬 갈 것이오. 또 광양 향반들의 권리인 좌수 자리를 저들의 손에 넘기는 날엔 이 몸이 조선 양반들의 화살에 맞아 언제 죽는지도 모르고 죽을 것이요. 그런데 오늘 하루 편하자고 그런 죽음의 약조를 하라니, 나는 이 자리에서 죽으면 죽었지 그것은 못하오."

"그럼 저들을 어찌 처리할까요?"

"수단과 방법을 가리지 말고 저들을 해산시켜 보시오."

이방, 병방, 호방은 동헌 뜰로 내려가서 사람들과 이야기를 나누는 척하였다. 얼마간 시간이 흘렀다. 그 사이에 동헌 뜰은 어두워지고 사람들은 준비해 온 횃불을 피워 올렸다. 박창규가 다시 나섰다.

"사또, 우리는 사또의 처분을 오랫동안 기다릴 시간이 없습니다. 우리의 청을 들어 주십시오."

사람들이 여기저기서 목소리를 높였다.

"우리의 청을 들어주시오."

"세전을 탕감해 주시오."

"우리 땅 문서를 돌려주시오."

그러자 사또는 마지막 안간힘까지 내었는지 제법 큰 소리로 호령했다.

"다시 한 번 말한다. 너희들 청은 들어줄 수 없는 것들뿐이다. 너희들이 오늘 이렇게 관아로 몰려와 행패를 부린 것도 큰 죄다. 그렇지만 너희들이 지금 이 자리에서 물러가면 오늘의 죄는 묻지 않을 것이다. 바로 물러가라."

사람들은 웅성거렸다. 그때였다. 박창규가 동헌 대청마루로 뛰어올랐다.

"사또의 말을 믿지 마시오. 오늘 사또가 우리의 청을 하나도 들어줄 수가 없다 하였소. 우리가 여기서 물러나 흩어지면 오늘의 죄는 묻지 않는다는 말은 거짓말이오. 지난겨울 우리더러 산밭을 개간하라고 독촉할 때 개간한 땅은 전세를 면제해 주겠노라 약속하였소. 하지만 사또는 그 약속을 헌신짝 팽개치듯 하였소. 그런 사또를 우리가 믿을 수 있겠소?"

"옳소! 차라리 사또를 내쫓읍시다."

"사또를 동헌 밖으로 끌어내라."

사태는 급박하게 돌아갔다. 김두현 현감은 새파랗게 질렸다. 아래 관속들을 불렀으나 다들 어디로 사라졌는지 보이지 않았다. 그 사이에 박창규를 비롯한 몇 사람이 현감 옆으로 다가섰다. 그들은 살집이 좋은 현감을 의자에서 들어올려 양 겨드랑이를 치켜들고 동헌 밖으로 나갔다. 그러고는 동헌 문 앞으로 현감을 내던져 버렸다. 땅바닥에 내동댕이쳐진 현감의 얼굴에서 피가 났다. 현감은 이를 악물었다. 그리고 다리를 절뚝이며 어둠 속으로 사라졌다. 현감을 전송하는 관속은 없었다.

조정에서는 급하게 나주 목사 김규식을 안핵사로 임명하여 광양현으로 파견하였다. 안핵사는 박창규를 비롯하여 난리에 깊이 관여한 백성들을 잡아들여 효수하였다.

하지만 관속들에 대한 처분은 달랐다. 이방 백지홍을 비롯하여 호방, 병방 등은 난리에 깊이 개입한 관속들인데도 원악도로 유배 보내는 것으로 그쳤다.

3장/ 청혼

구례 구만촌에는 새로운 가족이 생겼다. 양또치 집 옆에 아담한 초가집을 짓고 조삼도 가족들이 옮겨 와 살게 된 것이다. 양계환과 조두환은 구례에 자주 들락거리게 되었다. 그날도 양계환은 광양 월포 앞바다에서 배를 타고 올라와 구례 구만촌 가까이에서 내렸다. 늦여름 무더위도 가시고 가을 하늘이 파란 것이 눈이 부실 정도였다. 섬진강 가에는 빨래하는 아낙들이 있었다. 강가에서 언덕으로 오르는 길에 앞서가는 두 여인이 있었다. 머리에는 빨래한 것을 이고 있었다. 아무래도 걸음이 빠른 양계환이 그들을 지나쳤다. 계환은 부끄러워서 뒤도 돌아보지 않았다. 그래도 어떤 여인들인지 궁금하였다. 고샅으로 들어섰을 때 양계환은 걸음을 멈추고 먼발치에서 마을로 들어오는 여인들을 보았다. 그 여인들은 모녀지간인 듯싶었다. 처녀는 단정하고 고왔다. 속으로 구례엔 미인들이 많구나 했다. 아버지도 첩을 여기서 얻었다. 지금 그 첩 때문에 속을 끓이고 있지만.

먼발치에서 한 번 봤을 뿐인데도 머릿속에서 처녀의 고운 자태가 떠나질 않았다. 그날 이후로 양계환은 부쩍 더 구만촌을 찾았다. 올 때마다 빨래터에서 그 처자를 볼 수 있을까 마음 졸였지만 그날 이후론 처자의 모습을 볼 수 없었다. 그 처자가 들어간 고샅길 주변도 몇 번이나 가 봤지만 처자 얼굴은커녕 그림자도 보이지 않았다. 양계환이 하루는 양또치에게 그 고샅에 큰 집 처자가 어떠냐고 물었다.

"아, 임정연 어르신 댁 서엽이 아씨 말인가요?"

"서엽이….".

"근디 서엽이 아가씨를 왜 물어요?"

"아니 그냥, 그 처자가 좀 궁금해서요."

양또치는 허허 웃었다.

"아따, 우리 도련님! 그 처자를 언제 어디서 봤길래 맘에 품었으까이? 서엽이 아가씨가 좋으면 지가 다리라도 놔 드리까?"

양계환은 부끄러움에 고개를 숙이면서 답했다.

"야."

"그 집이라면 나도 잘 안깨 도련님 댁에서 허락만 허먼 집사람을 중매쟁이로 보내도 되꺼요마는….".

그 말을 들은 양계환은 마음이 바빠졌다. 바로 월포 집으로 돌아갔다. 그리고 어머니를 찾았다. 어머니께서는 마침 안방에 계셨다.

"어무니, 지도 인자 장가나 가 볼라요."

"야가 갑자기 자다가 봉창을 뚜드리네! 뜬금없이 뭔 장가를 가겠다고? 차근차근허니 말을 해 봐."

"어무니, 구례에 지 맘에 쏙 드는 처자가 있당깨요. 어무니가 어찌 쫌 해보이다!"

"그래, 어떤 처자가 우리 아들 맘을 훔쳤을꼬?"

어머니는 환하게 웃었다. 지금껏 혼인 이야기를 할 때는 아무 반응 이 없더니만 드디어 때가 왔구나 싶어 반가웠다. 어머니는 서둘러서 구례 임정연 댁으로 청혼을 넣었다.

구례 임정연의 집에서는 갑작스런 청혼을 받고 놀랐다.

임정연이 아내에게 말을 붙였다.

"여보. 이 청혼을 어찌허면 좋겠소? 양또치 마누라 이야기로는 그 집이 광양에서 큰 부자라 헙디다."

조용히 듣고 있던 아내가 자신의 속마음을 털어놓았다.

"그 집이 부자인 거야 이 근동 사람은 다 알지이다. 하지만 난 시아 부지 자리 땜세 싫구만요. 그 아버지란 양반이 여그서 귀동이 어매를 첩으로 데려간 것을 모르는 사람이 없지이다. 우리가 다 아는디. 그 아비에 그 아들이라면 온갖 첩을 들여서 우리 서엽이 애간장을 태울 것인디 그런 자리로는 돈이 억만금이래도 보내기 싫구만요."

"그럼 이 일을 어찌 헌다…."

"어찌긴 뭘 어째요? 제가 중매쟁이를 불러 잘 말헐 것인게 그것은 걱정 마소."

구례 임정연의 집에서 며칠 후 거절의 답이 왔다. 이유는 궁합이 안 맞는다는 거였다. 하지만 그것은 거절의 표현일 뿐이었다. 양계환과 그의 어머니는 크게 상심했다.

양계환은 한동안 집 밖에도 나가지 않고 방 안에서만 뒹굴거렸다. 여러 날이 되어도 집 밖으로 나가지 않는 아들을 보다 못한 그의 어머니가 봉강의 친구들까지 집으로 불러들였다. 친구들하고 술이라도 먹으라고 어머니는 아들 친구들이 올 때마다 술상을 잘 차려 주었다. 자주 친구들을 만나고 시간이 흐르자 구례 처자는 조금씩 잊혀졌다. 대신 석훈이와 만나기만 하면 흥미로운 이야기를 많이 나누었다. 두 사람은 나라 돌아가는 꼴은 엉망이고 유학 경전 공부도 세상 살아가는 데 별 도움이 되지 않는다고 생각했다.

어느 날 유석훈이 양계환에게 동학을 소개했다. 구례에서 동학 공부하는 날이라고 같이 가자고 했다. 구구절절한 이야기들을 모두 믿기는 것은 아니나, 친구의 말이 간절하여 두말하지 않고 그 길로 바로 따라나섰다.

그런데, 놀라웠다. 동학 공부하는 집이 임서엽의 집이었다.

'애써 잊었던 임서엽 처자를 볼 수 있다니 이게 무슨 인연인가? 하지만 나와 혼인은 할 수 없는 여자다. 이 집에선 이미 나하고의 청혼을 거절하였다. 이 집 사람들은 내가 청혼했던 광양 월포의 양 도령인지 모른다.'

계환은 다시 속이 쓰렸다. 임서엽이와 인연이 아닌 줄 알면서도 두

근거리는 맘을 어찌할 수 없었다.

계환의 착잡한 속내를 알 길 없는 석훈은 찾아드는 청년들과 인사를 나누기에 바빴다. 청년들은 속속 모여들었다. 남원 사람 류태홍이 먼저 인사를 청했다.

"안녕하시오. 난 류태홍이요. 예전부터 만나고 싶었소. 요즘 나라 꼴이 말이 아니지라. 다들 어찌 살아야 잘 사는 것인지 궁리가 많지라. 나도 그러요만….'

유석훈이 말을 걸었다.

"그리 말씀 허시는 걸 본깨, 그쪽은 뭔가 길을 찾으셨는갑소~이!"

빙긋이 웃으며 류태홍이 대답했다.

"그러지라. 지가 길을 제대로 찾았지라. 혹 들으셨는가 모르겄는디 우리가 살길은 동학이오. 동학은 사람이면 누구나 살길을 알려 주지라. 요새 관 것덜이랑 왜놈, 양놈, 되놈 등쌀에 살기 어렵다고 아우성인디 우리는 최제우 대선생이 알려 주는 우리 교, 동학으로 똘똘 뭉치기만 하면 살길이 환히 보이요. 그러니 그대들도 동학에 들어오시오."

옆에서 눈을 크게 뜨고 듣던 양계환이 물었다.

"긍깨 동학에만 들어가면 저 관 것들한테도, 왜놈, 되놈, 양놈들한테도 안 당하고 살 무슨 수가 생긴단 말이요?"

"그러지라. 우리 도학, 우리 학문인 동학으로 똘똘 뭉쳐 양반 상민 가리지 않고, 부자 가난한 사람 가리지 않고 서로서로 도와 잘 살 방도가 있소. 우리 모두가 한마음으로 서로 돕고 살면 우리 힘으로 잘 살 수 있지라. 동학이 궁금하면 다음 공부 모임에도 꼭 오시오."

4장/ 개벽운수(開闢運數)

동학 공부를 하기로 약속하고 헤어진 지 며칠도 되지 않아 양계환은 동학 공부 모임이 구례에서 있다는 연락을 받았다. 구례로 가는 길은 아름다웠다. 봄바람은 가지 끝에 잔설처럼 남은 매화 꽃잎을 날려 행인들의 코끝을 간질였다. 산에는 흐드러지게 핀 왕벚꽃이 온통 세상을 환하게 만들었다. 청년들은 별일이 없어도 가슴이 설렜다. 해가 중천에 닿으려면 아직 시각이 좀 남았는가 싶은데 구례 임정연의 집에는 젊은 청년들이 하나둘 모여들기 시작했다. 아흔 아홉 칸은 아니어도 그 근동에서 제법 크고 넓은 집이건만 청년들 여남은 명이 들어서자 집이 꽉 찬 듯했다.

그 집 아들 임봉춘은 싱글벙글 웃으면서 손님을 맞이했다. 광양의 양계환, 유석훈, 조두환, 서윤약, 한군협이 앞서거니 뒤서거니 하면서 대문간으로 들어섰다.

"어서 오시오. 광양의 젊은 청년 도인들은 다 모여서 오시구만요. 보기 좋수다. 하여간에 오시느라 아침 일찍부터 서둘렀겠소. 저쪽 사랑채에 다 모여 기시오. 어서들 듭시다."

월포 양계환이 눈을 빛내며 물었다.

"남원 류태홍 접주도 오셨소? 오늘 강론이 궁금해서 며칠 전부터 오늘이 오기를 목이 빠지게 기달렸당께요."

"허허. 양 접장만 그런 것이 아니오. 오늘 오는 사람들 다 그런다오. 어서 갑시다."

인사가 끝나자 임봉춘은 사랑채로 사람들을 이끌었다. 방문을 열자 방 안에도 이미 사람들이 가득해서 어찌 들어갈까 싶었다. 바깥쪽 사람들이 쭈뼛거리고 방 안 눈치만 살피고 있자 이 집 주인이자 방 안에서 가장 연장자인 임정연이 말을 내었다.

"허허. 남원의 류태홍 접주님 강론이 사람들 마음을 다 끌어댕긴 갑소. 오늘은 지난번보다 더 많이 모였습니다그려. 좀 좁지만 바짝 다가앉아서 오늘 강론을 들어보께라. 자자, 이짝으로 어서들 올라와 앉으시구랴. 멀리서들 오셨는디 다 같이 들어 보십시다."

방 안에 있던 사람들은 방 밖에 있는 사람들이 들어오도록 자리를 만들고 인사들을 나누었다. 자리가 정돈되자 얼굴이 환하고 인상 좋은 임정연이 모임 시작을 알렸다.

"오늘 강론을 해 주실 분은 지난번과 똑같이 남원의 류태홍 접주님이오. 오늘 말씀도 기대되지요. 먼저 한울님에게 우리의 일을 알리는 심고(心告)합시다."

방 가운데 상 밑에 미리 준비해 두었던 청수(淸水)를 상 위에 올리고 임정연은 심고를 하였다.

"한울님, 임진년(1892) 삼월 초이튿날 남원 류태홍 접주님을 모셔 동학 공부를 시작합니다. 오늘 말씀이 우리 도인들 가슴에 파고들어 피가 되고 살이 되게 하여 동학 하는 삶이 이루어지도록 도와주소서."

심고를 마치자 류태홍 접주는 방 안에 도인들과 한 명 한 명 눈인사를 나누었다. 나이는 젊지만 류태홍 접주는 차분하고 단정한 모습이었다. 그는 조용한 목소리로 강론을 시작하였다.

"지금 우리가 사는 이 시기가 어떤 시기인지 궁금하시지요? 이 시기에 대해 일찍이 최제우 대선생께서 말씀하셨고 그것을 최시형 선생이 다시 정리해 주셨습니다. 오늘은 그 말씀을 살펴보고 이야기들을 나눠 보지요."

자리가 비좁아 바싹 붙어 앉은 봉강 유석훈과 월포 양계환은 눈빛을 반짝이며 진지한 표정으로 류태홍 접주를 바라보았다.

"지금 운수는 개벽운수(開闢運數)라고 우리 대선생께서 말씀하셨습니다. 이 세상 운수는 천지가 개벽하던 처음의 큰 운수로 돌아가 세계 만물이 다시 태어나는 것처럼 크게 바뀔 운수가 오고 있다고 하였습니다. 그리하여 산하의 큰 운수가 다 이 도에 돌아오니 새 한울 새 땅에 사람과 만물이 또한 새로워질 것이라고 말씀하셨습니다."

임봉춘이 눈빛을 빛내며 물었다.

"그러면 지금 시기가 천지가 개벽하는 것처럼 양반도 천민도 없고, 니 땅 내 땅도 없고, 오로지 새 한울 새 땅에 모든 것이 새로워질 개벽의 시기에 가까워졌다는 말씀인가요?"

류태홍이 천천히 대답했다.

"다들 그렇게 받아들이고 있습니다. 더 이어서 말씀을 살펴보고 생각들을 나누시지요."

옥룡의 서윤약이 머리를 끄덕이더니 류태홍 접주를 독촉했다.

"참말로 그런 세상이 언능 오면 좋겠소. 류 접주님, 계속 해월 선생 말씀을 이어 보시지요."

"세상 만물이 나타나는 때가 있고 쓰는 때가 있으니, 달밤 삼경에는 만물이 다 고요하고, 해가 동쪽에 솟으면 모든 생령이 다 움직이고, 새것과 낡은 것이 변천함에 천하가 다 움직인다고 하였습니다. 변하여 화하고, 화하여 나고, 나서 성하고, 성하였다가 다시 근원으로 돌아가나니, 움직이면 사는 것이요 고요하면 죽는 것이라고 다시 새겨 주셨습니다."

이맛살에 주름을 지으며 심각한 표정으로 봉강 유석훈이 물었다.

"그럼 지금 시기가 움직여야 살고 가만있으면 죽음에 드는 시기라는 말씀인가요? 만약 그런 말씀이라면 우리가 앞으로 어찌해야 할까요?

한군협이 우렁우렁한 목소리로 답했다.

"이 썩어 빠진 세상을 확 뒤집어엎어 삐리야 된다는 말씀이 아닐까요? 탐관오리 한두 놈 징치헌다고 해서 바로잡아질 일도 아니고, 서양에서 헌다는 민회처럼 왕이 이 나라의 주인이 아니라 우리 백성들이 주인이 되는 세상을 맹그라야 쓴다 뭐 그런 생각이 드는그만요. 글고 양반이니 쌍놈이니 허는 것도 싹 다 없어지고 이 세상 사람이면 모두가 한울로 대접받는 세상을 맹그라야 쓴게 우리가 싸게싸게 움직이야 되지 않겠냐 이말이지다. 여러분, 지 말이 틀렸습니까?"

"맞소."

"아고, 시원허니 말 잘했소."

여기저기서 맞장구를 치는데 월포 양계환이 나서며 말했다.

"누가 들을까니 무섭소마는 맞는 이야기지다. 요새 왜놈들이 나 세상이다 허고 설치고 댕기 싼디 시방 이 모냥으로 살다가는 이 땅이 금세 왜놈 땅 돼 불겄소. 요새 광양 앞바다는 왜놈들 등쌀에 우리 어민들 고생이 이만저만이 아니오. 관군 놈들은 왜놈덜헌티는 꼼짝도 못험시롱 광양 사람덜헌티만 험허게 뜯어 가부요. 그걸 보먼 가슴에서 천불이 난당깨요."

좌중에 올라오는 열기를 누르며 류태홍 접주가 강론을 이어 갔다.

"천지일월은 예와 이제의 변함이 없으나 운수는 크게 변하나니, 새것과 낡은 것이 같지 아니 하고 새것과 낡은 것이 서로 갈아드는 때에, 낡은 정치는 이미 물러가고 새 정치는 아직 펴지 못하여 이치와 기운이 고르지 못할 즈음에 천하가 혼란스러울 거라고 말씀하셨습니다. 이때를 당하여 사람 사는 세상에 윤리, 도덕이 무너지고 사람은 다 금수의 무리에 가까워질 터이니 큰 난리라고도 말씀하셨습니다."

가슴속에서 뭐가 올라오는지 유석훈은 목이 메었다.

"어째 말씀 하나하나가 이러코롬 가슴팍에 팍팍 꽂힌다요? 참말로 놀랍그만요. 시방 우리가 사는 꼴이 어디 사람 사는 꼴이다요? 껍딱만 사람이제 이거는 짐승만도 못헌 꼬라지랑깨요. 근디 썩어 빠진 정치 땜시 골빙 드는 사람들이 우리나라에만 있는 것은 아닌갑더만요. 중국처럼 큰 나라도 백성들은 살기가 힘들어서 태평천국의 난이 일어났더랑깨요. 긍깨 우리나라도 사람을 한울처럼 소중히 여기는 우리 동학 도인들이 나서야 희망이 생기는 거지다~이! 기왕에 개벽운수를 탄 김에, 이참에 확 바까 뿔먼 쓰겄당깨요."

옥룡의 서윤약이 다시 말을 받았다.

"참말로 글먼 좋겄지다~이! 류태홍 접주님, 남은 말씀도 언능 이어 보시이다."

류태홍 접주는 침을 한 번 꿀꺽 삼키더니 말씀을 이어 갔다.

"우리 도는 우리나라에서 나서 장차 우리나라 운수를 좋게 할 것이라고 하였습니다. 또 우리 도의 운수로 인하여 우리나라 안에 영웅호걸이 많이 날 것이니, 세계 각국에 파견하여 활동하면 형상 있는 한울님이요, 사람 살리는 부처라는 칭송을 얻을 것이라고도 말씀하셨습니다."

얼굴에 활짝 웃음을 띠면 이마 주름은 퍼지고 입 양쪽으로는 나잇살 주름이 깊게 잡히는 임정연이 말했다.

"젊은 양반들은 부지런히 우리 동학을 알리는 포덕을 해야 쓰겄소. 나중에 개벽 세상이 되면 세계 각국에 나가 우리 도를 퍼뜨려서 이 세상이 다 천국이 되게 하면 얼마나 좋겠소. 세상 만물을 다 한울로 모시고 특히 모든 생명을 귀히 여기는 세상이 오면 그 세상이 한울나라 다시 말하면 천국 세상이지라. 아! 생각만 해도 좋소. 내가 그때까정 살아 있으면 좋겠소. 우리 집 봉춘이 자식놈은 그런 천국에서 살겠지라. 그 나라를 위해 할애비가 힘 좀 써야겠구만이라."

젊은이들은 다같이 환하게 웃었다. 웃음이 잦아들자 양계환이 물었다.

"어느 때에나 그리 될까요?"

류태홍 접주는 기다렸다는 듯이 대답했다.

"우리 대선생께서는 그것도 미리 알려주셨습니다. 그때가 있으니 마음을 급히 먹지 말라고 하셨습니다. 기다리지 아니하여도 자연히 때가 올 것인데, 만국 병마가 우리나라 땅에 왔다가 후퇴하는 때가 바로 그때라고 말씀하셨습니다."

얼굴이 가무잡잡하고 사람 좋은 인상을 지닌 서윤약이 궁금증을 내었다.

"만국 병마가 우리나라 땅에 왔다가 후퇴하는 때라면 이것은 우리나라 사람덜이 크게 곤욕을 치르게 될 거라는 말씀으로 들리구만요. 왜놈, 되놈, 이름도 잘 모르는 나라에서 들어오는 양놈들이 한바탕 우리 땅에서 난리를 치고 나가면 우리나라 사람들이 어찌 감당허까~이? 아고! 생각만 해도 난 무섭소."

그 말에 좌중이 조용해지자 방문 쪽에 자리 잡고 앉아 있던 유석훈이 말했다.

"꼭 그리 볼 일만은 아니지다. 지금 이 나라 안은 탐관오리들 등쌀에 남아나는 것이 없소. 그런 판인께 만국 교역을 헐라고 들어오든지 우리나라를 뺏어 갈라고 들어오든지 간에 왜놈, 되놈, 양놈들이 설치고 댕겨 곧 한바탕 난리가 날 성도 싶소만, 나라 관리들은 그런 나라 정세는 신경도 안 쓰고 오히려 왜놈덜헌테 붙을까, 로서아놈덜헌테 붙을까, 되놈덜헌테 붙을까 그러고 자빠졌소. 우리 해월 선생이 이런 상황을 미리 알고서 내려 주신 말씀이지다. 긍께 우리가 개벽운수를 제대로 맞이헐라면 탐관오리 몇 놈은 목을 따 버리고 척양척왜 깃발을 들어야겠소. 시방 개벽운수가 온다면 운수는 이짝으로 굴러 온다 생각허고 한판 크게 움직일 채비를 해야겠구만요."

다들 표정은 심각하지만 대체로 유석훈의 말에 동의하는지 여기저기서 맞장구가 터졌다.

"맞소."

"우리 손으로 개벽운수 맞을 채비 헙시다."

좌중의 분위기가 열을 띠어 가는 가운데 류태홍 접주가 심고로 마무리하였다.

"한울님, 오늘은 개벽운수 말씀을 나누었습니다. 우리 도인들의 가슴에 소중히 담은 말씀대로 용기를 내어 개벽 세상을 열어 갈 수 있도록 굽어 살피소서."

주문을 외는 시간이 이어졌다. 모두 함께 주문 소리에 실어 개벽 세상을 열어 보려는지 딴 날보다 주문 소리가 크고 힘찼다.

"시천주 조화정 영세불망 만사지…."

'시천주(侍天主): 한울을 모셔, 조화정(造化定): 우주 만물의 무궁한 조화를 이루고, 영세불망(永世不忘): 이를 영원히 잊지 않아, 만사지(萬事知): 만사가 다 이루어지고 저절로 알아진다.'는 뜻을 지닌 동학 본 주문을 모두들 힘차게 외웠다.

5장/ 봄날

뜻이 통한 친구들이 보고 싶어서라도 석훈은 임봉춘의 집을 찾았지만, 구례까지 친구 집을 풀방구리에 쥐 드나들 듯하는 이유는 또 있었다. 석훈은 봉춘의 집에 드나들 때마다 가슴이 설렜다. 갸름한 얼굴에 입술이 붉은 서엽이 때문이었다. 봉춘이 동생 임서엽이를 한번이라도 더 보고 싶어 봉강에서 달덕이재를 넘어 구례까지 산길을 달리고 섬진강을 건너는 나룻배에 몸을 실었다. 성불사를 지나 백운산 줄기로 이어진 높은 산을 넘을 때도 힘든 줄 모르고 달음박질로 산을 탔다. 그런데 봉춘의 집에 자주 들르는 사람은 자기만이 아니었다. 친구들도 은근히 자주 왔다. 석훈이 다섯 번 오면 계환과 두환이 중에 누군가를 한 번은 마주쳤다. 친구들은 봉춘과 시간을 보내면서 동학 이야기로 꽃을 피웠다. 서엽이 한 번씩 들러 새참을 가져다주고 가면 괜스레 총각들 얼굴이 붉어졌다. 석훈은 애가 달았다. 도통 서엽의 마음을 알 수 없었다. 그래서 석훈은 봉춘에게 도움을 청했다.

사월 어느 날 해가 다 저물어 가고 어둠이 깔릴 무렵이었다. 친구 조두환이 숨을 할딱거리면서 석훈의 방문을 열었다.

"뭔 일로 이리 숨넘어가게 왔당가?"

그때서야 숨을 한 번 몰아쉬더니 두환은 능글능글 웃으면서 농을 걸었다.

"어이! 유 접장! 유 접장헌티 존 일이 있는디 이약을 허까마까?"

석훈은 어리둥절하여 물었다.

"존 일?"

"그래! 이약해 주먼 술 한잔 살랑가?"

"그거이사 들어 봐야제 술을 내던가 말던가 허제!"

"오늘 구례 조삼도 아재네 갔다가 봉춘이를 만났네. 봉춘이가 내일 자네보고 화엄사나 함께 놀로 가자고 허더마. 자네헌티 좋은 일이람서 나보고는 알라 말고 빠지라던디 도대체 나 모르게 뭔 일들을 꾸미는 거여?"

그때서야 석훈은 얼굴빛이 붉어지면서 어쩔 줄을 몰라 했다.

"참말로 수상허네! 봉춘이 그 사람도 절대 안 가르쳐 주던디, 대체 뭔 일이당가?"

"으응. 암것도 아니네!"

실눈을 뜨고 석훈의 얼굴을 살피던 두환이 웃으면서 말했다.

"자네 시방 봉춘이 여동생 땜시 글제?"

그때서야 석훈은 안 되겠다 싶은지 실토했다.

"자네도 알았는가? 나 그 집서 처음으로 서엽이 처자를 봤을 때부터 좋았당깨."

"우리도 진즉에 다 알고 있었네. 암튼 낼 잘해 보소~이!"

그날 저녁 석훈은 잠이 오지 않았다. 내일이면 서엽이와 가까이서 만난다. 좋다. 아니 두렵다. 만나면 뭘 할까? 생각할수록 머릿속이 텅 비었다. 그리고 가슴이 두근거렸다.

잠을 자는 둥 마는 둥 하였는데 먼동이 텄다. 석훈은 재빨리 행장을 차리고 성불사 뒷산으로 내달렸다. 그날은 축지법이라도 쓰는 것처럼 달려 아침 해가 환하게 빛날 즈음 구만촌에 닿았다. 보통 날 같으면 바로 대문을 열고 들어갈 것인데 오늘따라 괜히 쭈뼛거리고 오금이 저렸다. 한참을 서성대고 있었더니 마침 봉춘이 나타났다. 봉춘은 석훈을 보고 웃었다.

"왜? 오늘은 들어오기가 좀 꺼끄라븐가?"

석훈은 머리를 끄덕였다.

"자네 그리 수줍어서 내가 멍석 깔아 줘도 서엽이 마음을 잡을 수 있을랑가 모르겠네."

"나중 일이사 어찌 되던 간에 우선 화엄사 가는 쪽 성황당에 먼저 올라가 있소! 나가 서엽이랑 쫌 있다가 그리로 갈랑깨."

석훈이 성황당에 와서 기다린 지 한참 만에 서엽이와 봉춘이 나타났다. 서엽이 석훈이 쪽으로 다가와서 떡을 내밀었다.

"언능 드시이다! 아침도 안 드시고 오싯쓰껀디."

봉춘이 끼어들었다.

"그래, 언능 묵게. 물도 마시 감서."

석훈이 인절미를 두어 개 먹고 물도 한 모금 마시고 나자 봉춘이 뜻밖의 말을 하였다.

"어이! 석훈이! 오늘 나는 남원에 류태홍 접주를 만나러 가야 헌깨 자네가 우리 서엽이 화엄사 구경 좀 시키 주소. 자가 가까이 삼서도 여지껏 화엄사 구경을 한 번도 못했다고 하도 그래 싸서 나가 덱꼬 갈라고 했는디, 갑자기 일이 생기서 자네를 불렀응깨 잘 덱꼬 댕김서 구경 잘 허고 오소~이!"

석훈은 당황했다.

"으응?"

"놀래기는. 왜, 싫은가?"

"아니. 싫은 건 아니고."

"암튼 우리 동생 잘 부탁허네."

말을 마친 봉춘은 성황당을 벗어나서 저만큼 달아났다.

두 사람이 말을 주고받을 때 서엽은 먼산바라기를 하고 있었다. 봉춘이 떠나자 석훈은 그제서야 서엽을 보았다. 서엽은 도시락 보자기를 들고 있었다.

"무거운디 이리 주소! 도시락은 내가 들고 갈랑깨."

서엽은 들고 있던 보자기를 내주었다. 석훈은 보자기를 받아들고 서엽의 차림새를 찬찬히 살폈다. 서엽은 짚신을 신고 있었다. 아마도 봉춘이 오늘은 많이 걸어야 하니 짚신을 신으라고 하였던 모양이다.

붉은 치맛단은 버선발 위에 있어 걷기에 편해 보였다. 노랑 저고리는 한껏 화사하였다. 길게 땋은 머리에 자줏빛 댕기를 매었다. 평소와는 다른 모습이어서 그런지 더 활달해 보였다. 석훈은 속으로 침을 한 번 꿀꺽 삼키고 말했다.

"저, 저, 서엽이!"

서엽이 석훈이 쪽으로 천천히 돌아섰다. 석훈이 또 침을 삼키는지 입술에 힘을 주더니 말을 건넸다.

"오늘 나랑 화엄사 가 볼랑가?"

의외로 서엽의 대답은 쉽게 나왔다.

"그래요."

서엽의 눈에 비친 봄날의 산야는 아름다웠다. 산색은 더없이 푸르렀다. 두 사람 앞으로 난 산길도 시원했다. 산길은 초록빛 연한 잎들을 달고 있는 나무들 사이로 뻗어 있었다. 길을 따라 천천히 걸으면서 가만히 심호흡을 했다. 얼마 만에 동네를 벗어난 나들인가? 도토리나무, 때죽나무, 소나무, 벚나무 사이로 쏟아지는 햇살이 여린 나뭇가지들까지 환하게 비추었다. 길가에는 온갖 꽃들이 피어 있었다. 자세히 들여다보니 수많은 들꽃들은 모양도 향기도 다 달랐다. 세상엔 이렇게 다른 꽃들이 많았구나. 사람도 꽃도 모두가 다 다르다는 생각을 하자 웃음이 났다.

서엽은 살짝 앞서 걸어가는 유석훈을 보았다. 그는 처음 보았을 때보다 키가 더 커 보였다. 홀쭉한 키에 뚜렷한 얼굴 윤곽선을 지녔다.

오늘 그를 따라가라는 봉춘 오라버니 말이 싫지 않았다. 서엽은 동학 하는 오라버니들은 다 믿을 수 있다고 생각했다. 그중에서도 석훈과 함께 간다고 생각하니 더 좋았다.

산길 모퉁이를 돌자 꽃향기가 풍겼다. 조금 걸어 올라가자 푸른 잎 사귀 아래로 하얀 꽃망울이 가득 달린 나무가 보였다. 앞서가던 석훈 이 그 나무 아래로 걸어 들어갔다. 그러더니 서엽이에게 손짓을 했 다. 서엽이 머뭇거리자, 자기가 선 자리를 비키며 어서 들어와 보라 고 했다.

서엽이 나무 아래로 오자 석훈이 빙긋이 웃으며 말했다.

"서엽이! 고개 좀 들어 보소."

서엽이 목을 뒤로 젖히고 보니 눈앞이 온통 하얀 꽃 천지였다.

"꽃이 나를 보고 환하게 웃는 것 같아요."

"향기도 좋제?"

"아! 향기도 좋고 꽃도 참 예뻐요."

"서엽이, 자네도 예쁘네."

서엽은 잠시 어지러웠다. 꽃향기에 취했는지, 부끄럼 때문인지 알 수 없었다.

"서엽이, 이 나무 이름이 뭔지 안가?"

"이름이 뭐예요?"

"때죽나무."

"때죽나무. 꽃은 예쁜데 나무 이름이 이상하네요."

석훈은 때죽나무 꽃가지를 꺾어서 서엽에게 건네주었다.

"이 꽃이 가을이 되면 땅을 향하여 수많은 열매로 열리는데 그 껍떼기가 중머리 맹키로 회색빛으로 빤질빤질허고 똥굴똥굴헝께 마치 중들이 떼로 몰려 있는 것 같다고 해서 사람들이 그리 불렀다네. 떼중나무라고. 그 말이 때죽나무로 바뀐 거지!"

"이 꽃에 그런 이상한 이름이 붙었단 게 재미지네요."

"시방 여그서는 우리가 떼죽꽃에 둘러쌓였는디 이따가 화엄사에 도착하면 거그서는 사람 떼중을 볼 꺼시네. 하하."

서엽이 때죽나무 하얀 꽃가지를 자기 코에다 가져다 대면서 말했다.

"오라버니, 이렇게 예쁘고 향기도 좋은 꽃이 떼죽꽃, 떼중꽃이라 그런께 이상해요."

두 사람은 다시 부지런히 걸었다. 해가 중천에 이르렀을 때 화엄사가 눈앞에 보였다. 서엽은 금강산도 식후경이니 도시락을 먹고 절 구경을 하자고 하였다. 도시락밥은 맛있었다. 화엄사 경내는 웅장했다. 조선 삼대 사찰이라더니 절집 규모가 놀랄 정도였다. 스님들도 많았다. 서엽이 웃었다.

"오라버니 말씀대로 떼중이네요."

서엽이 그리 말해 주자 석훈도 기분이 좋은지 환하게 웃었다.

"서엽이, 저기 각황전 앞에 석등이랑 석탑이 보이제? 둘 다 오래 되고 엄청나게 신령스럽당께 저그를 돔서 소원이나 빌어 볼랑가?"

"참, 오라버니는 동학 하는 사람이 무슨 말씀이단가요? 지는 한울님을 모시는 주문을 외울라요."

"아, 그렇지. 서엽이 자네는 동학 낭자지!"

둘이는 함께 웃었다.

각황전을 지나 대웅전 쪽으로 발걸음을 옮겼다. 사자탑이 있었다.

"사자탑도 멋지네요."

"저 사자탑이랑 비슷한 것이 광양 옥룡사에도 있구마. 옥룡사는 우리 집서 산 고개 하나만 넘어가면 있는디 그 절도 도선 국사가 세운 절이라네."

"그래요? 언젠가 한번 가 보고 싶네요."

석훈이 장난끼가 발동하는지 서엽 얼굴 가까이로 바짝 다가왔다.

"서엽이 동학 낭자! 그러다가 뗴중 되실라고요?"

서엽이 석훈을 향해 눈을 흘겼다.

"오라버니! 그리 놀릴 거예요?"

"아닌가? 하하."

두 사람은 화엄사 대웅전 뒤편에 있는 암자로 발걸음을 옮겼다.

암자로 가는 길옆으로 계곡물이 흘렀다. 청량한 물소리가 잦아드는가 싶더니 대숲이 나타났다. 대숲을 지나 구층암에 다다랐다. 구층암 앞에 다 부서진 삼층 석탑 하나가 비스듬하게 보였다. 거기를 돌아서니 안마당 쪽을 향해 승방을 떠받치고 있는 기둥이 특이했다. 가까이 다가가서 보니 모과나무였다. 나무 기둥 하나는 툇마루를 뚫고 하늘을 향해 솟아나는 듯하고, 바로 한 칸 옆에 있는 기둥은 반대로 지붕을 뿌리로 받치고 땅속으로 뻗어 가는 것처럼 보였다. 두 기둥 다 자연 상태 그대로 다듬지 않아 우둘투둘한 것이 살아 있는 나무 같았다. 모과나무를 만져 보던 서엽이 얼굴을 돌려 석훈을 보았다.

"오라버니, 이 기둥 좀 봐요? 이거 모과나무지요?"

"응, 맞구마. 임진왜란 때 왜놈들이 여까지 들어와 불태운 모과나무를 기둥으로 받쳤구만. 이 기둥은 몇 백 년은 갈 것이여."

"모과나무 기둥이 단단하게 보이긴 하네요."

"비뚤비뚤 못생긴 나무도 이리 쓴께 참말로 보기 좋구마. 우리 사람들도 다 쓰임이 있고 귀헌께 우리 동학에서 누구나 다 한울님이라 하는 거겠제."

"오라버니는 인자 모과나무 기둥을 봄서 도통하시는구마요. 하하."

"나는 아직 멀었구마."

석훈은 서엽이 추켜세우자 부끄러운 듯 얼굴이 붉어졌다.

어느덧 해도 서쪽으로 기울고 있었다. 석훈은 서둘렀다.

"인자 언능 돌아가세. 여그 오래 있다간 까까머리 중 되겠네."

"그래요."

두 사람은 발걸음을 빨리 하면서도 올 때보다 더 정겹게 대화를 나누었다.

"자네도 동학 경전 봤는가?"

"참 나. 오라버니보다 지가 더 많이 경전을 필사했다는 것을 모르시오?"

"아, 그랬는가? 앞으론 나가 자네헌티 동학을 배워야 쓰겄구마이."

석훈의 말에 서엽은 웃었다.

"오라버니가 저에게 잘 보이면 필사본도 드릴 수 있지요."

"동학 낭자, 아니 사부님. 오늘 화엄사 안내까지 해 드렸는데 지헌티도 필사본 한 부 내라 주이다."

서엽은 깔깔 웃었다.

"글까요. 앞으로 오라버니가 하는 것 봐서 더 많이 필사해 드릴 수도 있고요."

"예이! 무엇이든 분부만 하옵소서."

이번엔 두 사람이 서로 얼굴을 마주 보며 깔깔거리고 웃었다. 두 사람은 쉼 없이 이야기를 나누고 웃으면서 바쁘게 걸었다. 해는 어느새 제 집을 찾아가 버리고 어둠이 깔릴 즈음 구만촌에 당도하였다. 서엽이 대문으로 들어가는 것을 보고 석훈은 돌아섰다. 다시 봉강 석평까지 돌아갈 길이 멀었다. 하지만 서엽의 마음을 얻은 석훈은 몸도 마음도 날아갈 듯이 가벼웠다. 석훈과 서엽은 그해 가을 혼인날을 잡았다. 서엽의 아버지 임정연은 석훈을 앞에 앉혀 놓고 당부하였다.

"자넹께 나가 우리 서엽이를 맡기네. 자네도 한울, 서엽이도 한울인께 서로 위해 주고 서로 존중서 살게나. 살다가 혹 어려운 일이 생기더라도 우리 모두가 똑같이 한울인 것만 명심허고 서로 애끼 주

고 살먼 힘든 시절도 지나가고 좋은 날이 올걸세. 서엽이헌티도 동학
을 제법 가르쳐 놨승깨 자네 동네 사람들에게 동학 포덕허는 일에도
큰 힘이 될걸세."

6장/ 삼례 취회

임진년(1892) 가을에 혼례를 올린 새신랑 유석훈은 서엽이와 함께
하는 나날이 좋았다. 밖에서 일이 있어도 빨리 집에만 가고 싶었다.
서엽이와 동학을 이야기하고 새로운 세상을 꿈꾸는 것이 좋아 겨울
이 와도 추운 줄 몰랐다. 날마다 얼굴에 웃음을 달고 사는 그에게 삼
례에서 열리는 교조신원(동학 교조 최제우가 혹세무민의 죄명으로 처형당한
뒤, 동학 교도들이 교조의 죄가 없음을 밝혀 억울함을 풀고 동학을 합법적으로 인정
받기 위해 벌인 운동)을 위한 모임에 참여하라는 경통(연락)이 왔다. 새신
랑 유석훈은 그 소식도 좋았다. 이제 사람들은 동학 세상으로 가는
새로운 길을 뚫고 있다. 거기에 자신이 할 몫이 있다. 지난번 공주 모
임 때는 광양까지는 차례가 돌아오지 않았다. 처음 하는 일이고 보니
충청도 인근의 도인들 중심으로 참여자를 제한한 거라 했다. 이번 대
회에 광양 동학 도인들은 다 가는 거다. 서둘러야 한다.

"여보, 이번 삼례 모임에는 광양 도인들도 많이 참여허겄응께 행장을
잘 챙기 주소."

"농사일도 다 끝나 사람들이 많이 참여하겠네요. 여자들도 그런 데

가는 사람 있으면 나도 한번 따라가 보고 잡소."

"나도 우리 예쁜 각시를 뒈꼬 가고 잡소만 거그 가는 것이 보통 고생이 아니라서….."

"당신도 조심하셔요."

어제 저녁부터 바쁘게 몰아챈 덕분에 사람들이 마당에 꽉 찼다. 유석훈은 그 사람들을 향해 입을 열었다. 그는 단단한 사람이라 목소리도 차분했다.

"심고. 한울님! 여기 광양 도인들이 모였습니다. 우리는 모레 아침 일찍 삼례로 가려 합니다. 수운 대선생의 원을 풀고 동학 세상을 만들러 갑니다. 또 남의 나라에 와서 조선 백성들의 피를 말리는 양인들, 왜인들에게 다 자기 나라로 돌아가라는 뜻을 분명히 하려 합니다. 한울님 우리 동학 도인들을 보호하소서."

심고를 마치고 유석훈 접주는 사람들을 향해 짧지만 단호하게 말했다.

"여러분! 인자 동학 도인들이 목소리를 내기 시작했습니다. 얼마 전 공주서는 충청도 도인들이 모여서 충청 감사에게 수운 대선생의 억울한 누명을 벗겨 주고, 척왜양하고, 동학 도인들을 대상으로 가렴주구를 일삼는 지방관들의 불법행위를 금지해 달라고 요구했답니다. 거그서 한참 만에 나온 충청 감사의 답이 앞의 두 가지는 임금님이 허시는 일이니 자기가 이러타 저러타 못 허고 동학 도인들에 대한 지방관들의 불법행위와 탄압은 못하도록 하겠다는 약조를 했답니다. 인자 우리 전라도 차례라 전라도 동학 도인들이 삼례에서 다 모이기로 했습니다. 우리도 다 같이 삼례로 가서 동학을 핑계 삼아서 우리를 못살게 구는 관리들을 꼼짝 못허게 헙시다. 글고 이참에 수운 대선생의 신원으로 동학을 인정받읍시다. 또 남의 나라에서 제나라보다 더 설쳐 대고 우리를 못살게 구는 왜놈들의 기도 좀 꺾어 놓읍시다. 그리해서 사람이면 모두가 존중받는 새로운 세상을 열어 봅시다. 우리는 모레 아침 일찍 출발허겠습니다. 여기 옆에 선 이 사람이 어떻게 준비할 것인지 세세허니 일러 드릴 것입니다."

유석훈에 이어 양계환 접주가 말을 이었다.

"동짓달 초하룻날에 다 모인다고 헌께 서둘러야것습니다. 광양서 삼례까지는 아침에 일찍허니 나서서 안 쉬고 걸으면 나흘 뒤 저녁밥 묵을 때쯤이면 삼례에 도착허꺼그만요. 삼례 도착헐 때까지는 한데 잠도 여러 날 자야 허꺼네요. 모임에 참석허고 결과가 좋으면 그날 저녁부터 바로 내려올 것인디 일이 잘 안 풀려서 그다음 날로 미뤄지면 한데서 또 여러 밤을 더 자야 할랑가도 모를 일이그만요. 시방 여그서는 우리 일이 이틀이 걸릴지 사흘이 걸릴지 확실허니 알 수가 없습니다. 긍께 열흘 이상 걸린다 생각하고 거기에 맞춰서 옷이랑 주먹밥도 넉넉허니 챙기야겠습니다. 떡도 좋고 고구마 삶아 말린 것도 좋습니다. 뭐이던 간에 식량이 될 만헌 것이면 조금씩이라도 이녁이 묵을 걸 챙기야 헙니다. 인자 날도 추워진깨 옷도 단단허니 챙기고 여벌 짚신도 마련허이다! 다들 돌아가서 야무지게 대비해 갖고 내일 아침에 일찍허니 마을 앞길에 모이서 함께 삼례로 떠납시다!"

다음 날 아직 어둑어둑한데도 마을 앞은 사람들이 잔치 마당에 몰려온 것처럼 많이 모였다. 좀 살 만한 집은 솜을 두둑이 놓아 누빈 옷을 단단히 챙겨 입었다. 하지만 대부분의 사람들은 무명 홑겹 옷을 두 겹씩 겹쳐 입었다. 허리춤에는 짚신 서너 켤레를 달아 달랑거리고 등짝에 괴나리봇짐을 하나씩 챙겨 지고는 시끌벅적 웃고 떠들었다.

광양 사람들은 삼례까지 부지런히 걸었다. 공주 소식을 들은 터라 걷는 사람들의 표정은 한결같이 밝았다. 사람들이 마을을 떠나 걸은 지 한 식경이 더 지나자 다들 뱃속이 출출했다. 앞에 가는 유석훈 접주는 밥 먹는 것도 잊었는지 밥때에 관한 어떤 지시도 내리지 않았다. 참다 참다 안됐는지 옆에서 양계환 접주가 말을 꺼냈다.

"유석훈 접주, 때가 돼서 사람들 배고푼디 간단허니라도 뭘 좀 먹고 가야 쓰것그마."

"아, 그네이! 나가 언능 삼례 갈 생각만 허다 본깨 밥때도 잊어 부렀네."

"그럼 여그서 각자 챙기 온 걸로 끼니를 때웁시다! 없는 사람들은 좀 더 가져온 사람들이랑 갈라 묵기도 허고. 마을 옆을 지날 때 사람들헌티 묵을 것을 부탁허거나 손을 대서 민폐를 끼치는 일이 안 생기게 다들 각별허니 조심헙시다."

선 채로 유석훈은 아내가 준비해 준 주먹밥 한 덩이를 들어내어 먹을 것이 없는 사람들이 있나 살펴보았다. 다행히 아직은 빈손이 안 보였다.

길가 한쪽으로 자리 잡은 패에서 복돌이가 촐랑댔다.

"야, 너네 주먹밥에는 뭐 들었어? 나는 장만 쪼깨 발랐는디 니 것은 색깔이 다르다야. 쪼까만 떼어 줘 봐. 내 것하고 바꿔 먹게."

윤약이가 주먹밥 한 귀퉁이를 떼어 주며 대꾸했다.

"히히, 언제 본겨? 니 없을 때 언능 묵어 불라고 했는디 니가 봐 부렀어. 아나 묵어라."

주먹밥이 대부분이었지만 그것도 여러 질이었다. 보리만 있어서 뭉쳐지지가 않고 흩어져 버리는 밥, 그저 소금만 살짝 발라 간작스럼한 밥, 김 가루가 붙어 있는 밥, 실멸치가 붙어 있는 밥…. 젊은 축들은 서로 바꿔 먹고 나눠 먹고 양쪽 볼이 미어지게 밥을 입속에 털어 넣고는 또 무슨 장난말로 웃음이 터지는지 밥알이 튀어나오곤 했다.

사람들은 밥을 먹자마자 바로 앉은 자리를 털고 일어나 걸었다. 밥도 먹었겠다 걷기만 하는 것이 심심했다. 인적이 없는 길을 걸을 때쯤에 젊은 축들이 눈으로 신호를 보냈다. 주문 노래를 하자는 것이었다.

"시천주 조화정 영세불망 만사지…."

"시천주 조화정 영세불망 만사지…."

주문을 노래하듯이 가락을 붙여서 함께 목청껏 부르면 힘이 나고 걷는 것도 재미났다. 신바람이 더 나는 축들은 몸을 들썩이다가 대열 옆으로 삐져나와 춤사위를 덩실덩실 한바탕 풀어 놓고 다시 자신의 대열로 들어갔다.

신바람 나게 며칠을 걸어서 삼례 근방으로 들어섰다. 삼례역으로 가자면 조금 더 가야 했다. 앞서 가던 유석훈이 발걸음을 멈추고 뒤돌아섰다.

"시방 삼례에는 사람들이 많이 들어와 있어서 비좁응깨 우리는 이쯤에서 자리를 잡고 밤을 샌 담에 내일 아침 일찍허니 삼례역으로 들어갑시다."

사람들은 주변을 두리번거리다가 논으로 들어섰다. 가을걷이가 끝난 논은 바짝 말라 있었다. 논 가장자리에 사람들이 좋아하는 볏짚가리가 쌓여 있었다. 다들 볏짚가리를 가져다 풀어 헤쳐 깔고 누울 자리를 만들었다. 사람들은 남은 짚단을 나눠서 이불 삼아 같이 덮고 잠을 청했다. 십일월에 접어든 날씨는 추웠다. 턱이 떨리고 이가 딱딱 부딪혔다. 누가 시키지도 않았는데 사람들은 굴비를 꿰어 놓은 것처럼 일렬로 몸을 서로에게 밀착하여 붙이고 같이 짚 덤불 이불을 끌어다 덮었다. 사람들은 아직 안 자는지 짚 덤불 속에서도 두런두런 말소리가 났다.

복돌이였다.

"언 놈 코고는 소리가 화포 소리만 혀."

윤약이는 복돌이가 웃자고 하는 말을 차분히 받았다.

"그런께, 이 추운디서 참말로 잘 자네."

둘의 말에 성삼이가 끼어들며 꿈꾸듯 말하였다.

"참말로 동학 세상이 오면 부자덜이 가난한 우리덜을 도와서 우리도 땅을 가지게 될까? 글고 그 땅에서 두레로 농사지어 다 같이 나눠 먹게 될까?"

"그렇게만 되면 참말로 좋제. 아니 생각만 해도 오지게 좋은 그런 일은 냅두더라도 나라에서 세금만 덜 뜯어 가도 살 만하제."

"맞어. 왜놈덜한테 절대로 쌀을 넘기면 안 되는디 웬수 놈의 세금 낼라면 가실걷이(추수)를 하나마나 그 좋은 쌀이고 콩이고 다 넘겨야 되니. 뭔 놈의 세상 꼬라지가 이리 돌아가는지. 그 바람에 쌀값이 자꼬 올라가 지주들만 좋은 일이제. 웬수 중에 젤로 큰 도적놈이 왜놈 들이여."

"그걸 알면서도 가을에 곡석을 넘기게 허는 것이 세금 아니당가. 땅 주인 양반 놈들은 세금도 덜 내고 배 뚜디리고 살다가 창고에 차곡차곡 쌓인 쌀은 봄 되면 비싸게 팔아 자꼬 부자가 된당께. 나도 이번 봄 넘기기가 수월찮을 성싶네. 아무래도 논다랑지 하나는 또 없어질 성싶당께. 개 같은 세상이여. 후유."

"긍깨 빨리 동학 세상이 와야 써. 다 같이 한울님인게 양반 상놈 없이 서로 존중하고 귀히 여기고, 뭐가 됐든지 있는 사람이 없는 사람을 살펴 니 것 내 것 따지지 않고 서로 돕는 유무상자 맘으로 살면 그 것이 천국이고 한울 세상이제."

"그러면 세금도 좀 덜어지까?"

"양반 상놈이 없어지면 세금도 좀 공평히 내겄제."

"동학 세상이 오기만 하면 우리는 살아서 천국을 누리는 거네~이! 양반 상놈도 따로 없고 세금도 낼 만큼만 내고, 마누래 자석들이랑 배부르면 그것이 천국이제."

평상시에는 누구를 만나기만 하면 입이 쉴 새가 없는 복돌인데 오늘은 웬일인지 윤약이와 성삼이가 주고받는 이야기를 그저 듣고만 있더니 한마디를 내뱉었다.

"아따 듣기만 해도 좋다."

"아까는 겁나게 춥더만 인자 이리 따닥따닥 붙어서 짚 덤불 덮고 오래 있은께 안 춥네. 화포총 쏘대끼 코고는 놈이 이유가 있었구마. 우리가 이래 붙어서 누운께 이 한데서도 잘 만허네."

복돌이 이야기를 끝으로 잔사설이 잦아들고 사람들은 한데서 잠이 들었다. 다음 날 아침 일찍 각자 챙겨 온 먹을거리를 꺼내 놓고 서로 나눠 먹었다. 입안에 오래 담아 입김으로 데워서 씹어 삼켰다. 그래도 꿀맛이었다. 겨우 배고픔을 달랜 사람들은 짚단을 처음대로 가지런히 하여 묶었다. 그리고 짚가리를 쌓았다. 사람들이 많아 그 일은 언제 시작했냐는 듯이 금방 깔끔하게 정리되었다. 그 논은 사람들을 하루저녁 따듯하게 품어 주고는 그 자리에 어제 모습 그대로 있었다.

삼례역으로 옮겨 오니 사람들의 행렬이 끝이 안 보였다. 전라도 각처에서 모여든 도인들의 위세에 관보다도 놀란 것은 동학 도인 자신들이었다. 이 많은 사람들이 다 우리 도인이라는 사실에 감격하여 하루 종일 사람들 사이를 헤집고 다니며 통성명하는 일로 보내는 사람이 한둘이 아니었다.

　모두들 일이 어떻게 돌아가는지 답답해할 때쯤 의송소에 다녀온 유석훈 접주가 소식을 전해 주었다.

　"내일 동짓달 초이튿날에 전라 감사 이경직에게 소장을 올린다고 허네요. 소장 내용은 충청도하고 똑같이 '수운 대선생 신원과 동학 도인에 대한 수탈 중지, 그리고 우리나라의 부가 왜놈 양놈들한테 돌아가지 않도록 하는 것'이라요. 시방 여그는 전주, 익산, 여산, 고부, 나주, 광주, 화순, 장흥, 남원, 임실, 곡성, 보성, 구례, 순천, 광양 등 전라도 대부분 지역과 그 밖에 수원 등 각지에서 온 동학 도인 수천 명이 모있다고 허는디 시방도 계속 사람들이 모이들고 있은께 확실허니 얼마나 되는가는 모르것다네요."

　"아무래도 내일 소장 올리고 나먼 그 결과까지 보고 가야 허건깨 오늘 저녁도 어제 저녁에 밤을 샌 논으로 가야 헐랑갑소. 다들 그리 알고 준비들 허이다~이!"

　다음 날 삼례에 모인 사람들은 전라좌도 류태홍, 전라우도 전봉준을 대표로 하여 소장을 써서 이경직 감사에게 보냈다. 전라 감사 이경직은 이미 공주 일을 알고 있었던지라 충청 감사와 똑같이 소장을 처리하였다. 지방 관원들에게 동학 도인들을 괴롭히는 일이 없도록 감결(공문)을 내려 보내겠으니 한시바삐 동학 도인들은 해산하라고 하였다.

　여기서도 이 감결이 허울뿐인 거라 흩어져야 하느냐, 확실한 답을 얼을 때까지 버텨야 하느냐 등등으로 말들이 돌았으나, 이번에도 도소에서는 각기 고향으로 돌아가 다음 소식을 전하라는 결론이 내려졌다.

거기 모인 사람들은 동학을 받아들이고부터 관원만 보면 피해 다니며 살던 사람들이었다. 공주 모임의 소식을 전해 듣고 삼례로 모이라 하였을 때, 한편으로 신나기도 했지만 다른 한편으로는 관원의 탄압을 더 심하게 받지 않을까 걱정하였다. 그런데 삼례에 와서 동학 도인을 무단히 수탈하지 말라는 감결을 도내 각 군현에 내려보낸다는 소리를 다시 들으니 용기백배하였다.

어떤 술수가 있던지 간에 우선은 감사 나리가 동학 도인들을 거론하며 함부로 대하지 말라는 엄명을 내리는 것을 직접 보고 겪으니 궁벽진 시골 고을에서 보고 듣는 것과는 천양지차의 감이 있었다. 그 깊은 감격을 안고 밤길을 타고 광양으로 돌아가는 사람들은 추워도 추운 줄을 몰랐다.

7장/ 보은·원평 취회

석평 마을을 감싸고 있는 뒷산에는 산죽이 빽빽이 들어차 있다. 봄날의 기운은 산죽 색깔을 어느새 싱그러운 초록으로 다 바꿔 놓았다. 빽빽하다 못해 무성하다는 느낌을 주는 산죽 사이로 띄엄띄엄 소나무들이 서 있다. 검게 갈라진 줄기를 휘어 올려 우뚝 선 소나무가 장관이다. 연하디 연한 잎사귀를 달고 봄바람에 한들거리는 대나무들 보란 듯이 소나무는 진한 검초록의 뾰족한 솔 잎새를 대나무 군락을 훨씬 넘긴 높이에 펼치고 있다. 마치 대장 군사가 병졸들을 훈련시키고 있는 모양마냥 기운도 당당하게 우뚝 서 마을을 내려다보고 섰다.

그 앞에 석평 마을 집들이 자리를 잡았다. 유석훈 접주 집은 석평 뜰에서 바라보면 높고 그들먹한 터에 자리를 잡았다. 사랑방에는 동네 청년들이 다 모였다. 다른 동네 청년 얼굴도 보였다. 재 너머 옥룡에서 넘어온 서윤약, 서형약 형제도 있었다. 특별한 일이 있을 때만 간혹 들르던 형제 도인들이었다. 장난끼 많은 동생 서윤약이 제법 무게 잡는 표정으로 말을 꺼냈다.

"유석훈 접주님, 뭔 일이 있소?"

유석훈 접주는 방 안에 모인 젊은 청년들을 향해 입을 떼었다.

"저번에도 말씀들 나누었제마는 시방 나라 안팎의 정세가 엄청 빠르게 변허고 있소. 우리 조선만 임금이니 양반이니 허고 관리들이 백성 무서운 줄 모르고 함부로 날뛰고 있지다. 시방 우리나라에 들어와서 우리를 뜯어묵을라고 환장을 허고 있는 왜놈들 나라만 허더라도 몰라보게 변했당깨요. 누구든지 능력만 되면 우리나라에 들어와서 한몫 잡아 크게 출세한다고 저놈들이 시방 이 조선 바닥을 휘젓고 댕기는 거는 여러분들도 소문 들어서 잘 알고 있것지다."

조두환이 나서면서 말했다.

"몸서리난깨 그 개놈의 새끼들 이야기는 쎄(혀)도 대지 마이다."

다시 유석훈이 말을 이었다.

"시방 이 나라 꼴을 보면 참말로 한심허당깨요. 민씨 일파들이 권력을 잡고 벼슬자리들을 팔아먹으려고 눈이 뻘갠지라 돈으로 벼슬을 사서 내리온 놈들이 본전 챙기것다고 오살나게도 많이 뜯어 가는 거 아니것능가요. 무엇보담도 우리 동학 도인들에 대해서는 동학이 나라에서 금하는 것이다 하여 무단히 잡아 가두고, 또 매질을 함서 돈을 뜯어 가는 것이 비일비재허요. 그래서 지난해 공주에서 충청 감사에게, 글고 삼례에서는 전라 감사에게 의송을 넣어서 수운 대선생 누명을 풀어 주라 하였소. 또 억울하니 갇힌 도인들은 풀어 주라 하였소. 그 결과로 감사가 각 군현에 감결을 내린 일은 다 알고 있지다. 글고 올 초에는 드디어 한양에서 임금님께 직접 상소를 안 올렸소.

임금님도 그때 그 자리에서는 모두 돌아가 허는 일 열심히 허면 좋은 소식이 있을 거라 했다는디 그것이 말만 그리 허고 바로 그다음 날로 법헌 어른이랑 그때 앞장선 대접주덜 잡으러 눈에 불을 켜고 들쑤셨단 거 아니요. 허니 우리 동학이 나라의 인정을 확실히 받는다는 거는 여전히 언감생심인 것도 잘 알 것이요."

"유 접주님, 그거이사 어지께 오늘 겪는 일도 아닌디 뭔 사설이 이리 기요?"

"허허. 나가 말이 좀 길어졌는갑소. 암튼 인자는 우리가 다시 일어서야 쓰겠소. 우리가 공주로 삼례로 몰려가서 의송을 넣고 어쩌고 하는 사이에 동학 도인들 사이에도 말씀들이 크게 돌았소. 우리 동학 도인들이 내 한 몸 잘되자고 동학에 입도한 것이 아닌 이상, 수운 대선생 신원도 신원이제만 그와 함께 이 허물어져 가는 나라를 바로 세워야만 우리 도도 살고 도인들도 맘 놓고 동학 세상을 만들 수 있겠소."

"근게 그 일을 허는디, 어쩌코롬 하자는 말인가 그말을 허란깨."

"서양에서는 민회라는 것이 있어 나라 안팎의 모든 살림을 백성들의 의견을 모아서 헌다고 허더만요. 우리도 장차는 그런 민회를 만들어야 될 것이라고 말하는 사람들이 요새 많구만요."

골똘히 듣고 있던 서형약이 고개를 갸웃하며 유석훈 접주의 말 사이로 파고들며 질문을 했다.

"저도 쪼까 듣기로는 서양의 그 민회라는 거는 임금님도 따로 없

고, 백성들이 나라의 주인이 돼서 나라 살림을 이러고저러고 헌다는
디 그게 가당키나 한 말이다요? 또 왜국도 청나라도 황제국인데 그런
제도를 따른다는 게 어째 앞뒤가 맞지 않소."

"내 말 좀 들어보소. 저 유럽이라는 땅에 큰 나라인 불국(프랑스), 덕
국(독일), 글고 또 다른 아메리카라는 대륙에 미국이라는 나라는 따로
임금이 없고 백성들이 뽑은 대표가 나라 살림을 맡아서 헌다고 헙디
다. 조선처럼 엄연히 수백 년 된 왕실이 있는 영국이라는 나라도 나
라 일은 왕이 마음대로 못 허고 국민이 뽑은 대표랑 의논을 해서 나
라 살림을 헌다고 허더랑깨요. 요새 우리나라에 들어와서 즈그들 나
라마냥 설치는 청인, 왜인들도 시방은 이 제도를 따라 갈라고 애를
쓸라고 헌단디요. 그래야 서양맨키로 국력이 쎄지고 맥없이 전쟁에
서 지고 허는 일이 없게 된다면서요. 근디 서양 나라 놈덜의 좋은 제
도를 배와서 즈그들 나라에서만 즈그들끼리 잘 살면 좋을껀디 우리
나라를 뺏아 묵을라고 눈에 불을 쓰고 설치고 댕기고 있은깨 보통 일
이 아니지다~이!"

이번에는 눈이 부리부리하고 의협심이 강한 한진유가 끼어들어 질
문하였다.

"서학이라는 것이 사람은 모다 하나님 자석이라 공평해야 한다고
함서 이웃을 네 몸처럼 사랑허라고 헌다더마는 어찌 가난한 나라를
뺏아 묵을라고 설친당가요?"

"즈그 나라에서 난 것만 묵고 살아도 즈그들 배는 찰 것이요마는

사람 욕심이라는 것이 끝이 없은깨 옆 나라를 침략해서 제멋대로 빼앗다가 제 놈들만 배지 부르게 살자는 수작인 거것이다~이! 긍깨 똥구녕까지 욕심덩거리만 빵빵허니 찬 놈들헌티 우리가 가만히 앉아서 당허기만 허먼 절대로 안 된당깨요."

옆에서 답답하다는 표정으로 서윤약이 유석훈의 말을 무질렀다.

"우리가 시방 그걸 몰라서 당허는 거는 아닌디, 민횐가 뭔가 허는 것도 그대로 되기만 허면야 좋제마는, 말이 쉽지 지대로 허자면 걸리는 것이 한두 가지가 아닐 것이오. 이참에는 뭔가 뾰쪽헌 수가 있어서 우리를 부른 것이다요?"

무지르는 말인데도 유석훈은 오히려 반겼다.

"맞소. 그래서 이번에는 법헌 어른이 계시는 법소에서 큰 결정을 했소. 돌아오는 수운 대선생 기념일인 삼월 열흘날을 기해 동학 도인들이 다 들고 일어나기로 했답니다. 지난해 십일월 삼례 가서 동학 도인들이 수천 명이 모인 거 본 사람덜이 여그 많이 있소만, 인자 충청도 전라도 따로 모일 것이 아니라, 아예 전국 도인들이 한 군데로 다 모여 본격적으로 척왜양을 요구하자는 것이지요."

"그거 참말로 듣던 중에 반가운 소리그만요."

유석훈은 거기서 가장 나이가 많아 보이는 사람을 보고 부탁하였다.

"박홍서 접주님께서 이번 보은 취회에 대해 말씀해 주시이다!"

박홍서 접주가 방 안에 있는 사람들을 둘러보고 말하였다.

"우리의 요구 조건은 지난해 공주와 삼례 모임, 그리고 올해 광화문 복합 상소 때와 똑같소. 첫째, 수운 대선생의 억울한 누명을 풀어 주어서 우리 동학을 당당하게 공부하고 사람들에게 전할 수 있게 하는 것이고, 둘째, 아직도 정신 못 차리고 백성들만 파먹고 사는 탐관오리들을 징치하는 것이고, 셋째, 욕심이 끝이 없어 남의 나라에까지 들어와 조선 백성들을 죽음의 길로 내모는 되놈, 양놈, 왜놈들을 다 몰아내어 나라의 근본을 바로 세우자는 것이오."

여기까지 말하고도 무엇이 미진했던지, 가슴에 복받치는 것이 있던지 박홍서 접주는 침을 한번 삼키고 다시 말을 이었다.

"지금껏 보고 겪어서 다들 알겠제만 이 일이 쉽지는 않을 것이요. 이 일은 이루어질 때까지, 앞으로 우리가 목숨을 걸더라도 기필코 해내야 하는 일이요. 돌아오는 수운 대선생 기념일인 삼월 열흘 날 보은 장내리에 조선의 모든 동학 도인들이 모이자고 경통이 내려왔소. 여기 있는 젊은 도인들이 이번에는 앞장을 서야 할 것이요. 나라를 살리는 일에 남녀노소가 따로 있겠소만 젊은이들이 힘을 내야 그 젊은 기운이 몰아가는 힘에 온 나라가 펄펄 끓을 것이오."

항상 박홍서 접주 옆에서 일을 말끔하게 처리하곤 하는 유석훈 접주가 오늘도 단정한 자세로 앉아 듣더니 이제 자기 차례라는 듯이 말을 붙였다.

"삼월 열흘날까지 보은으로 갈라면 준비를 시원찮게 해서는 안 될 것입니다. 지난번 삼례 때보다 거리도 더 멀고 거그서 일을 다 마칠 때까지 건딜라면 솔찮허니 비용이 들꺼그만요. 도인들 중에 형편이 어려운 사람은 밥술이라도 뜨는 도인들께서 유무상자해서 보은 갈 경비를 챙길 수 있게 서로 도와야 헙니다. 우리는 보은으로 당도하기 전에 원평으로 먼저 모이서 거그서 다른 지역 사람들이랑 함께 보은 으로 올라가게 될 모양이요. 갈 길이 멀고 힘든께 이번 일은 여그 모 인 사람들이 먼저 앞장서야겠습니다."

웃음 많은 서윤약이 선선히 나섰다.

"우리 동네는 저허고 성이 맡아야 쓰것소~이! 형편 되는 대로 곡식 도 좀 걷고 옷가지 짚신도 넉넉하게 준비해야것그만요. 이번에는 어 떤 주먹밥이 인기가 있을랑고~! 하하. 삼례 때도 영판 재미나고 오지 던디~. 이참에는 전국 도인들이 다 모인당깨 얼매나 오지고 신명나 는 판이 벌어질랑가 모르것소~이!"

며칠 뒤 보은을 바라고 출발한 광양접 사람들은 아쉽게도 원평에 머물게 됐다. 보은에는 이미 차고 넘칠 만큼 사람들이 모여들어 뒤늦 은 사람들은 원평에 따로 모여 보은과 행동을 함께하기로 한 것이다. 원평의 도소에 도착한 유석훈은 남원 류태홍 접주를 찾았다. 류태홍 접주는 원평 너른 들판 가운데를 흐르는 원평천을 지나 원평 장터에 전라좌도 대표들이 모여 있다며 석훈을 그쪽으로 데려갔다. 스무 명 도 넘을 성싶은 사람들이 모여 있었다. 옆에서 류태홍 접주가 한 사 람을 가리켰다.

"저 양반이 김개남 대접주요. 우리 전라좌도 사람들을 이끌고 있소."

김개남 대접주는 키가 컸다. 얼굴에 광대뼈가 도드라진 것이 의지가 강한 사람으로 보였다. 입술은 두껍고 눈빛은 강했다. 석훈은 김개남 대접주를 보자마자 이 썩어 빠진 나라에 확실히 맞설 수 있는 사람이라고 생각했다. 처음 봤는데도 믿음이 생겼다. 저이라면 따라서 일을 도모해 볼 만하다는 생각이 머리를 스쳤다.

김개남 대접주는 임실, 장수, 남원 접주들에게 경통을 받았는지 가볍게 확인했다. 접주들은 그랬노라고 답했다. 그쪽 선을 타고 구례, 하동, 광양, 순천, 고흥까지 연락이 닿았다고 했다. 이번에는 조선 팔도로 경통이 야무지게 전해졌는지 보은 장내리가 거사일이 되기 전부터 인산인해를 이루고 있다고 말하는 접주도 있었다. 김개남 대접주는 그 말에 동의하는지 머리를 끄덕이더니 정식으로 인사를 올렸다.

"다들 먼 길 오시느라 고생이 많으셨지라. 제가 김개남이올시다. 이번에는 꼭 우리의 소원을 이뤄야겠지라. 그러자면 우리가 여기서 좀 머물러야 쓰겠소. 다들 준비는 잘 하고 오셨지라? 각자 소개를 하고 자기 포 사람들이 얼마나 되는지 자랑 좀 해 보실라요."

김개남 대접주의 말에 대답이라도 하듯이 임실 접주인 한홍교가 나섰다.

"김개남 대접주님의 말씀이 옳구만요. 저는 임실 접주 한홍굡니다.

우리 임실 도인들도 이번에는 단단히 작정을 하고 여기로 왔습니다. 우리 포가 오백 여남은 명 될게요."

뒤이어 장수 대접주 황내문이 말하였다.

"제가 장수 접주 황내문이올시다. 보아하니 내가 좀 나이 든 축에 속하겠구만요. 앞으로 우리 모두 힘을 합해 좋은 동학 세상을 만들어 봅시다. 우리 포는 준비를 야무지게 하느라고 참여하라는 경통을 받은 날부터 바로 대비하였으니 더 말할 나위가 있겠소. 특히 우리 도인이 아닌 사람들에게 조금이라도 폐가 되는 일을 하여서는 안 되기에 저희 도인들도 형편 닿는 대로 유무상자하여 준비를 단단히 하고 올라왔소. 우리 포도 오백 명은 넘을 성싶소. 그러니 김개남 대접주는 우리 포 염려는 붙들어 매고 저쪽 관군 동향이나 잘 살펴보구려."

황내문 대접주의 과시하는 듯한 언사를 듣고 빙긋이 웃는 사람이 있었다. 멀리 광양에서 올라온 유석훈 접주였다. 그가 말을 텄다.

"광양 봉강 접주 유석훈입니다. 우리는 남쪽 멀리서부터 오니라 엄청 힘이 들었구만요. 우리 광양 사람들은 길이 멀어서 많이 오지는 못했습니다만 이백 명이 조금 넘습니다. 우리 도인들은 여기 올 여비를 챙기니라 소도 팔고 논을 판 사람들도 있습니다. 긍깨 우리 광양 사람들 열정도 여그 모인 접주님들 못지 않을 것인깨 그 정성을 제대로 알아주시야 허꺼그만요."

줄줄이 늘어놓는 접주들의 보고가 장황했다.

김개남 대접주가 챙기는 사람들 숫자만 해도 어림잡아 수천은 넘을 성싶었다. 원평에 모인 도인들이 그럭저럭 이만 명은 넘어 보였다. 보은에는 그보다 더 많은 사람들이 모여 있다고 했다. 김개남, 전봉준, 손화중 등은 원평을 근거로 삼아 보은의 소식을 들으며 사람들을 챙겼다. 몇몇 대표 격을 뽑아 보은으로 하루에도 몇 차례 사람을 보냈다. 원평에 도착한 다음 날로 유석훈에게도 차례가 돌아왔다.

이번에는 김개남도 직접 보은으로 향했다. 거기 일행에 유석훈은 양계환 접주와 또 다른 지역에서 온 접주 여남은 명과 함께 보은으로 향했다.

원평들을 메운 사람도 많았지만, 보은은 그야말로 사람 물결에 땅바닥이 보이지 않을 정도였다. 원평에 모인 도인의 곱에 곱은 되어 보였고, 이렇게 동학 도인들이 보은으로 몰려들자 동학 도인이 아닌 사람들도 헤아릴 수 없이 많이 보은으로 밀려들었다. 그들 중에는 탐관오리가 날뛰어 못 살겠다고 일어섰던 임오년 거사에 참여한 사람들도 있었다. 그들은 그때 뜻을 이루지 못하고 매서운 관의 눈길을 피해 숨어 살면서 때를 기다린 사람들이었다. 보은에는 왜놈들이 자신들의 삶의 터전을 야금야금 먹어 들어오는 것에 분통을 터트리며 그들을 내쫓을 방도를 찾아 올라온 사람들도 있었다. 그런가 하면 농사를 지어도 쌀 한 톨 남지 않고, 장사를 하여도 돈 한 푼 남길 수 없는 사람들이 장내리로 달려왔다. 또 모진 빚 독촉을 견디다 못해 어디든 피해야 할 것인데 차라리 보은 길이 자신을 살리는 길이라 여기고 앞장선 자도 있었다. 그렇게 보은 장내리에는 조선 땅에 살아도 산목숨이 아닌 것처럼 힘든 사람들이 보은 취회에 희망을 걸고 발길을 재촉한 사람들이 많았다.

동학 접주들은 알았다. 저렇게 몰려오는 아픈 백성들을 안아야 할 사람은 나라님이지만 조정은 이미 그럴 뜻도 힘도 없음을. 그래서 이 나라의 헐벗고 상처 입은 백성들을 품에 안을 수 있는 동학이어야 하고 자신들이 그 일을 해야 한다는 것을. 그 때문에 보은에서 유독 서로 돕는 유무상자 정신을 강조하였다. 보은 장내리에서부터 이 나라의 아픈 백성 모두를 동학의 접포 조직 안으로 묶어 세울 때 새로운 한울 세상이 온다는 것을 확신하고 그들은 바빴다. 그리하여 보은 대집회를 계기로 동학 조직은 급속히 확대되었다.

김개남 대접주도 원평에서나 보은에서나 눈코 뜰 새 없이 바빴다. 각 지역의 접주들을 동학 접포 조직으로 바로 세우고 그들과 동학 경전 이야기들을 나누느라고 날밤을 새웠다. 김개남 대접주가 유석훈 접주, 양계환 접주에게 이태 전 자신의 집에 머물고 간 법헌 최시형 이야기를 들려준 것도 그리 바쁜 날 중의 하루였다.

8장/ 법헌 최시형

법헌 최시형이 김개남 대접주 집에 들른 것은 신묘년(1891) 유월이었다.

며칠 전에 김개남은 밖으로 나가려다 말고 뭔 생각이 났던지 다시 방 안으로 들어와 자리를 잡고 앉았다. 그리고 부엌에 있는 아내를 불렀다.

"여보, 이번에는 법헌 어른께서 우리 집에서 묵어 가실지도 모르것소."

"예? 그분께서 우리집에 묵다니요?"

"이번에는 내가 이 지역의 중요한 일을 맡아야 할 성싶소. 그리 되면 여러 일을 짚어 주시려고 우리 집으로 오실 게요."

"그러면 어찌 준비를 해야 할까요? 음석이랑, 옷이랑 … 아주 바쁘겠네요. 석이네랑, 염이네랑 부지런히 해야겠구만요."

"당신이 내 옆에서 잘 거들어 주니 고맙소. 우선 그 어른 여름 옷이 몇 벌 필요할 게요. 내 옷보다 조금 작게 지으면 될 게요."

부부간에 그리 말을 나누고 난 후 임실댁은 입에 단내가 날 정도로 바빴다. 며칠 새 옷도 마무리했고 그 어른 잡수실 기본 찬도 갖추었다. 난생처음 말로만 듣던 최법헌 선생을 뵙는다 생각하니 바쁜 줄도 몰랐다.

"임실댁, 그 어른은 어찌 생기셨을꼬?"

"그 어른은 저그 충청도 어디서 며느리가 베 짜는 집에 잠시 들렀는데 그 시아부지 되는 사람이 나오니께 저 베 짜는 며느리가 한울인게 잘 모시라고 말씀하셨다던디 참말로 그러셨을까?"

"그 말이 맞을 성싶어. 우리 동네 남정네들 달라진 것 보먼. 동학에 입도하기 전에는 우리 집 남편도 나한테 말을 함부로 했제. 그란디 동학에 입도한 뒤부터 사람이 싹 달라졌어. 그래도 가끔 옛날 버릇이 튀어나오드니. 그라면 나는 웃음시롱 여자도 한울이람서 이것이 한울 모시는 것이요? 하고 대들면 그짝에서 웃어 부러."

"하하하."

"동학이 우리 여자들한테 젤로 좋은 것이여. 근디 임실댁네로 동학 최고 어른이 오신당게 참말로 좋구마."

"그 어른 모시는 분은 어찌 생기셨을까? 여자 동학 도인들도 같이 오시먼 좋겠구만. 우리도 만나 보게."

이리 사설을 늘어놓으면서 하는 일이라 힘든 것을 모르고 재미났다.

남자 옷을 여섯 벌이나 지어 임실댁 스스로 뿌듯해하던 날에 최법헌 어른이 집에 오셨다. 그 어른은 중간 정도의 남자 키에 단단해 보였다. 눈이 형형하여 범접하기 어려웠고 괜히 옆에 서 있는 사람이 쭈뼛거려졌다. 하지만 그 어른이 말씀을 하시자 대번에 그 따뜻함이 사람 마음을 풀리게 하였다. 집에 들어서자마자 그 어른은 김개남 부부와 그 집의 아들과 딸에게도 맞절을 하였다. 그리고 심고를 하였다.

"심고 한울님! 김개남 대접주 집에 왔습니다. 김개남 대접주는 호남의 동학을 크게 키울 사람입니다. 그가 맡은 육임의 소임을 다 할 수 있도록 도와주십시오. 심고."

"우리 다같이 주문을 외웁시다."

"지기금지 원위대강 시천주 조화정 영세불망 만사지."

법헌 선생과 함께 외우는 주문 삼십 번은 가슴을 벅차오르게 했다. 지금까지와는 다른 감동이라 넋을 놓고 있는데 법헌 선생께서는 웃으시더니 부드러운 목소리로 말씀하셨다.

"저는 아랫방으로 갈 터이니 그 방으로 짚단 좀 가져다주시지요."

짚단을 가져다 드리니 익숙한 동작으로 손을 잽싸게 놀려 짚신을 삼았다. 그러면서도 법헌 어른을 처음으로 뵙고 놀라서 방으로 따라오는 아이들과 머슴들에게 자상하게 동학 말씀을 나누어 주었다.

"백술이와 분네, 그리고 두치, 막쇠라고 했지요. 여러분들은 모두 나와 같은 한울님이에요. 이 세상의 모든 사람은 다 똑같은 한울님이지요."

"어르신, 백술이는 주인집 아들이고 지는 머슴인데 우리 두 사람도 똑같은 한울님인가요?"

"맞아요. 두 사람 다 똑같은 한울님 맞아요. 하지만 생긴 모습은 다르지요. 여러분을 태어나게 한 부모 얼굴도 신분도 다르지요. 하지만 두 사람 다 존귀한 한울님이에요."

"히히, 그러면 우리를 못살게 구는 썩은 관리들하고 왜놈들도 한울님들인가요?"

"맞아요. 그 사람들도 한울님 맞아요. 그런데 그 사람들은 자신들이 존귀한 한울님인 줄 모르고 존귀한 한울님인 조선 백성들을 괴롭히는 일을 하고 있어요. 그 사람들이 몰라서 그래요. 그러니 우리가 한울님 공부를 많이 해서 그 사람들을 깨우쳐 주어야 해요."

"우린 힘도 없는데 맨날 사람들을 잡으러 오고 못살게 구는 사람들을 어떻게 깨우쳐 주어요?"

최시형은 뭔 그런 일이 있냐는 듯 따지고 드는 아이들을 보고 빙긋이 웃었다.

"그 사람들 안에도 한울님이 다 있어요. 그러니 그 사람들 안에 있는 한울님이 커지도록 우리가 열심히 기도하면 그 사람들이 달라지겠지요. 우리가 지극정성으로 한울님을 모시고 그 사람들 안에 한울님이 자리를 잘 잡게 되면 새 세상이 오지요."

"정말 한울님을 모시기만 하면 새 세상이 와요?"

"그래요. 또 하나 지킬 것이 있어요. 우리 몸과 마음은 하나여요. 그래서 항상 부지런히 몸을 움직여야 내 마음 속의 한울님도 좋아하고 세상 만물인 한울님도 키울 수 있어요. 내가 몸을 부지런히 움직여야 내 안의 한울님과 다른 사람 몸의 한울님을 괴롭히지 않고 존중할 수 있어요."

"맞아요. 어르신, 양반들과 못된 관리들은 자기들은 일 안 하고 농사도 안 지으면서 우리 식구들이 애쓰고 농사지어 놓으면 가을에 다 뺏어 가 부러요. 그 양반들은 일도 안 하고 사니까 우리를 괴롭히는 거네요."

"벌써 그 이치를 알아 버렸네요. 몸 부려 일 안 하고 그저 자신 한 몸이나 자기 족속들 몸만 편하게 살려고 하면 다른 귀한 한울님들 몸을 괴롭히면서 뺏어 가려고만 하게 되지요. 그래서 탐관오리가 생기고, 왜국 사람들은 우리나라에까지 와서 쌀을 뺏어 가지요. 우리가 그런 욕심 사나운 사람들을 깨우쳐 주려면 더 부지런히 일해야 해요."

"에이, 오늘도 일 많이 했구먼요."

"주문 외우면서 하면 힘든 일도 쉬워져요. 그럼 우리 짚신을 같이 삼아 볼까요?"

"시천주 조화정 영세불망 만사지."

"시천주 조화정 영세불망 만사지."

"시천주 조화정 영세불망 만사지."

노래하듯이 주문을 외우는 아이들의 볼은 발그레하고 입가에는 환하고 부드러운 햇살같은 웃음이 피어올랐다.

"히히히 어르신, 이래 주문을 외우면서 짚신을 삼으니께 하나도 안 힘들고 재미나요. 딴 일 할 때도 주문 외움서 해야겠네요."

"그러면 좋지요."

최시형은 호남 지방에 동학 교세를 확장하느라고 바빴다. 김개남 집에서 머문 열흘간 많은 사람들을 만났다. 멀리서부터 동학에 입도 하겠다고 사람들이 찾아왔다. 가까이 임실부터 남원, 곡성, 구례, 하동, 진주 그리고 순천, 광양에서도 어찌 기별이 닿았는지 찾아들 왔다. 그들은 새로운 세상을 염원했다. 조선 땅에 부는 새 바람이 사람들을 이곳으로 불렀다. 전라도 사람들 분위기는 거셌다. 이곳은 아이들부터도 탐관오리 이름을 부르고 적개심을 드러내었다. 동학에 입도하는 사람들의 염원이 개벽 세상에 맞닿아 있었다. 최시형은 고민했다. 본래 동학 세상은 이들의 염원을 넘어서는 새로운 개벽 세상 평등 세상이 아니던가. 그렇다면 이들의 염원을 감싸 안고 가지 못할 이유가 없지 않는가. 하지만 지난날을 돌이켜 보면 이필제가 중심이 되어 벌였던 영해 거사로 입은 도인들의 피해는 너무 컸다. 그동안 이만큼 동학을 키우기까지 얼마나 힘들었던가. 여기서 다시 개벽 깃발을 높이 치켜들면 우리 동학은 감당할 수 있을 것인가를 차분히 따져 보려 했다. 생각은 복잡했지만 전라도 사람들을 만날 때면 그들의 열망을 따라 새 세상이 오고 있는 것이 느껴졌고 동학의 세 확장에 힘이 났다.

9장/ 동학의 꿈

광양 도인들은 원평 너른 들판을 관통하는 원평천 왼편으로 자리를 잡았다. 원평 장터에 마련된 도소에서는 좀 떨어져 있지만 물가 언덕 쪽으로 돌담을 쌓고 임시 거처를 마련하고 지내고 있었다. 인산인해를 이룬 보은 장내리를 보고 온 유석훈과 양계환도 저녁밥을 먹은 후 사람들에게 보은 다녀온 이야기를 하느라고 소란스러웠다. 그때 김개남 대접주가 들어왔다.

"유석훈 접주, 양계환 접주, 우리 이야기 좀 나눌께라?"

"예. 뭔 일이시당가요?"

"별일이 있는 것은 아니고 짬 날 때 광양 접주님들이랑 동학 이야기를 좀 하고 잡소."

유석훈은 놀란 얼굴을 펴면서 대답했다.

"김개남 대접주님을 뵙는 것만 해도 영광인디 동학 말씀을 나누어 주신다먼 참말로 좋지다."

유석훈은 김개남 대접주를 처음 보았을 때부터 거침없이 활달한 기상을 가졌으면서도 소탈하고 따뜻한 그가 좋았다. 김개남 대접주는 며칠 전에도 도인들에게 법헌 최시형 어른 이야기를 구수하게 들려주었다. 유석훈은 전라좌도 조직을 굳건히 세우느라고 쉴 새 없이 바쁜 김개남 대접주의 활동이 놀랍고 고마웠다.

김개남은 환하게 웃으면서 말을 꺼냈다.

"나는 훈장 일을 함시로 참다운 진리를 찾아서 여그저그 많이 떠돌아댕겨 봤소. 그러다 보니 한때는 서학에도 기웃거려 봤소만 어쩐지 나하고는 안 맞습디다. 그러다가 서학보다 더 좋은 우리 학문 우리 도학인 동학 소식을 듣고는 '이제야 내가 찾던 진리를 찾았다.' 싶은 것이 온몸에 느껴집디다. 그만큼 나는 새로운 세상을 갈망하고 있던 차에 동학을 만난 게지요. 나는 그렇게 동학 도인이 되었소. 유 접주와 양 접주는 어찌하여 동학 도인이 되었소?"

유석훈은 빙그레 웃었다. 그리고는 수줍은 듯이 조심스레 말을 꺼냈다.

"저도 대접주님이랑 똑같은 생각이그만요. 저 사는 집도 그리 부자는 아니어도 그저 살만헌 정도라서 일찍부터 집에서 한학을 공부했지이다. 근디 어느 순간부터 한학이 우리 사는 현실이랑은 동떨어진 소리로만 들리고 맘에서 멀어지더랑깨요. 향교에도 나가 봤는디 거그서 허는 시회라는 것도 한심헌 말장난 같기만 허구요."

"시골서 책 좀 보는 사람들이 느끼는 것을 유 접주도 똑같이 느꼈소그려."

"얘~! 글다본깨 한학 공부도 재미가 없고 시들하던 판에 남원 류태홍 접주와 인연이 닿았그만요. 류태홍 접주가 전해 주는 말씀을 듣고 처음에는 놀랐당깨요."

"뭔 이야기에 놀랐소?"

옆에서 두 사람의 이야기를 듣고 있던 양계환이 나서면서 대답했다.

"남자도 한울이요, 여자도 한울이요, 양반도 한울이요, 노비도 한울이라는 소리를 처음 들을 직애는 참말로 천지가 개벽허는 소리로 들리더랑깨요."

이번에는 유석훈이 말했다.

"두 번째 만났을 때는 '논학문'에서 스물한 자 주문을 조근조근허니 읊어 주고 뜻을 세세허니 가르쳐 주는디 그동안 답답했던 머릿속이 훤허니 뻥 뚫리는 거 겉더랑깨요. 그때 그 느낌은 시방도 생생허그만이다~."

유석훈의 이야기를 들으면서 양계환도 김개남도 고개를 끄덕였다. 그리고 김개남이 말을 이었다.

"나도 김덕명 접주로부터 동학을 소개받을 때 감동이 대단했지라. 동학만이 우리 조선 사람이 살길이구나 싶었소. 특히 최제우 대선생께서 경신년에 동학을 창시하던 그때부터 개 같은 왜놈을 경계하라 하시고 보국안민을 부르짖었다는 것을 알고 크게 놀랐소. 지금 나라 꼴 돌아가는 형세를 보시오. 탐관오리도 문제지만 왜놈들 설치는 통에 이 나라가 곧 그놈들 손에 떨어질까 걱정이오."

왜놈들 이야기가 나오자 옆에서 조용히 듣고 있던 양계환의 눈빛이 흔들렸다.

"왜놈들이라면 말도 마~이다! 지가 사는 광양에서도 왜놈덜 땜시 백성들 살기가 이만저만 힘든 것이 아니그만요. 그놈들은 올여름에도 나락(벼)이 채 익기도 전에 논 자락에서 입도선매(아직 논에서 자라고 있는 벼를 담보로 미리 매매계약을 맺음)를 했지이다. 그놈들 수에 절대로 넘어가면 안 된다고 도인들헌티 신신당부를 허고 단속을 혔지만서도 세금 독촉에 시달리던 우리 도인 몇 사람이 가을에 나락을 주것다 허고 선금을 받고 난 담에서야 지를 찾아왔더만요. 그래서 그 길로 돈을 좀 챙기 갖고 입도선매 계약을 해지헐라고 그놈들을 찾아갔는디 그놈들은 진작에 딴 동네로 떠부렀더랑깨요. 우리 도인들은 그저 닭 쫓던 개모냥으로 하늘만 원망하고 돌아온 적이 있그만요."

"아이고, 저런. 이쪽 지역도 왜놈덜이 간혹 돌긴 하제만 안죽 쌀을 많이 빼내 가던 못하는 것 같습디다. 그런데 그 지역은 왜놈덜이 더 설치는구먼요."

"그거뿐이라면 말도 안 허지이다! 광양은 골약, 월포 바다가 참말로 좋아요. 월포는 다압 섬진강에서 흐르는 물이 바다로 들어가는 길이라 투망을 물에 담그기만 해도 고기들이 그냥 옹구발로 져 나를 만큼 바글바글허니 들어오고 거그다가 해우(김)랑 포래랑 반지락에 게까지 바다에 나가기만 하면 먹을 것이 천지랑깨요. 근디도 시방은 그쪽 바다에 붙어 사는 사람들 형편도 말이 아니더만요. 한 십여 년 전만 해도 왜놈덜 집이 한두 집에 불과했는디 인자는 떼로 몰려와 갖고 집을 지어 놓고 삼시로 시도 때도 없이 그물질을 해 대는 통에 조상 대대로 살아온 우리 땅에서는 말헐 것도 없고 인자 우리 바다에서까지 우리 조선 사람들이 쫓겨나고 있당깨요."

"그놈덜이 우리 땅을 차지허고 살기 시작허먼 쉽게 물러가던 안 헐 것이요."

"근디다가 그놈덜은 왜국에서 들어온 신식 총을 가지고 있은깨 그 총을 들이대고 일을 허는 통에 우리 조선 사람덜은 어찌지도 못허고 눈 뻐끔허니 뜨고 당허기만 헌당깨요. 저번에도 우리 도인 한 사람이 해우를 뜯어다가 발에 떠서 몇 백 장을 말려 놔 논깨 그 놈덜이 와서 그냥 걷어가 버렸다더만요."

"그런 죽일 놈덜을 봤나? 그래서 어찌했다요?"

"그 길로 왜놈들 집에 찾아가 해우를 내노라고 했더마는 즈그들은 그런 거 갖고 온 적이 없다고 딱 오리발을 내밀더래요. 금방 먼발치에서 그놈들이 걷어 가는 것을 보고 달려갔는디도 어떤 소리를 헌깨 어쩌나 억울하고 화가 나던지 왜놈들 집이서 큰 소리를 냈다더만요. 긍깨 그놈들이 바로 총을 들이댐서 목숨이라도 살라먼 아가리 닥치라고 해서 그냥 돌아 나왔다던디 그 소리를 들은깨 참말로 나 속에서 천불이 나더랑깨요."

들고 있던 김개남이 혀를 차며 물었다.

"세상에 그런 도적놈들을 가만두었어라? 관가에 발고라도 해사 쓰겄구만."

"관이라고 어디 우리 조선 사람들 편을 들어주기나 헌당가요? 관에 있는 놈덜도 왜놈덜 앞에서는 꼼짝 못헌지가 오래됐구만요. 외려 관가에 발고하러 간 우리 도인들을 보고 사도를 쫓는 무리들 아니냐고 어면 죄를 물리고 주리를 틀고 헌께 잘못 걸렸다간 골병만 든당깨요."

"이런 개 같은 세상이라니! 이제 이 나라에서 우리 백성들이 믿을 곳은 우리 스스로 한울인 동학밖에 없다는 것이 날로 확실해지고 있어요. 왜놈들이 우리 백성들을 동학으로 한데 묶어 주는 일을 하고 있구만요. 그놈들이 우리 조선 백성들의 피땀을 다 쓸어 가는 이때에 우리 동학 접주들이 할 일이 많지요. 지금처럼 힘든 시기에 아프고 힘든 우리 백성들을 다 동학 안으로 불러 모아 우리가 서로 돕는 유무상자 정신으로 안아야 쓰겠습니다. 그래야 우리가 원하는 한울 세상이 빨리 열리지라."

고개를 끄덕이면서 유석훈이 대답했다.

"예. 지도 진작부터 그리 생각허고 있었그만요."

김개남은 보기 드물게 진지한 표정으로 열변을 토하였다.

"두 접주님들도 이번 취회가 끝나고 광양으로 내려가면 시방보다 더 큰 열정으로 우리 동학 포덕 활동을 벌여야 쓸 것이오. 마당 포덕으로 들어온 도인들도 동학 정신을 깊이 새기고 스물한 자 주문을 부지런히 외우도록 하고, 그것이 좀 힘든 사람들은 열세 자 주문을 입에 달고 살도록 단단히 일러야겠소. 특히 왜놈들 때문에 힘들어하는 사람들은 더 관심을 가지고 우리 동학 도인으로 받아들이야 쓸 것이오. 두 사람은 나와 함께 뜻을 크게 지녔으니 이 일을 힘 있게 해낼 거라 믿소."

양계환은 고개를 끄덕이고 유석훈도 단호한 결심을 드러내었다.

"예, 대접주님. 광양 일은 우리가 목숨을 걸더라도 힘차게 해볼랑께 걱정마시이~다."

한 달여간 많은 사람들로 북적였던 원평 너른 들에서 사람들은 썰물처럼 빠져나갔다. 질서 정연하게 나가는 행렬이었지만 들어올 때 다들 꿈에 부풀었던 분위기와는 다르게 다소 썰렁한 풍경이었다. 지난해 공주 취회, 삼례 취회, 그리고 올해 정월의 광화문 복합상소, 이번 삼월의 보은 취회, 원평 취회를 통해 많은 백성들이 그들의 소망을 간절히 호소하였건만 여전히 최제우 대선생 신원은 이루어지지 않았고, 척왜양의 어떤 조치도 조정에서는 내린 바가 없다. 겨우 얻은 것은 탐학한 관리를 징벌 조치하겠다는 언급이었다. 겉으로 드러난 성과는 없었다. 하지만 전국에서 모인 수많은 동학 도인들의 수고가 헛된 것은 아니었다. 이 나라를 살릴 사람은 동학 도인들밖에 없다는 자각을 삼천리 백성들 가슴에 깊이깊이 담았다. 백성들은 이제 서서히 깨어나고 있었다. 그 백성들과 함께 동학 도인 조직은 한층 강고해졌다.

유석훈 접주는 광양 동학 도인들을 챙기면서 발걸음을 빨리했다.

집을 떠나온 지 한 달이 넘었다. 도인들 행색이 말이 아니었다. 그동안 광양 도인들은 원평 장터에서 조금 떨어진 원평 천변에 돌로 성을 쌓고 그 안에 짚단을 깔고 지내면서 원평 도인들의 도움으로 먹을 것은 어찌어찌 해결했다. 하지만 옷을 제때 갈아입지 못한 사람들은 검댕이 덩굴에서 뒹굴다 나온 것 같았다. 된통 고뿔을 앓은 도인 몇 사람은 볼이 패이고 눈이 쑥 들어간 게 저러다 목숨 줄을 재촉당하는 것 아닌가 걱정이 됐다.

도인들의 초라한 행색도 마음이 쓰였지만 정작 마음을 무겁게 하는 일은 따로 있었다. 만나는 사람마다 하는 이야기를 헤아려 보면 아무래도 이 나라는 전쟁을 피할 수 없지 싶었다. 지금도 살기가 힘든데 이 일을 어찌할 것인지 가슴 속에 큰 돌덩이가 얹히는 느낌이었다. 하지만 김개남 대접주와 약속하지 않았던가. 개벽 세상을 불러오는 동학 일에 목숨을 걸겠다고. 지금 보은이나 원평에서 고향으로 돌아가는 사람들은 거개가 다 그 생각을 품고 있을 터였다. 그렇다면 무엇이 문제겠는가. 다 같이 함께 가는 길이라면 승산은 충분하다. 그쪽으로 생각이 뻗치자 좀 힘이 났다.

석훈은 다리가 무겁고 걷기가 팍팍해도 광양으로 내려가는 걸음을 재촉했다. 가는 내내 아내 서엽이가 보고 싶었다. 아내는 이번 취회에 올라오기 한 달 전부터 달거리가 없다면서 아이를 가졌는지 모른다고 하였다. 아내가 처음 그 말을 하였을 때 석훈은 도무지 믿기지 않고 이상하기만 했다.

'아버지가 되다니. 나를 닮은 한울이 아내의 뱃속에서 자라고 있다 니. 정말일까?'

겉으로 봐서 아내는 하나도 달라진 것이 없었다. 그래서 더 이상하 기만 했다. 그걸 생각하면 아내가 더 보고 싶었다. 아내는 요즘도 아 무 일도 없다는 듯이 마을 사람들에게 열심히 동학 포덕 활동을 하고 있을 것이다. 아내는 말을 예쁘게 잘했다. 동학 경전 이야기를 풀어 서 구수하게 전하는 솜씨는 석훈보다 윗길이었다. 동네에서 가장 큰 집이라 동네 아주머니들은 주로 석훈이 집으로 모여 함께 길쌈을 했 다. 석훈이 어린 시절엔 집에서 길쌈하는 아주머니들이 많았다. 그런 데 왜국에서 들어오는 값싼 무명베가 퍼지기 시작하자 그 일도 시들 해지고 먹고살 길이 막막하다고 힘들어했다. 그러면서도 사람들은 예전보다는 덜하지만 세라도 내야지 싶어 저녁마다 길쌈에 매달렸 다. 심심하면 모여서 하는데 석훈 집은 베틀이 여러 개라 마실 삼아 오는 아주머니들이 예닐곱은 되었다. 지금쯤 서엽은 아주머니들에 게 동학 이야기를 재미나게 풀어 놓고 있을 터였다.

서엽이 시집와 가마에서 내리자마자 본 시집은 컸다. 대청마루가 훤했다. 서엽은 아래채에 기거했다. 남편이 보은으로 올라간 뒤로도 서엽은 외로울 틈이 없었다. 낮에는 시어머니를 도와 집안일을 했다. 서엽이 저녁상을 치우고 방으로 들어가 뱃속의 아이를 생각하며 배 를 만졌다. 남편 생각이 났다. 밖에서 발소리가 들리더니 웃굴몰 아주머니와 배튼머리 새댁이 방문을 열고 들어왔다. 세 사람은 베틀이 있는 건넌방으로 건너갔다.

"새댁, 오늘도 재미난 이야기 좀 하게. 나는 저쪽에 앉아서 옷감을 짤라네."

"성님이 그짝에서 짤라요. 그람 나는 이짝에 앉을라요."

웃굴목 아주머니가 서엽을 찬찬히 보더니 호기심을 보이며 물었다.

"구례 새댁이 쪼까 이상한디. 혹시 아이 생긴 거 아니여?"

서엽은 웃으면서 대답했다.

"얘. 그런 성싶어~다. 달거리가 끊어진 지 두 달이 넘었구만요."

"어매. 이 집 좋은 일 났네. 이 집은 손이 귀헌디 복덩이가 들어왔구마. 신랑은 안단가?"

"보은 가기 전에 말을 하기는 했는디 그때는 긴가민가했지다."

배튼머리 새댁이 끼어들며 물었다.

"어매. 좋겄다. 난 아직도 소식이 없는디. 니 신랑이 겁나게 보고잡제. 근디 어저께는 그 뭣이냐 '내수도문'인가 하는 여자들 이야기 했잖여. 동학에는 애기 이야기도 있는가?"

"응. 있어. 그람 오늘은 동학 태교 공부 좀 하까. 이녁도 알고 있으면 좋을 것인께."

"그래, 그것이 좋겄구만. 얼렁 이야기해 보소."

서엽이 얼른 동학 책을 한 번 훑어 읽고서 이야기를 풀었다.

"일단 아이를 임신하면 육고기, 물고기, 논 우렁, 물가의 가재도 먹지 말고 고기 냄새도 맡지 말라고 하셨어~다."

"어매 그람 뭘 먹으라고? 어째서 그런당가?"

"아무 고기라도 먹으면 그 고기 기운을 따라 사람이 태어나고 모질고 탁한 성정이 된다고 하셨어~다."

"그건 그러고 또 뭘 개리라고 했단가?"

"한 달이 되면 그때부터는 기운 자리에 앉지 말고, 잘 때 반듯이 자고, 모로 눕지 말라 하셨어~다."

웃굴몰 아주머니가 말을 붙였다.

"참말로 좋은 말씀이구마. 그것은 우리도 예전부터 지켜 온 것이긴 혀. 또 뭣이 있는가?"

"김치와 채소와 떡이라도 기울게 썰어 먹지 말라 하셨어~다."

"그것은 나도 우리 자석들 가질 때 잘 지켰구마."

"또 이어서 말할께~다. 임신을 하면 울타리 터진 데로 다니지 말며, 남의 말 하지 말며, 담 무너진 데로 다니지 말며, 지름길로 다니지 말며, 가벼운 것이라도 무거운 듯이 들며, 방아 찧을 때에 너무 되게도 찧지 말며, 급하게도 먹지 말며, 너무 찬 음식도 먹지 말며, 너무 뜨거운 음식도 먹지 말며, 기대앉지 말며, 비껴 서지 말며, 남의 눈을 속이지 말라고 하셨어~다."

고개를 끄덕이며 웃굴목 아주머니가 말했다.

"하먼, 그래야제. 그것은 나도 대강 지켰고마. 이걸 다 지키면 좋은 아가 태어난당가?"

"얘. 지가 말한 법문을 지키지 아니하면 사람이 나서 요사(妖邪)도 하고, 횡사(橫死)도 하고, 조사(早死)도 하고, 병신도 된다고 하셨어~다. 근디 법문대로 아무 고기나 안 먹고, 행동을 바르게 하고 열 달 동안 뱃속의 한울님을 잘 공경하고 믿어 하고 조심하오면, 사람이 나서 몸도 반듯하고 건강하고 총명도 하고 지혜롭고 재주가 뛰어나고 옳은 사람으로 태어날 것이니 각별히 조심하라고 하셨구만요."

서엽은 숨이 찬 듯 한 번 침을 삼키고 말을 이어 갔다.

"이 경계의 말씀을 잘 지켜 행동하면 문왕 같은 성인과 공자 같은 성인을 낳을 것이니 정성으로 수도를 하라 하셨어~다. 특히 이 법문을 침상가에 던져두지 말고 남편 되는 사람은 조용하고 한가한 때를 타서 수도하시는 부인에게 외워 드려 뼈에 새기고 마음에 지니게 하라고 하셨어~다. 그러니 이 '내칙'은 남편도 꼭 알고 있어야 하겠구만요."

웃으면서 서엽이 말을 마치자 배틀머리 새댁이 깔깔거리고 물었다.

"구례 새댁 남편은 내칙 알고 기실까? 나는 오늘 우리 서방한테 꼭 말해 줘야 쓰겠구마."

서엽도 웃으면서 대답하였다.

"지도 남편이 오면 '내칙(內則)'을 알고 기신지 물어봐야겠구만요. 모르면 동학하는 사람 맞냐고 따져야 쓰것당께요."

웃굴몰 아주머니가 함께 웃으면서 말하였다.

"요새 가만 들어보면 동학이 여자들한티 겁나게 좋은 것이랑깨. 난 요담에 우리 순이 시집 보낼 때 동학 하는 사위만 봐야겠구마."

"어매! 동학 하는 남자 아니면 인자 장가도 못 가것구마~이!"

그날 저녁도 여자들이 길쌈보다 동학 공부에 열을 올리고 깔깔거리는 사이에 밤은 깊어 갔다.

10장/ 휘날리는 동학농민혁명의 깃발

   그날은 양계환이 논농사를 챙기려고 집을 나서려는데 아침 댓바람에 유석훈이 찾아왔다. 봉강서 월포까지는 한나절은 부지런히 걸어야 할 거리인데 새벽 일찍부터 길을 나선 모양이다. 그만큼 급한 전갈인 것이다. 유 접주 표정이 심각했다. 사랑채로 들어와 자리를 잡자마자 그는 품에서 종이 문서를 꺼내더니 말했다.

   "양 접주. 우리가 말하던 일이 예상헌 거보다 빨리 왔구마. 전라도 무장에서 전봉준, 손화중, 김개남 접주가 기포(起包, 동학 도인들이 무리 지어 세게 일어남)했다고 연락이 왔네. 이것이 포고문이여. 언능 읽어 봐."

   "엉? 그럼 전국에서 기포한단 말이여? 어디 보자."

   양계환은 전해 받은 포고문을 펼치고 빠르게 읽어 내려갔다.

   나라에는 부채가 쌓여 있는데도 갚으려는 생각은 아니하고 교만과 사치와 음탕과 안일로 나날을 지새워 두려움과 거리낌이 없어서 온 나라는 어육이 되고 만백성은 도탄에 빠졌다. 이는 진실로 수령들의 탐학 때문이다. 어찌 백성이 곤궁치 않으랴. 백성은 나라의 근본이다. 근본이 깎이면 나라가 잔약해지는 것은 뻔한 일이다. 그런데도 보국안민(輔國安民)의 계책은 염두에 두지 않고 바깥으로는 고향집을 화려하게 지어 제 살길에만 골몰하면서 녹위만을 도둑질하니 어찌 옳게 되겠는가?

우리 무리는 비록 초야의 유민이나 임금의 토지를 갈아먹고 임금이 주는 옷을 입으면서 망해 가는 꼴을 좌시할 수 없어서 온 나라 사람이 마음을 함께하고 억조창생이 의논을 모아 지금 의로운 깃발을 들어 보국안민을 생사의 맹세로 삼노라. 오늘의 광경이 비록 놀랄 일이겠으나 결코 두려워하지 말고 각기 생업에 편안히 종사하면서 함께 태평세월을 축수하고 모두 임금의 교화를 누리면 천만다행이겠노라.

갑오년(1894) 삼월 스무날 전봉준, 손화중, 김개남

포고문을 다 읽은 양계환은 유석훈에게 물었다.

"시방 전국에서 다 일어난다는 거여?"

양계환이 다 읽기를 기다리던 유석훈이 대답하였다.

"그리되게 헐라고 전국 도인들이 다 짜고 있었든거지. 우리도 서둘러야겄네. 될 수 있는 대로 챙겨서 백산으로 올라오라는 통기가 왔어. 우리 봉강접은 올 농사 준비를 언능 해 놓고 모레 새벽부텀 올라갈라는디 월포 도인들은 어쩔랑가?"

"잘됐그마. 저번에 우리가 말한 대로 목숨 걸고 해볼 만한 일인깨 당연히 올라가야제. 그래 새 세상이 오기만 헌다면야 뭔 일인들 못허 겄는가. 우리 접 사람들도 채비하고 바로 올라가야 쓰겄네."

양계환이 그리 대답하자 유석훈도 편하게 말을 내놓았다.

"근디 아무래도 이참에 올라갈라면 우리 도인들이 노자를 충분허 니 챙기서 나서야 허겄고, 글라면 계환이 자네나 나나 요번에는 집안 살림에서 솔찮허니 축을 내야 헐 것인디 자네는 어쩐가?"

"울 아부지 모르게 돈을 빼낼라면 나가 고생 좀 해야 쓰겄구마."

"허허. 그래도 우리 집은 아버님이 동학 도인들을 이해허는 편이라 그리 어렵진 않을 꺼그마. 아매도 울 아버님이 논마지기 값이나 챙기 주시꺼여. 계환이 자네 아버님은 좀 까다롭다고 혔제?"

양계환은 손사래를 치고 웃으면서 말했다.

"어이, 말도 마소. 우리 집 영감 인색한 것이사 근동에는 소문이 다 났은깨. 아직도 난 재산 권한이 한나도 없그마. 이참에는 울 엄니를 통해서 전답 문서 도둑질이라도 해야 될랑가 모르것는디. 어찌 되겄 지 뭐! 암튼 나가 울 집서는 젤로 큰 도적이랑깨! 하하하."

소 팔고, 논 팔고 채비를 단단히 하고 갑오년(1894) 늦은 삼월에 백 산으로 올라온 광양 도인들은 사람들이 어마어마하게 모인 기세에 놀랐다. 어제 저녁에 늦게 도착하여 다른 지역 사람들이 만들어 둔 장막 언저리에서 어찌 자는 줄도 모르고 그저 아무데나 사람들 틈에 끼어서 잘 때는 몰랐다. 아침에 눈 뜨자마자 백산 너른 마당을 돌아보니 사람들은 몇 사람 안 보이는데 장막 옆으로 세워 둔 깃발이 유유히 흔들리는데 장관이었다. 노란색 비단에 보국안민(輔國安民), 청색 비단에 탐관진멸(貪官盡滅), 붉은색 비단에 척양척왜(斥洋斥倭) 깃발이 대회라도 하는 양 어떤 깃발이 더 선명한지 자랑이라도 늘어놓을 것처럼 나부끼고 있었다. 거기에 끼어들기가 부끄러운 듯이 작은 깃발들은 한쪽에 늘어서 있는데 그 숫자가 헤아릴 수가 없을 만큼 많았다. 깃발만 봐도 세상 일이 다 될 것 같은 생각이 들고 설렜다. 힘이 났다.

광양 사람들은 김개남 휘하로 들어가 움직였다. 사람들이 워낙에 많이 모인지라 사월이 되자 동학 도인들은 전주로 진격하기 위해 크게 두 개 부대로 나누어 움직였다. 부안현을 점령하여 황토재 전투를 승리로 이끈 부대는 전봉준과 손화중이 지휘하는 부대였다. 그때 김개남 부대는 백산 전투에 합류하여 동학군의 위세를 떨치고 부대를 나누어 움직일 때 태인 관아를 점령하고 전주성을 향하여 나아갔다. 하지만 관군이 전주 입구를 지키고 있고 또 관군 만여 명이 내려온다는 소식이 들려오자 다시 남하하였다. 김개남 부대는 태인 용산에 머물렀다. 그때 사람들에게 꼭 지킬 것을 당부하는 동학농민군 수칙이 나왔다.

〈동학농민군 수칙〉

1. 항복한 자는 사람으로 대한다.

2. 곤궁한 자는 구제한다.

3. 탐학한 자는 추방한다.

4. 순종하는 자는 경복한다(축복한다).

5. 도주하는 자는 쫓지 않는다.

6. 굶주린 자는 먹인다.

7. 간사하고 교활한 자는 없앤다.

8. 빈한한 자는 진휼한다(불쌍히 여겨 도와준다).

9. 불충한 자는 제거한다.

10. 거역한 자는 효유한다(말로 잘 타이른다).

11. 병든 자는 진찰하여 약을 준다.

12. 불효한 자는 형벌한다.

사람들 속에 낀 유석훈과 양계환은 깃발을 들고 싱글벙글하면서 장막에 붙여진 방문 '동학농민군 수칙'을 읽고 있었다.

장난끼 섞어 유석훈이 먼저 말을 꺼냈다.

"긍깨 우리는 시방 전쟁을 험시롱도 동학 한울님을 지극정성으로 모시는 거구마~이! 동학군 수칙을 잘 지키 감시롱 관군들이랑 싸울라면 쪼까 힘들겄는디. 쌈 허다가 관군들이 다치면 치료해 조야 헌당가?"

그 말끝에 양계환이 핏발을 세우며 대꾸했다.

"그런 씨부럴 놈덜을 뭔 치료를 해 준당가? 나헌티 걸리기만 허먼 모가지를 확 따 삐리야제. 그놈들헌테 우리 도인들이 얼매나 많이 당했는디. 그 수칙은 우리 도인들이랑 백성들헌티만 해당되겄제~! 그런 거만 보지 말고 눈 좀 크게 뜨고 잘 보소. 삼. 탐학한 자는 추방하고, 칠. 불충한 자는 제거한다고 안 써 있는가. 궁깨 우리는 탐관을 제거허먼 되는 것이여. 그것들헌테 멍청허니 당허지 말고 싸울 때는 두 눈 크게 뜨고 그것들을 확 쪼사삐리야지~! 그래야 한울님이 사는 것이여."

핏대를 세우고 열을 올리는 양계환의 말에 유석훈이 웃으면서 대답했다.

"글고 본깨 그러네. 알겠네. 알겄어~! 잘 싸울 것인깨 시방부터 열 내지 마소."

동학군이 대를 나누어 움직이자 초토사로 내려온 홍계훈도 역시 경군을 나누어 동학군을 추격하였다. 하지만 홍계훈은 황토현 전투에서 보인 동학군의 위세에 크게 놀란지라 동학군과 정면으로 맞닥뜨리는 승부는 피했다. 그 대신 전주영장 김시풍을 비롯하여 몇 사람을 잡아들여 동학군과 내통하였다는 혐의를 씌웠다. 초토사 홍계훈은 동학군들 보란 듯이 그들의 목을 쳐서 전주 남문 밖에 높이 내걸었다. 초토사의 잔악한 조처에 동학군은 크게 반발하였다. 김개남이 이끄는 부대에 젊은 별동대 대장 김인배가 나섰다.

"초토사로 온 놈이 똥인지 된장인지도 구별 못하고 사람을 막 죽이고 있어라. 홍계훈이 그놈은 그동안 동학군의 위세를 겁내어 군대도 출동 안 하더니 그나마 관에서 가장 강직하여 우리가 신경 써야 할 사람들만 골라서 효수시켜 주니 원 이걸 우리가 고맙다고 해야 될까라? 그런 멍청한 놈이 초토사니 이 나라도 참말로 한심하지라."

김개남은 김인배의 말이 끝나자 주변 젊은이들을 돌아보며 말했다.

"저렇게 한심한 관군 놈들이 저대로 계속 가면 우리나라는 삼 년도 못 되어 로서아나 서양 수중으로 떨어질게요. 아니지 청나라도 있지요. 하지만 요새 보면 가장 악랄한 왜놈덜 아가리로 들어갈 공산이 크제라. 지금 이 나라를 지킬 사람들은 우리 동학 도인들밖에 없소. 또 관군과 싸워 이기려면 젊은이들이 틈나는 대로 전투 훈련을 해야 쓰겠소."

김개남 장군이 젊은이들에게 군사 훈련을 하라고 말을 한 지 며칠도 되지 않아 젊은 대장 김인배는 장성 황룡천으로 이동하여 전투를 치루었다. 사월 스무사흗날 경군 선발대 대관 이학승이 이끄는 삼백여 명이 월평리의 삼봉 아래에 모여 있던 동학군을 공격함으로써 싸움은 시작되었다. 경군의 크루프 포(관군이 사용했던 포의 하나로 독일제 무기) 포격으로 순식간에 쉰 명 정도가 쓰러졌다.

"피융 피융."

날아오는 총탄에 옆 사람이 쓰러졌다. 겨우 무명 저고리에 무명 바지를 입고 황토색 끈을 머리에 질끈 묶은 동학군들은 날아오는 총탄에 속수무책이었다. 그저 총알을 피해 달리는 수밖에 없었다. 김인배 대장은 삼봉쪽으로 방향을 틀어 잡고 달리면서 사람들에게 소리쳤다.

"저기 뒤에 삼봉으로! 삼봉으로 달려!"

"피융 피융."

계속해서 총알은 날아왔다. 총성과 함께 연기가 났다. 김인배 옆에 있던 복술이가 달려가다가 총에 맞았다. 양계환이 복술이를 붙잡아 끌어가면서 달렸다.

"복술아. 안돼. 조금만 더 가자."

몸이 축 늘어지면서 복술이는 말했다.

"형! 나는 안되겠어. 형만 언능 달려. 형은 꼭 살아~!"

떨어져 나가는 복술이를 뒤로 하고 김인배와 양계환은 삼봉으로 달렸다.

삼봉에 도착한 사람들은 진영을 다시 정비했다. 삼봉 옆 언덕 쪽에 자리 잡은 경군은 계속 크루프 포를 쏘아 댔다. 그때 한쪽에서 대나무 장태 수십 개가 몰려나왔다. 보통 집에서 보는 닭의 둥우리 같이 생겼는데 조금 더 컸다. 밖에는 칼이 꽂혀 있고 아래에는 두 바퀴를 달아서 굴러 오는데 마치 큰 고슴도치 떼가 몰려오는 것 같았다. 그 뒤에 바싹 붙어 동학군이 함성을 지르면서 달려 나왔다.

"와와-."

"와와-."

관군은 연신 크루프 포를 쏘아 댔으나 이번에는 장태가 총알을 먹어 버리고 오히려 동학군 쪽에서 포를 쏘아 대며 수천 명이 무리 지어 달려들자 금방 전세는 경군에게 불리하게 전개됐다. 이제 경군은 크루프 포, 회전식 기관총, 수많은 탄환도 버리고 걸음아 날 살려라 하고 도망치기 시작했다. 경군 대관 이학승도 어이없이 전개되는 형세에 놀라 도망치려 하였으나 도망칠 곳도 없어 병사 다섯 명과 함께 칼을 휘둘렀다. 그때 이학승이 휘두르는 칼을 받아치는 사람이 있었다. 김인배였다.

"잘 만났다. 여기가 오늘 니 무덤 자리여. 내 칼도 한번 받아 봐."

옆에 이미 수없이 많은 동학군이 있어 이학승도 어찌하지 못하는 사이에 젊은 동학군 대장 김인배의 칼은 번쩍 날았다. 그대로 이학승의 목이 뎅겅 떨어져 나갔다. 옆에 있던 병사들도 동학군들이 휘두르는 칼에 맞고 죽창에 찔려 그대로 쓰러졌다. 마침 이학승이 쓰러진 곳에 있던 양계환이 이학승의 칼을 추켜들며 말했다.

"워매! 이 칼이 인자 임자 지대로 만났구마~이! 묵직한 거이 좋~다!"

"만세!"

"만세! 동학군 만세!"

갑오년 사월 스무사흗날 황룡촌 전투는 이렇게 동학군의 대승으로 끝이 났다. 나라의 정예부대를 격파한 동학군은 사기가 하늘을 찔렀다.

"이제 전주성이다. 가자! 전주성으로!"

11장/ 관민상화(官民相和) 집강소

갑오년(1894) 사월 스무이렛날은 전주 서문 밖 장날이었다. 무장, 영광, 태인, 임실, 남원에서부터 사방으로 흩어져 오던 동학군들은 장꾼들 속으로 섞여 들었다. 미리 약속한 대로 수천 명의 사람들은 이미 다 시장 깊숙이 들어와 있었다. 한낮이 되자 장터 건너편 용머리 고개에서 대포 소리가 터져 나왔다. 그 소리를 신호로 하여 수천 방의 총소리가 일시에 시장판을 뒤엎었다.

"빵-빵."

"땅 땅 땅 땅 땅 땅…."

별안간 터져 나오는 대포 소리 총 소리에 놀란 장꾼들은 정신을 잃어버리고 뒤죽박죽이 되어 달아났다. 사람들이 서문으로 남문으로 물밀듯이 들어갔다. 그 바람에 동학군들과 함께 유석훈도 장꾼들과 같이 섞여 문 안으로 들어갔다. 동학군들은 함성을 내질렀다. 한편에선 총질을 하였다. 그리고 곧이어 만세 소리가 들려왔다.

"동학군 만세!"

"가자! 성안으로!"

유석훈도 뒤질세라 만세를 불렀다. 언제 왔는지 옆에 양계환도 목에 핏대를 세우고 만세를 부르느라 얼굴이 벌겋다.

서문에서 파수를 보던 병정들은 어찌 된 까닭인지를 몰라 엎어지고 자빠지며 도망질하기에 바빴다. 삽시간에 성 안팎이 모두 동학군의 함성 소리로 우레 소리가 났다. 이때 전봉준, 손화중, 김개남 대장은 천천히 대군을 거느리고 서문으로 들어와 선화당(전라 감사의 집무실)에 자리를 잡고 전봉준 대장이 선화당 가운데 의자에 좌정하였다. 이렇게 전주성은 동학군의 손에 들어왔다.

이때 전라 감사 김문현은 자신의 신분을 속이려고 맨 먼저 머리에 쓴 감투를 벗어 던졌다. 그러고는 장으로 달려가 장꾼의 해진 옷으로 갈아입고 군화마저 벗어 버리고 짚신을 꿰신고 달렸다. 정신없이 달리다가 발길에 채인 구정물 통을 뒤집어쓰고도 손만 휘휘 젓고 냅다 공주 쪽으로 내달렸다. 그렇게 바쁜 와중에도 판관 민영승은 뒷일을 생각했다. 태조 이성계의 영정을 모신 경기전으로 달렸다. 참봉 장교원과 박봉래가 지키고 있었다.

"여기 두면 위험하니 태조의 영정은 내가 가져가서 보존함세. 어서 이리 내다 주게."

참봉 장교원과 박봉래는 얼굴이 파래졌다. 장교원이 떨리는 목소리로 말했다.

"그것은 아니 되옵니다. 태조의 영정은 여기서 한 번도 나간 적이 없나이다."

민영승은 신발도 벗지 않고 경기전 안으로 들어가면서 말했다.

"동도들의 손에 태조의 영정을 맡기는 것이 더 위험한 일일세."

박봉래와 장교원이 민영승을 막아서며 말했다.

"태조의 영정은 우리가 이곳에서 죽을 각오로 지킬 것이니 어서 판관 어르신이나 떠나시오."

판관 민영승은 참봉들의 말에도 아랑곳하지 않고 태조의 영정을 뺏어 품에 넣었다. 그길로 정신없이 달려 위봉사 대웅전에 태조의 영정을 모셨다. 그는 화급한 순간에도 나중에 전주성을 포기한 죄를 면하고자 그런 잔꾀를 부렸다.

한편 전주성이 함락되었다는 소식을 접한 정부 대신들은 바로 모여 대신 회의를 열었으나 결정한 것은 아무것도 없었다. 그들이 기껏 한 일이란 외국 군대 요청이었다. 사월 스무아흐렛날 고종은 민영준이 원세개에게 통사정하다시피 하여 청나라 군대를 조선에 파견해 주도록 요청하는 것을 정식으로 허락하였다. 이 소식은 곧바로 일본 공사에게 들어갔다. 일본 공사 스기무라 후카시는 신속히 일본 본토에 보고하였고 일본은 즉시 내각회의를 열어 기다렸다는 듯이 혼성여단 파병을 결정하였다. 오월 나흗날이 되자 일본은 조선 정부에 출병을 통보했다. 일본 군부의 명분은 조선 내 일본 공사관원과 일본 거류민을 보호한다는 것이었다. 그들은 일본의 출병을 반대하는 조선 정부를 무시하고 대규모 병력을 인천에 상륙시켰다.

이렇게 나라 안팎이 어지러이 돌아가는 가운데 홍계훈의 경군과 동학군은 전주성을 둘러싸고 거의 매일 크고 작은 전투를 벌이면서 양쪽이 다 지쳐 가고 있었다. 정부는 정부대로 동학군을 하루빨리 전주성에서 해산시켜야 했다. 그래야 조선 땅에 계속 주둔할 명분이 사라진 청군과 왜군에게 철병을 요구할 수 있었다. 이중의 부담을 진 경군은 한쪽으로는 동학군 진압 정책을, 한쪽으로는 동학군 설득 정책을 연달아 내놓았다. 정부와 마찬가지로 동학군 진영도 진퇴양난이었다. 동학군 대장들은 이 사태를 어찌 해결할 것인가 심사숙고하였다.

전봉준이 먼저 입을 떼었다.

"초토사 홍계훈이 우리가 먼저 전주성에서 철수하면 동학군의 신변을 보장하고 폐정개혁안을 임금께 올리겠다고 제안해 왔소. 대접주님들의 생각을 듣고 싶소."

키가 훤칠하게 크고 얼굴빛이 환하여 인상 좋은 미남자 손화중이 진지한 표정으로 좌중을 돌아보며 말했다.

"이번에는 초토사의 제안을 받아들이는 것을 신중하게 검토해야겠소. 다들 아시다시피 완산 전투의 피해가 우리 편도 상당하오. 지금 도망치는 동학군도 많이 생겨나고 있소."

손화중의 왼편에 앉아 있던 김개남이 올곧고 괄괄한 성정을 담아서 큰 목소리로 말을 이었다.

"우리 동학 도인들이 다같이 일어난 것은 보국안민과 척양척왜의 뜻이 컸소. 그런데 요즘 나라의 형세는 우리의 뜻과 다르게 진행되고 있소. 마치 우리가 청군 왜군을 불러들인 형국이지 뭐요. 이쯤에서 우리가 초토사의 제안을 받아들이면 과연 청군 왜군이 물러갈지가 의심스럽소. 그리고 여기서 해산하여 각자 집으로 돌아가 버리면 과연 저들이 우리의 요구를 들어줄 성싶소? 그것이 확실하지 않으면 초토사의 제안을 받아들여선 안 될 것이오."

김개남이 말을 맺자마자 손화중이 말했다.

"지금은 보리 수확과 모내기로 한창 바쁜 농번기오. 지금 여기서 더 있자고 해도 우리 동학군들도 먹고 살라면 각자 집으로 돌아가 농사를 지어야 하오. 그러니 이쯤에서 명분도 세우고 초토사의 제안을 받아들이는 것이 좋겠소."

다시 김개남이 말을 이었다.

"좋소. 좌중의 뜻이 그러하다면 나도 그에 따르겠소. 하지만 전봉준 대장은 확실히 약속을 받아야 쓸 것이오. 우리 동학군들의 신변 보장과 며칠 전부터 우리가 만들어 놓은 이십칠 개조 폐정개혁의 확답을 받으시오. 그리고 만약을 대비하여 완전 무장해제 약속을 해서는 안 될 것이오."

좌중의 말을 듣고만 있던 전봉준이 자리를 정리하였다.

"여러 대장들의 뜻이 내 뜻과 같소. 그러면 오늘이라도 초토사의 제안을 받아들이도록 하겠소. 그에 따른 우리 측의 대비가 있어야 할 거외다. 이 화약이 잘 성사되면 나와 손화중 대장은 전라우도로 내려가고, 김개남 대장은 전라좌도로 내려가면서 폐정개혁을 합시다. 우리가 빠르게 움직이면서 백성들의 형편을 살펴야겠소. 그럼 각자 소속 부대들을 잘 챙깁시다."

오월 여드렛날 전주성에서 나온 동학군은 신변 보장과 폐정 개혁의 실행을 지속적으로 요구하면서 전라도 일대를 순회했다. 동학군의 세력이 날로 커지자 전라 감사 김학진은 유월 이렛날 관민상화(官民相和)의 방책을 제시하였다. 동학군이 무장해제를 하고 집으로 돌아가 생업에 종사하면 동학군이 군현 관아 실무자인 집강을 직접 뽑을 수 있도록 나라에서 협조하겠다고 했다. 관민상화(官民相和), 관과 민이 하나가 되어 고을 일을 의논하고 직접 처리할 수 있는 세상이 열렸다. 사람들은 그것이 개벽 세상으로 가는 길이라고 생각했다.

동학 접주들은 바빠졌다. 전봉준과 손화중은 전라우도 쪽으로 내려가면서 가는 고을마다 도소를 설치하고 폐정 개혁의 형편을 살폈다. 김개남은 유월 초하순까지 순창, 옥과, 담양, 창평, 동복, 낙안, 순천, 보성, 곡성 등 전라좌도 일대를 순회하면서 도소 설치를 독려하였다. 김개남 부대는 폐정 개혁의 일환으로 탐관오리와 악랄한 지역 토호를 징치하면서 가는 곳마다 동학군의 세를 키워 갔다. 동학군이 가는 데마다 마당 포덕이 이루어졌다. 특히 김개남 대접주는 엄격한 동학 수행을 실천하면서 양반 상놈이 따로 정해진 것이 아니고 사람이면 누구나 한울이어서 평등하다는 것을 강조하였다. 그리고 일을 잘하는 사람은 일로, 부자는 재물로, 아는 것이 많은 사람은 아는 것으로, 손재주가 좋은 사람은 손재주로, 꾀가 많은 사람은 꾀로, 전투를 잘하는 사람은 전투로, 각기 사람들은 모두 자기가 도울 수 있고 잘할 수 있는 것으로 서로 돕고 사는 유무상자 정신을 강조하였다. 그러자 탐욕스런 부자들은 슬슬 피하고 선한 부자들은 다투어 곡식과 재물을 내놓았고 백성들의 동학 입도가 줄을 이었다.

12장/ 남원 대회

동학 도인 아닌 사람이 없을 정도로 동학의 세가 확장되던 즈음 대접주 김개남은 임실을 거쳐 남원에 유월 스무닷샛날에 도착했다. 김개남이 남원으로 들어올 때 수천 명의 동학군 부대를 이끌고 왔다. 그 부대에는 김인배, 양계환, 유석훈 등 젊은 청년들이 많았다. 김개남 부대가 남원으로 들어온다는 소문을 들었는지 남원 부사 윤병관은 이미 도주한 후였고, 이속들도 뿔뿔이 흩어져 관아는 텅 비어 있었다. 김개남 부대가 남원성에 들어오자 남원 도인들이 몰려왔다. 그들은 일찍부터 도소 준비를 하고 있었던 터라 전라좌도를 이끄는 김개남 대접주를 만나자 물 만난 고기처럼 활발히 움직였다. 남원부중에 전라좌도 동학 대도소를 설치하였다. 전라좌도 대도소에서는 차근차근 일을 진행하였다.

남원의 접주 김홍기가 회의 시작을 알렸다.

"심고. 한울님 전라좌도 대도소 첫 회의를 시작합니다. 심고!"

심고가 끝나자 키가 훤칠하고 목소리가 카랑카랑한 김개남이 먼저 말을 힘차게 내뱉었다.

"엊그제 유월 스무하룻날 왜국은 경복궁을 기습 점령하였소. 이것이 무엇을 의미하겠소? 이제 우리 조정은 왜국 손아귀에 들어갔다는 것이오. 그리고 그저께 스무사흗날에 청군과 일군이 전쟁판을 벌였다고 하오. 지금 이 나라는 풍전등화(風前燈火)요. 나는 여기 남원성으로 들어오면서 각오를 단단히 했소. 여기 남원성은 정유재란 때 만명이 넘게 순국한 곳이오. 우리 조상들이 이 땅을 지키려고 죽어간 것을 기린 만인의총이 있지 않소. 지금 이 나라 꼴이 그때와 다르지 않소. 청군과 왜군의 전쟁은 보나마나요. 저 두 나라가 싸우면 왜군이 이길 것은 뻔한 사정이요. 그러면 왜놈들은 그다음에 어디를 치겠소. 바로 우리요. 나라가 망하면 우리 백성이 하루라도 편할 날이 있겠소. 이제 이 나라와 백성을 지킬 사람들은 우리 동학군밖에 없소. 우리들이 이 나라를 지켜 내고 동학 도인들이 다스리는 세상이 되어야 우리 백성들 살기가 편안할 것이요. 여기 있는 사람들도 다 그러겠지만 나는 이 일을, 이 한 목숨이 죽은 다음에야 그만두겠다고 다짐하였소."

머리에 패랭이 모자를 쓰고 다부지게 생긴 청년 류태홍이 꾸벅 인사를 하였다.

"류태홍 인사 올립니다. 김개남 대장님 말씀대로 이 나라 꼴이 말이 아닙니다. 우리 남원은 최제우 대선생이 동학을 정립한 은적암이 있는 유서 깊은 장소요. 최제우 대선생이 교룡산성 은적암에서 칼 노래를 부르고 칼춤을 춘 것도 의미심장합니다. 우리 남원에서 준비를 단단히 해야겠습니다. 앞으로 왜군에 대항하려면 무기가 있어야 쓸 것 아니오. 그런디 지금 우리 남원부중에 무기 꼴을 보면 한심할 것이오. 이것부터 챙겨야겠습니다."

작심한 듯 얼굴 표정이 굳은 김개남이 다시 입을 열었다.

"우리는 여기 남원 사정만 보아서는 아니 될 것이오. 지금 우리가 하는 일은 조선 전체를 살리는 일이오. 우리 동학 도인들과 왜국과의 한판 전쟁을 벌일 준비를 지금부터 해야 하오. 그러자면 전라도만 일어나서는 안 되고 경상도 도인들도 다 같이 일어나야 힘을 제대로 쓸 것이오. 진주, 하동을 필두로 하여 경상도에도 우리 도인들이 많은데 지금 힘을 쓰지 못하고 있소. 그런 까닭으로 여기 젊은 대장 김인배 접주를 순천, 광양으로 보내 경상도까지 도소 설치를 독려하고 왜국과의 전쟁에 대비하려는데 여러 접주들 의견은 어떻소?"

전주 화약 이후 김개남과 함께 여러 고을을 거쳐 온 광양 유석훈 접주가 말을 내놓았다.

"저는 광양 접주 유석훈입니다. 광양 도소 설치와 운영만 생각한다면 광양 도인들끼리 어찌해 볼 수도 있겠지만 장차 왜놈들과의 전쟁에 대비하고 경상도까지 아우르는 일을 하려면 전투 경험이 있고 잘 싸우는 김인배 대장이 내려오면 좋겠습니다. 김인배 접주가 가면 제가 밑에서 우리 도인들이 잘 따르도록 보조허겠습니다. 지난 번 황토현 전투에서 김인배 접주의 활약이 대단허더마요. 그런 대장이 우리 고을로 가면 참말로 든든허지다~이!"

유석훈 접주의 말이 끝나자 만면에 웃음을 띠고 김개남이 말을 이었다.

"허허, 유석훈 접주가 그리 말씀을 해 주시니 참으로 고맙소. 김인배 접주가 영남, 호남을 아우르는 영호대도소의 대접주로 섬진강을 넘어 경상도 공략에 힘을 많이 써 주시오. 그곳의 폐정 개혁과 전투 준비가 함께 이루어지려면 보통 일이 아닐 것이오. 여기 남원에서도 경상도 도인들과 힘을 하나로 뭉칠 수 있게 지리산을 넘는 방법을 생각해 볼 작정이오."

얼굴이 잘생긴데다 키도 훤칠하게 크고 풍채 좋은 젊은 대장 김인배가 머리를 숙여 인사하였다.

"제가 김인배입니다. 먼저 여러 접주님들 고맙습니다. 저에게 그렇게 중차대한 소임을 맡겨 주시니 몸 둘 바를 모르겠습니다. 저에게도 네 살배기 아들이 크고 있고, 둘째 한울도 새로 생겨 어미 뱃속에서 자라고 있습니다. 제 자식들이 살아갈 세상은 다시 개벽한 세상이어야 합니다. 모든 한울이 존중받는 새 세상을 열기 위해, 여러분들과 함께 영호대도소를 세우는 데 이 목숨 걸겠습니다."

김인배의 말에 기분이 좋아진 김개남이 다시 말을 이었다.

"남원을 비롯하여 남원 인근 고을까지 폐정 개혁이 이루어지고 전투 준비가 잘 되려면 우리가 애를 많이 써야 쓰겠소. 우리 도인들이 젖 먹던 힘까지 내서 신나게 새 세상을 열어 봅시다."

유석훈 접주도 밝은 목소리로 거들었다.

"워-매 좋은거! 목숨도 걸고 무기도 챙겨 새 세상 열면 참말로 좋지다~이! 다 좋은디 그럴려면 우선 우리 군사가 먹어야 힘을 쓴당깨요. 이 많은 군사가 어찌 먹을 것인지 그 방도부터 마련해 보십시다. 우선 우리들이 곡식들을 먼저 내놓고 동리마다 살 만한 집에서 성미 협조를 좀 받으면 어쩌겠소?"

김개남 대장도 너털웃음을 터뜨리면서 대꾸했다.

"허허, 유석훈 접주가 젤로 중요한 밥 문제를 한방에 해결해 버리는구만. 고맙수다. 식량은 그리 해결하기로 하고 소소한 문제들은 그때그때 알아서 처리하도록 합시다. 그리고 행패를 부리는 양반이나 부자들이 있으면 그 사람들은 한울 정신으로 거듭나도록 우리가 힘을 여러 가지로 써야 쓸 것이오. 먼저 동학 입도를 권유하고 스스로 우러나서 곡식들을 내놓도록 할 것이며, 이에 따르지 않고 계속 행패를 부리면 못된 버릇은 고쳐 주어야지요. 그치만 동학 입도 권유가 먼저란 것을 잊어서는 안 될 것이오."

김개남 쪽을 쳐다보며 양계환이 입을 열었다.

"이참에 양반이니 상놈이니는 싹 없애 불고 다 동학 도인이 되게 허먼 저절로 개벽 세상이 오것그만요. 우리 도인들 가슴을 뛰게 하는 새 세상 '개벽'이야기를 많이 해야겠지다~이! 근디 김개남 대장님! 개벽 세상에 동참 안 허겠다고 버티는 위인들이 있으면 쪼깐 손봐 줘도 될까라?"

양계환의 마지막 말에 김개남이 너털웃음을 터뜨렸다.

"허허허! 안 그러게 보이는디 양계환 접주 성질도 나만큼이나 급허네! 그래도 그런 일은 아무 데서나 손보고 그러면 못쓰오. 반드시 도소로 데려와서 간곡히 설득을 허고 그래도 안 되면 그런 놈은 결박을 허고 좀 가두어 놓읍시다. 우리 동학 도인들이 다 풀려나서 지금 감옥이 텅텅 비었은게 거그다 데려다 놓고 그 속에서 생각을 좀 많이 허게 허먼 사람이 달라질게요. 그런디 지금까진 잘 설득하면 다 통헙디다. 겉으로만 동학 입도하고 곡석을 내놓는 시늉만 하다가 세상 바뀐다 싶으면 안면몰수하는 배반자들이 문제지요? 그런 놈은 반드시 징치해야 쓸 것이오. 그런디 아직까지는 그런 사람 없습디다. 그런게 양 접주 아무 데서나 손본다는 말 허먼 안 될 것이오. 그것보다는 반상구별이 완전히 없어지게 이 차제에 노비 문서가 보이면 보이는 족족 태워 없애고 면천하도록 하여야 쓰겠소."

접주 류태홍이 자리를 정리하려고 나섰다.

"식량 조달이 급하니 다른 이야기들은 천천히 하기로 하고 다들 각기 동리로 나가 봅시다. 그리고 동학 포덕의 좋은 기회이니 열심히 뜁시다. 그러면 마치는 심고합시다. 마침 심고는 김홍기 접주님이 하여 주시지요"

눈이 깊어 사려 깊게 보이는 김홍기 접주가 심고를 올렸다.

"심고! 한울님 전라좌도 대도소 첫 회의를 마쳤습니다. 영호대도소로 가는 김인배 접주와 우리가 폐정 개혁을 잘하고, 왜국 무리들은 자기들 나라로 하루빨리 돌아가게 하소서. 한울님! 우리 백성들이 보국안민의 나라에서 살게 하는 길은 동학 포덕입니다. 부디 동학 포덕이 잘 되고 식량도 넉넉히 구할 수 있도록 도와주소서. 심고!"

남원 관아는 드나드는 사람들로 문턱이 닳을 지경이었다. 담양, 순창, 무주, 임실, 곡성, 진안, 용담, 옥과, 운봉, 창평, 장수, 금산, 진산, 순천, 광양, 낙안, 흥양, 보성까지 각 군현의 접주들은 사흘이 멀다 하고 전라좌도 대도소에 들러 김개남의 조회를 받았다. 김개남은 백성들을 착취하여 재물을 모은 아전, 유림, 토호들의 재물을 반환케 하고 특히 노비들을 해방시키는 신분제 타파에 힘을 기울였다.

폐정 개혁과 동학 포덕이 맞물려 들어가면서 바쁘게 돌아치는 가운데 운봉에 사는 아전 출신 박봉양의 머릿속도 복잡하였다. 그는 운봉 일대 큰 부자였다. 성질이 포악하고 욕심 사납기로 소문난 이였다. 그는 자기 집 재산을 지키려면 방법은 동학에 입도하는 길밖에 없다고 생각하고 동학군이 남원에 들어오자마자 일찌감치 장수 접주 황내문을 찾아가 입도하였다. 속으로 그는 인자 내가 동학 도인이 되었으니 식량을 조금만 내놓으면 재산 털릴 걱정은 없으리라 생각하였다. 그런데 가만히 보니 동학 도인들은 염치란 것을 아예 상실한 것 같았다. 동학에 입도하자마자 황내문 접주가 찾아왔다.

"박도인, 우리 동학 도인들이 나라를 지키는 데 곡석이 필요하오. 얼마쯤 내놓을 수 있겠소?"

예상했던 일이지만 속은 쓰렸다. 박봉양은 아전을 하면서 재물을 긁어모을 수 있다면 수단과 방법을 가리지 않았다. 그 와중에 한쪽

눈을 잃을 정도로 힘들게 모은 재산이었다. 그가 동학에 입도할 때는 작은 재산을 내놓고 큰 재산을 지켜야지 하는 속셈이 있었다. 그래서 언제든지 동학 도인들이 오기만 하면 쌀 몇 가마니는 내놓으려고 마음먹고 있었다. 이미 마음에 생각한 바가 있었던 지라 순순히 대답이 나갔다.

"예, 그래야지라. 제가 쌀 열 가마니를 남원성으로 옮기도록 하겠소."

그렇게 곡식을 가져간 지 이틀이 멀다 하고 군량미가 필요하다고 또 달라 하고 무기 조달에 필요하다고 또 돈을 내라 하고 들이닥치니 박봉양 생각으로는 동학군은 칼만 안 든 강도들이라는 생각밖에 들지 않았다. 비록 껍데기로나마 동학에 입도하였지만 속으로는 지역 유림이나 하인들 그리고 자기 집 논밭을 일구는 소작인들을 불러 묶으면 운봉 정도는 지킬 수 있으려니 하는 계책이 섰다. 가만히 생각해 보면 운봉은 천혜의 요새가 아닌가. 운봉은 남원에서 오자면 높은 산길을 넘어야만 한다. 방아치, 입망치, 여원치, 유치 중 어느 곳이 됐든 높은 산길을 넘어야만 한다. 그렇다면 운봉은 그 몇 군데만 민보군을 배치하면 끝나는 것이다. 험한 산길 위에 있는 민보군을 쓰러뜨리고 아래에서부터 동학군들이 넘어오는 건 신이 아니고서는 불가능하다. 그는 거기까지 생각이 미치자 자신이 뭣이 무서워서 동학에 들었던 것인지 탄식하면서 동학군을 몰아낼 계책 짜기에 골몰하였다. 배반의 싹은 이렇게 조용히, 그러나 크게 자라고 있는 줄을 남원 도인들은 몰랐다.

　나중에 김개남이 남원을 떠나 북상하자 운봉 민보군은 남원성을 점령하였을 뿐만 아니라 운봉을 넘어 경상도 동학군과 연합하려는 뜻을 세웠던 남원 동학군들에게 엄청난 시련을 안겨 주었다. 일명 방아치 전투다. 박봉양의 예상대로 방아치 위에 지천에 깔린 방아산성의 성돌을 슬쩍 굴려 떨어뜨리기만 하면 아래에서 오르려고 애쓰는 동학 도인들이 숱하게 죽어 갔다. 게다가 운봉 관군 부대와 함양에서 온 원병까지 가세하여 위에서 아래로 총을 쏘고 화살을 날렸으니 동학군이 살아날 방도가 없었다. 돌에 깔리고 머리가 터지고 허리가 끊어져 죽은 사람이 산골짜기를 가득 메웠다.

　칠월 보름은 남원 장날이 아니었다. 그런데도 사람들이 장날보다 더 많았다. 어디 한 군데 비집고 들어갈 틈이 없을 만큼 붐볐다. 요천서부터 꽉 메운 사람들은 사람들에게 밀려가고 밀려오는 형국이었다. 여느 때 같으면 길가에 소쿠리, 바구니, 멍석, 키 등 별별 도구들이 다 벌이어 있을 터였다. 그런데 오늘은 사람들이 꽉 차 버리자 상인들이 악다구니를 쓰며 물건 밟지 말라고 소리를 쳤다. 비녀, 얼레빗, 참빗을 늘어놓은 상자를 멘 장꾼은 오늘따라 쏟아지는 사람들에 놀라다가 때는 이때다 싶은지 입이 찢어지게 빗 사라고 외쳐 댔다. 덩달아 엿판을 걸머진 엿장수도 신이 나서 가위 소리를 쨍그랑쨍그랑 울려 댔다. 주막들도 한난리가 났다.

주모가 들뜬 표정으로 주막 안으로 들어오는 사람에게 말을 붙였다.

"오늘 먼 일이라요? 왜 이리 사람이 밀려온다요?"

빈자리 찾아 겨우 자리 잡고 앉으면서 구례에서 온 양또치가 말했다.

"허허, 주모가 오늘이 먼 날인지도 모르고 돈만 버는갑소?"

포동포동 살이 올라 수더분한 인상인 주모가 그 말 자락에 놀라 대꾸했다.

"그람 오늘이 먼 날인가요? 돈 버는 것은 좋소만 사람이 너무 몰려온게 정신이 하나도 없소."

양또치 옆에 앉은 양계환이 말했다.

"오늘은 동학 도인들이 다 모이는 날이오. 오늘부터 세상을 크게 바꿔 불자고 다 모인당께 주모도 오늘은 멀리서 오니라고 덥고 배고픈 도인들에게 콩 국물 인심이라도 넉넉히 써 부시오~이!"

주막에서 일하는 젊은 아낙이 물었다.

"동학 도인들이 다 모인다고라? 그라면 오늘 사람들이 볼 만하겠구만요. 어디로 모인대요? 저도 구경 가고 싶구만요."

젊은 여자 물음에 호기심이 동하는 눈치로 양또치가 나섰다.

"그람, 같이 가께라? 여그 뽀짝(가까이) 옆에 요천 너른 강변에 모이지 어디로 모이겠소. 여그서 가만 있어도 좀 있으면 김개남, 전봉준, 손화중 장군이 다 올 것이오. 나가 여 우리 도련님이랑 그 대장님들

뽀짝 옆으로 갈 것인께 같이 가 볼라요?"

"아고, 이 양반이 큰일 날 소리를 하시네. 나도 눈 있고 발 있는게 나 걱정꺼지 하덜들 말고 어여 국밥이나 말아 드셔요."

실실 웃으며 수작을 붙이는 양또치에게 젊은 아낙은 눈을 흘기며 말을 내뱉고는 쌩하니 주막 부엌으로 내달렸다.

아니나 다를까 좀 있으니 사람들이 떼 지어 십수정(十樹亭) 쪽으로 올라갔다. 사람들이 몰려가자 양계환과 양또치도 주막을 나섰다. 그로부터 얼마 안 되어 젊은 아낙도 발동하는 호기심을 못 참겠던지 설거지통에 담갔던 손을 빼고 앞치마를 벗어 던지더니 정신없이 사람들 틈 속으로 끼어들었다. 맨 상투 머리를 하얀 광목 끈으로 질끈 동여맨 남자들이 무수히 올라갔다. 젊은 아낙도 남들한테 뒤질세라 바삐 올라챘더니 광한루를 비켜 조금 더 올라간 십수정 앞으로 단이 형성되어 있는 것이 보였다. 거기에 동학 대장들이 진을 치고 있었다. 아낙은 대장들 얼굴이 보이는 곳까지 가서 자리를 잡고 섰다. 십수정에서 눈길을 돌려 보니 장관이었다. 끝이 없이 몰려오는 사람들 옆으로 요천강이 유유히 흐르고 있었다. 엄청난 사람들 사이사이로 깃발이 올라와 있었다. 흰 바탕에 '보국안민'을 검은색으로 새긴 깃발, 황색 바탕에 '척양척왜'를 빨간색으로 내건 깃발, 각지 지역 이름을 올린 깃발, '농자지천하대본'을 새긴 두레 깃발 등 다양한 깃발이 수도 없이 나부껴 휘황찬란했다. 그 결에 쌓여 사람들의 함성 소리가 여기저기서 들려오기 시작했다. 북소리, 꽹과리 소리가 섞여 들어 축제

마당처럼 소리가 흥성했다.

"보국안민!"

"척양척왜!"

"동학만세!"

"전봉준 장군 만세!"

"김개남 장군 만세!"

한참이나 구경을 하고 섰는데 주변이 조용해지더니 키가 크고 소리가 시원시원한 대장이 연설을 시작했다.

"제가 김개남이올시다. 먼저 심고 올리겠습니다. 심고. 한울님 우리 동학 도인들이 남원에 다 모였습니다. 오늘 모임은 이 나라와 우리 백성들이 살길을 찾기 위함입니다. 심고! 본주문 삼창!"

"시천주 조화정 영세불망 만사지."

"시천주 조화정 영세불망 만사지."

"시천주 조화정 영세불망 만사지."

본주문을 외는 군중들의 함성 소리가 지리산까지 닿을 정도로 크게 울려 퍼졌다.

사람들의 본주문 삼창이 끝나자 다시 김개남 대장이 연설을 이어갔다.

"다들 먼 길 오시느라 고생이 많았습니다. 이곳에 우리가 모여야 하는 이유는 우리가 아니면 이 나라를 구할 사람이 없기 때문입니다. 다들 아시다시피 왜국은 지금 자기들 앞잡이를 내세워 개화 정권이라고 내세웠습니다만 그들은 곧 총부리를 우리 조선 백성들에게로 돌릴 겝니다. 그들은 우리가 격파한 관군과는 비교가 안 되는 무력을 가지고 있습니다. 그러니 우리가 지금부터 외국과의 한판 전쟁을 준비하지 않으면 안 됩니다. 순리대로 그들이 돌아가면 좋겠지만 남의 나라에 와서 제 나라 땅에서보다 더 설치고 다니는 역리를 펴는 이상 우리도 역리로 맞서야 합니다. 역리를 꺾는 것이 순리입니다. 일찍이 최제우 대선생께서는 그것을 미리 아시고 이 남원 땅을 주목하셨습니다. 그분은 교룡산성 은적암에서 칼 노래를 부르셨습니다. 제가 먼저 선창하면 다 같이 힘차게 불러 봅시다."

김개남 대장이 카랑카랑한 목소리로 칼 노래를 앞서 부르자 다 같이 목소리를 높여 노래를 부르기 시작했다. 누군가 노래 장단에 맞춰 북도 울리기 시작했다.

시호시호(時乎時乎) 이내시호(이때여! 이때여! 다시 못 올 나의 때로다)

부재래지(不再來之) 시호로다(다시 못 올 좋은 때로다)

만세일지(萬世一之) 장부로서(이 세상에 한 번 태어난 사나이 장부로서)

오만년지(五萬年之) 시호로다(오만 년 이어갈 좋은 때로다)

용천검(龍泉劍) 드는 칼을(용천검(옛 중국 보검) 잘 드는 칼을)

아니 쓰고 무엇 하리(아니 쓰고 무엇하리)

무수장삼(無袖長衫) 떨쳐입고(무수장삼, 춤출 때 입는 소매 긴 옷) 떨쳐입고)

이 칼 저 칼 넌즛 들어(이 칼 저 칼 넌지시 들어서)

호호망망(浩浩茫茫) 넓은 천지(아득하고 끝이 보이지 않는 넓은 천지에)

일신(一身)으로 비켜서서(한 몸으로 비켜서서)

칼 노래 한 곡조를(칼 노래 한 곡조를)

시호 시호 불러내니(이때여! 이때여! 불러내니)

용천검 날랜 칼은(용천검 날랜 칼은)

일월(日月)을 희롱하고(해와 달을 희롱하고)

게으른 무수장삼(천천히 움직이는 무수장삼)

우주에 덮여 있네(우주에 덮여 있네)

만고 명장 어데 있나(만고에 명장은 어데 있나?)

장부당전(丈夫當前) 무장사(無壯士)라(장부 앞에는 장사가 없는 것이라)

좋을씨고 좋을씨고(좋구나, 좋구나!)

이내 신명(身命) 좋을씨고(이내신명 좋구나!)

한바탕 노래가 끝나고 나자 다시 김개남 대장은 말을 이어 갔다.

"최제우 대선생께서는 오늘날 우리에게 일어날 일을 미리 아시고 전라도 도인들이 먼저 일어나라고 이 칼 노래를 여기 남원에서 부르셨습니다. 먼저 된 자가 늦되고 나중 된 자가 빨리 된다는 말이 있습니다. 그 말처럼 동학 시작은 경상도에서 먼저였습니다. 그렇지만 나라를 구하고 다시 개벽 세상을 여는 것은 전라도가 먼저 시작했습니다. 우리가 먼저 일어났으니 이제 우리가 더 힘을 내고 경상도 도인들과도 힘을 합쳐야 오늘의 왜놈 난국을 헤치고 새로운 한울 세상을 열어 갈 수 있습니다. 여기 남원은 임진왜란 때도 우리 선조들이 왜놈들을 맞아 승리한 곳이고 정유재란 때는 왜놈들이 한양 땅으로 못 올라가게 모두가 죽음으로써 나라를 구한 곳입니다. 이제 우리에게 때가 왔습니다. 최제우 대선생께서 주신 칼 노래를 다 같이 부르며 진군할 준비를 빈틈없이 해야 할 때가 다가왔습니다. 우리 모두 다 같이 새로운 세상을 향해 힘차게 나아갑시다."

"한울 세상 만세!"

"개벽 세상 만세!"

만세 소리가 우레 소리처럼 하늘을 향해 퍼져 갔다.

소리가 조금 조용해지자 키는 작아도 한없이 넉넉하고 그러면서도 다부진 모습이 태산처럼 다가오는 전봉준 대장이 나섰다.

"저는 전봉준이올시다. 여기 전라좌도는 도인들의 열정이 남다른 곳입니다. 지금껏 우리 동학 도인들과 백성들이 힘을 합쳐 폐정 개혁을 힘차게 이끌어 오고 있습니다. 전라도를 비롯하여 충청도까지 쉰 세 개 지역이 지금 우리 백성들의 힘으로 도소가 설치 운영되어 평등한 한울 세상으로 바뀌고 있습니다. 이때 우리가 더 힘을 내고 올곧은 정신을 가다듬어 대도소가 계속 유지될 수 있도록 애를 써야겠습니다. 그리고 김개남 대장이 말씀하신 것처럼 왜국의 행보도 계속 주시해야겠습니다. 이미 저들은 우리 정권을 자기네 손아귀에 넣고 저들 입맛대로 움직이고 있습니다. 우리가 저들의 소굴로 바로 올라가 작살을 내 버리면 좋겠지만 이 시점에서 우리가 함부로 움직여서는 안 됩니다. 쓸데없는 빌미를 주어 저들의 총구가 바로 우리를 향하지 않도록 하여야 할 것입니다. 지금 우리가 가는 길은 쉽지 않은 길입니다. 이제 걸음마를 막 시작한 대도소가 자라기도 전에 왜국과 한판 전쟁이 붙는다면 우리가 열어 가야 할 세상은 멀어질 것입니다. 각 지역마다 도소를 튼튼하게 세워 모두가 한울로 존중받는 자치 세상을 열어 갑시다. 지금 도소가 설치되지 않은 지역에는 신속히 도소가 설치될 수 있도록 지원하여야 할 것입니다. 그것을 위해서 우리 동학 도인들이 많은 노력을 기울여야 할 것입니다. 그러면서 김개남 장군 말씀대로 때가 다가오고 있으니 우리가 칼을 들어야 할 때 신속하게 칼을 들 수 있도록 준비를 해야겠습니다. 지금은 전주 화약 이전과 다른 상황입니다. 전주 화약 이전에는 관군만 상대하면 되었지만 이제는 왜군을 상대해야 하는 상황이 오고 있습니다. 이런 때일수록 우리가 언제 움직여야 할 것인지를 잘 판단해야겠습니다. 여러 접주들과 도인들께서 일치단결하여 우리 백성들 모두가 하나로 움직일 수 있도록 힘을 기울여야겠습니다. 탐학한 관리가 아니라면 우리들에게 등을 돌리는 사람이 있게 해선 안 될 것입니다. 저는 우리 도인들과 백성들을 믿습니다. 우리 함께 한울 세상을 힘차게 열어 갑시다.”

“한울 세상 만세!”

“척양척왜 만세!”

북소리와 만세 소리가 널리 퍼지는 가운데 말을 마친 전봉준 장군은 단상을 내려갔다.

곧이어 단단하고 다부진 남원의 젊은 접주 류태홍이 나섰다. 그는 지난 임진년(1892) 시월에 삼례 집회에서 전라 감사 이경직에게 전라 우도 대표 전봉준 장군과 함께 전라좌도 대표로 소장을 제출한 젊은 이였다.

"이웃 고을에서 먼 걸음 하신 동학 도인 여러분 반갑습니다. 저는 남원의 류태홍입니다. 우리가 힘차게 새 세상 열어 불라면 힘을 많이 써야 쓰겠습니다. 오늘 대회장에 끝도 없이 모인 여러분들 본께 금방 새 세상 오겠습니다. 우리가 칠만 명이 넘게 모였다고 합니다. 여기 모인 사람들 모두 한마음으로 관군과 왜놈들 제껴 불고 우리 모두가 주인인 새 세상을 힘차게 열어젖힙시다. 이렇게 좋은 날 제가 심고하게 되어 여러분들께 고맙고 너무 좋습니다. 하도 좋아서 자꼬 말이 길어질라 하오만 빨리 자르고 오늘 대회 마침 심고 하겠습니다."

"심고 한울님! 오늘 남원에서 우리 도인들이 다 모여 시국을 토론했습니다. 우리 도인들이 힘을 합쳐 도소 운영을 빈틈없이 할 것입니다. 그리고 우리나라 안팎에서 행패를 부리는 왜놈들을 몰아낼 준비도 단단히 하겠습니다. 한울님! 우리 모두에게 강단진 힘을 주소서. 심고!"

십수정(十樹亭) 주변에 있는 느티나무 그늘 아래서 대회장을 보고 있던 아낙은 류태홍이 나오자 깜짝 놀라더니 단박에 얼굴에 미소가 가득 피어올랐다. 오늘 류태홍은 모르리라. 아내가 자신을 보고 미소 짓고 있는 줄을. 오늘 아침 아내는 아래 주막 일이 바쁘다고 일손을 보태러 간다고 했다. 요즘 아내는 동네 부녀자들 입도시키기에 여념이 없었다. 그러느라고 젊은 아낙이 주막 일도 꺼리지 않고 간다하니 류태홍은 아내가 고마웠다. 그는 항상 그렇듯이 오늘 새벽도 아내와 함께 청수를 떠 놓고 기도를 올렸다. 새벽 기도가 끝난 후 아내에게 오늘 대회에 자신이 심고를 맡았다는 말을 할까 하다가 그 말이 겸연쩍어 그만두었다. 그런데 아내는 오늘 남편을 본 것이다. 저 어마어마한 사람들 앞에서 심고를 하다니! 젊은 아낙은 남편이 자랑스럽고 한없이 멋져 보였다.

13장/ 가족

유석훈은 전주 화약 이후로 남원을 거쳐 광양으로 돌아왔다. 하루라도 빨리 돌아오고 싶었지만 나랏일인지라 혼자 맘대로 할 수는 없었다. 삼월 말에 백산으로 떠났는데 칠월이 되어서야 돌아오는 길이니 갓난쟁이가 얼마나 컸을까 궁금하였다. 삼월에 아기는 석훈이 품에 안고 얼러 주면 방긋방긋 웃었다. 방바닥에 가만히 내려놓으면 뒤집으려고 용을 쓰다가 몸을 발딱 뒤집곤 했다. 며칠을 그러는가 싶더니 막 기기 시작하는 걸 보고 떠났다. 아이 엄마, 서엽인 또 어쩌고 있을까. 요즘도 동학 이야기로 동네 아주머니들이랑 이야기꽃을 피우고 있을까. 서엽의 맑은 눈과 석훈을 보면 배시시 웃어 주는 그 입술이 보고 싶어지자 갑자기 발걸음이 날았다. 아무리 달려도 더 빨리 갈 길은 없는지 집으로 가는 길이 멀게만 느껴졌다. 달리듯이 걷는 그 옆을 나무들이 휙휙 지나쳤다. 바삐 뒤따라오던 친구 조두환이 말을 걸었다.

"어이~! 석훈이! 자네 막 나르네 날아. 그리 각시가 보고자운가? 누가 보면 자네만 각시 있는 줄 알겠네. 이 사람아. 나도 이쁜 각시 있단 말세. 여그 각시 없는 사람 계환이 빼고는 없은게 숨도 좀 쉼시롱 가세."

친구 조두환의 말에 겸연쩍어진 유석훈은 발걸음을 늦추었다. 그때 같이 오던 월포의 양계환이 말했다.

"우리가 집 떠난 지 백 일이 넘었네. 그러니 석훈이 저럴 만도 하제. 그나저나 두환이 고맙네. 우리가 남원까지 댕겨 오느라고 늦었네. 다행히 자네가 먼저 돌아와서 광양 도소 일은 얼추 자리를 잡아 놨담서? 우리가 도울 일은 없는가?"

양계환의 말끝에 얼굴이 어두워지면서 조두환이 물었다.

"영호대도소 김인배 대접주 말이네. 김인배 대접주는 경상도로 진출하라는 김개남 장군의 명을 받잡고 순천에 입성하였네. 그런데 이곳 순천 광양에서도 아직 도소가 폐정 개혁을 다 이루지는 못하였네. 순천에서는 박낙양 접주, 양하일 접주가 열심히 하고 있고 광양에서는 나를 비롯하여 우리 동학 도인들이 발에 땀나게 뛰댕기고 있네마는 아직 힘이 약하네. 그런데 경상도까지 아우를 수가 있을까? 그 일은 곧 관군, 나아가 왜군과 전쟁을 동반하는 일인데 우리가 그 큰 일을 감당할 수 있을런가 그것이 걱정이네."

발걸음을 늦추고 친구들의 말을 듣던 유석훈이 나섰다.

"두환이 자네가 무엇을 걱정하는지 알겄그마. 그런데 이미 이 나라의 일판은 크게 벌어지고 있네. 긍깨 자네를 비롯하여 박낙양 접주, 양하일 접주는 지금처럼 도소 일을 열심히 하면서 영호대도소 일을 도우면 되지 싶네. 자네들 연원이 아무래도 전봉준 장군 계열이다 보니 지금 때를 살펴서 도소 일에 열중한다고 들었네. 이쪽 도소 일도 중요하지만 영호대도소를 세우는 일도 반드시 해야 할 일이네. 남원을 지나오면서 본께 김개남 장군 생각이 맞더랑께. 지금 우리가 빨리 힘을 쏟아 경상도로 진출하여 온 나라가 일판을 크게 벌이야 우리가 원하는 동학 세상 개벽 세상이 올 것이구마."

옆에서 듣고 있던 양계환이 말을 이었다.

"그래서 영호대도소로 이름을 붙였당께. 호남 영남을 아우르는 도소로. 나 양계환 그리고 여기 옆에 친구 유석훈 그리고 김학식 수접주, 순천의 유하덕 접주 등 여러 접주들이 김인배 대접주 밑에서 일을 할 것이네. 김인배 대접주는 백산 전투, 황룡촌 전투에서 별동대 대장으로 이름을 날렸네. 긍께 나이는 젊어도 여기 총대장으로 온 거라네. 경상도 도인들이랑 하루빨리 힘을 합쳐 한울 세상 만들어 불라고 김인배 대접주랑 함께 금구에서부터 내려온 사람도 많다네. 또 다른 지역 사람들도 많이 왔고. 그만큼 영호대도소가 중요하단거 아니겄는가."

얼른 끼어들며 유석훈이 말했다.

"긍께 여그 사람들이 영호대도소 일을 음으로 양으로, 물심양면으로, 참말로 쎄게 도와야 될 성싶어. 우리는 겉에서 티 나게 도울 텐께 자네들 쪽은 속으로 티 안 나게 도와주소. 앞으로 이삼일이면 영호대도소가 자리 잡고 우리는 하동으로 진출할걸세. 지금 하동 사람들은 여그 사람들이 오기를 눈 빠지게 기다리고 있다네. 한시라도 빨리 와서 하동 관아 접수하는 것을 도와주면 좋겠다고 기별이 왔네."

두 친구의 말을 듣고 있던 조두환이 선선히 답했다.

"그러세. 순천에 박낙양 접주, 양하일 접주도 그런 생각이지 싶네. 우리 모두 인간이면 누구나 평등한 동학 세상, 이 나라 사람들이면 모두 편안한 보국 안민 세상, 척양척왜 세상 만드는 것은 우리 모두의 소원인께 열심히 해보세. 또 상황이 급박해지면 우리 모두 다같이 힘을 합해사 쓸 것인께 다들 몸조심들 허고. 그러나저러나 자네들은 안사람 보고 싶어서 환장헐 껀디 나가 눈치대가리도 없이 오래 붙들었당께. 미안허이. 인자부터 발을 쎄게 놀리면 금방 갈 것인께 언능 가세."

매화꽃이 살짝 지고 이어서 피어난 살구꽃, 복숭아꽃, 배꽃, 벚꽃으로 온통 동네가 꽃 천지일 때 떠났는데 이제 돌아와 보는 동네는 진한 초록 그늘을 사방에 드리우고 있었다. 동네 어귀에 있는 큰 느티나무가 그리 반가울 수가 없었다. 발걸음이 더 빨라졌다. 대문을 열고 들어섰다. 아들의 이름을 부르고 싶었지만 아내를 놀래켜 주고 싶어서 잽싸게 별당 벽 쪽으로 붙어 가만가만 다가가 방문을 벌컥 열었다. 아이와 아내의 놀란 눈이 동시에 들어왔다. 석훈은 짚신을 어찌 벗는지도 모르고 방 안으로 들어갔다.

"여보, 이제 돌아온 거예요?"

"예. 동학 마눌님."

"우리 아들 한 번 안아 봅시다. 덕만아."

아이는 아빠가 그새 낯선지 엄마 품속으로 더 파고들었다.

"어허! 우리 아들이 아빠한테 낯가림을 하다니. 어쩔 수 없네. 당신이랑 한꺼번에 안아야겠네."

석훈은 너스레 말과 함께 아내와 아이를 꼭 안았다. 세 달 만에 보는 아이는 쑥 커버렸다. 서엽은 좀 힘들었는지 살이 말랐다. 안았던 팔을 풀자 서엽이 아이를 내려놓았다. 아이는 엄마 무릎에 꼭 붙어 앉아 있었다. 석훈이 안으려고 하면 아이는 얼른 엄마 치마폭으로 들어갔다. 그러면서도 석훈을 찬찬히 보는 아이가 예뻤다. 서엽이 옷매무새를 고치면서 석훈에게 말하였다.

"여보, 어서 아부지, 엄니한테 인사 올려야지다. 엄니가 당신 걱정으로 몸이 많이 상하셨당께요."

"그럽시다. 우리 엄니 성격에 집 나간 자식 걱정으로 피가 마르셨을 것이요."

석훈이 덕만을 안아 올리니 울지는 않아도 눈길은 제 엄마에게서 떨어지지 않는다. 살짝 서운한 생각이 들어도 계속 안고 가고 싶어서 아이를 안고 일어서니 아내도 아이 손을 잡고 방을 나섰다. 어머님은 안채에 계셨다. 어머님은 이 아들을 기다리다 못해 병이 나셨다. 동학군이 관군의 총에 맞아 죽었다는 흉흉한 소식은 여기도 전해졌으리라. 아무 말 하지 않는 아내도 얼마나 걱정을 했을 것인가? 석훈은 아이 손을 잡고 따라오는 서엽을 눈길로 훑었다. 서엽의 마른 몸이 안쓰러웠다. 아이 손을 잡은 서엽의 손을 가만히 쥐었다. 두 사람이 앞으로 살아갈 세상은 온 세상이 환한 봄날의 꽃빛이었으면 좋겠다는 생각이 들었다. 어머님 방으로 들어갔다. 누워 계시던 어머님이 일어나셨다. 아버님은 출타중이신지 집에 안 계셨다. 아기를 내려놓고 유석훈은 어머님께 절을 하였다.

"엄니, 소자 돌아왔어요. 왜 이리 아프시당가요?"

눈이 퀭하니 들어간 어머님이 눈빛을 빛내며 물으셨다.

"아범아, 아주 온 거 맞제?"

어머님의 날카로운 질문에 어찌할 바를 모르는 석훈이 한참 뒤에 힘없이 대답했다.

"아니당깨, 엄니. 이제 시작이당깨요. 까딱허면 우리나라가 왜놈들한테 먹히게 생겼소. 사내가 어찌 이런 일을 모른 척할 수가 있겠는가요? 곧 나가야 헌당깨요. 이삼일만 집에서 쉬고 저는 하동으로 갑니다. 그래도 이번에는 그리 길지 않을 것인깨. 금새 돌아올 건깨 너무 걱정하지 마시이다. 엄니! 엄니가 못 본께 글제 백산에 모인 사람, 전주에 모인 사람들이 얼마나 많고 재미난지 엄니도 한번 봤으면 그냥 가라고 허꺼시요. 사람들이 다 일어나서 세상을 싹 바꿔 좋은 세상 만들어 불면 우리 덕만이가 얼매나 좋겠는가요? 긍깨 너무 걱정하지 마시이다. 엄니! 난 한울님이 잘 지키 주시서 절대로 안 죽을 것인깨 걱정 붙들어 매~다."

어머님은 엷은 웃음을 띠며 힘없는 목소리로 물으셨다.

"그러면 하동에서 돌아오고 난 뒤에도 또 나가야 허는 거냐?"

석훈은 이번에도 선선히 대답했다.

"야. 엄니. 저 아이 덕만이 살아야 할 세상이 왜놈들 세상이 되면 안 되지라. 궁께 엄니 맘 단단히 묵고 이 아들은 나라에 바쳤다 생각 허시이~다. 나는 우리 덕만이를 위해서라도 이 일을 끝까지 해야 된 깨~. 근디 엄니! 아직까진 죽은 사람이 별로 없어. 긍깨 너무 걱정 마시이다. 가면은 재미지고 힘이 난당께. 아들이 나가서 좋은 세상 만들면 우리 엄니랑 나랑 우리 아들이랑 춤을 덩실덩실 출 날이 올 것인깨 걱정은 한나도 허덜들 마시이다."

석훈이 애써 밝게 말하여도 어머님의 얼굴은 펴지지 않았다. 오히려 어머님은 울음소리를 삼키면서 눈물을 흘렸다. 석훈과 서엽은 조용히 방문을 닫고 나왔다. 서엽이도 얼굴이 어두웠다. 서엽은 생각했다. 남편이 나가 있는 세 달 동안 동학군이 죽었다는 소리에 새가슴보다 더 졸아들던 날이 얼마나 많았던가. 신랑이 돌아오면 동학 세상 만드는 거 포기하고 그냥 살자고 말하고 싶었다. 그냥 어머님 아버님 모시고 아이 키우면서 한울님은 마음속으로 모시고 착하게 살면 안 되겠냐고 말하고 싶었다. 그런데 그가 불쑥 왔다. 그는 삼일 후면 또 나간다고 했다. 서엽은 동학대로 살려 하고 동학을 믿긴 하지만 남편이 하나밖에 없는 목숨을 걸어야 한다는 것이 받아들이기 힘들었다. 서엽은 가슴앓이를 하면서도 남편에게 자신의 속내를 말하지 않았다. 말해도 소용없으리라. 앞으로도 어머님처럼 혼자 속을 꺼멓게 태울 수밖에 없으리라 생각하면서 입술을 깨물었다.

석훈이 가족과 함께 지낸 사흘은 눈 깜짝할 새 지나갔다. 덕만은 기어 다니다가 석훈의 다리를 붙들고 일어섰고, 아버지 손을 잡고 한 발씩 걸음을 떼어 놓았다. 엄마를 부르다가 서엽이 '아부지'를 계속 부르게 하자 아이는 '아부, 아버, 아바, 아지' 등 혀짧은 소리나마 아버지를 소리 내어 부르기 시작했다. 아이의 재롱에선 여인의 품과는 또 다른 기쁨이 샘솟았다. 석훈에게도 슬그머니 가기 싫은 마음이 드는 건 어쩔 수 없었다. 그렇지만 이번에는 서엽이 미리 챙겨 놓은 옷가지를 내어놓으며 잘 다녀오라는데 아니 갈 수가 없었다.

14장/ 섬진강에 나부끼는 영호대도소 깃발

광양현의 관아에서 동쪽으로 사십 리쯤 가면 섬거역이 나온다. 여기서 다시 약 이십 리만 가면 하동에 닿는다. 그 사이로는 섬진강이 유유히 흐르고 있다. 하동은 호남과 영남의 경계에 위치해 있고 섬진강과 바다를 접하고 있어서 남쪽의 수많은 사람들이 모여드는 곳이다. 바로 곁에는 영호남의 경계를 휘어 안은 지리산이 버티며 하동을 감싸고 있다. 영호남의 중간에 위치한 하동. 하동에서도 화개는 산이 험하고 골짜기가 깊다. 오래전부터 화적들의 소굴이 된 화개는 호남에서 내쫓기면 영남으로, 영남에서 내쫓기면 호남으로 몰려가며 싸워 대는 통에 크고 작은 소란이 잦은 곳이었다. 더욱이 화적을 잡는답시고 관가의 포졸이 드나들며 북새통을 이루는 바람에 이 지역 주민들은 마을 단위로 군대의 편제를 갖추고 화포군을 만들어 대비하였는데, 이들을 '민포(民砲)'라고 불렀다.

갑오년(1894) 가을, 영호대도소의 동학군들이 하동의 동학 조직과 접촉하고 있었다. 영호대도소는 전라도 관할 지역에서 동학의 포덕과 치안을 맡아 폐정 개혁을 수행하는 것에 만족하지 않았다. 그 이름에 걸맞게 경상도 서부 지역에 자신들의 세력을 결집함으로써 영호대도소의 활동 범위를 경상도 전역으로 넓히려고 하였다. 일본군의 내륙 진출을 막기 위한 최전방 기지를 구축할 계획이었다.

광양에 집결한 영호대도소의 동학군은 하동의 동학 도인 장사꾼들과 연결된 선을 따라 섬진강을 건너서 하동으로 진출하였다. 이들은 하동 읍내에 도소를 설치하여 곧바로 폐정 개혁을 진행하고 전쟁 물자 구비 활동에 들어갔다.

그 즈음에 부임한 하동 부사 이채연(李采淵)은 겉으로는 좋은 말로 동학 도인들을 대하면서 은밀히 하동 화개의 민포(民砲)를 불러들였다. 하동에서도 화개의 민포는 무력이 강하기로 소문이 났다. 지리산 화적과 포수들에 대항하기 위하여 만들어진 민포인지라 그 무장 정도가 다른 지역은 따라올 수가 없었다. 그들 중에는 지리산 포수로 활동하다가 마을에 정착한 이들도 있었다. 그들은 싸움도 잘하고 냉혹했다. 하동 부사는 하동 관아에 들락거리는 동학군이 화개 민포를 대적할 수 없다고 보았다. 슬쩍 일을 꾸미면 성가신 동학군들을 물리는 것은 의외로 쉽게 끝날 성싶었다. 어제 호방에게 연락하여 단단히 일을 처리하라 일렀으니 오늘 저녁쯤은 일이 되리라 생각하고 기다렸다. 약속한 대로 이채연은 해 질 녘이 되자 슬쩍 관아에서 빠져나와 몸을 숨겼다.

아무것도 모르고 폐정 개혁이니 하면서 세전을 따지고 있는 동학 도인들은 자기들끼리 토론에 바빴다. 그때 하동 민포군 수백 명이 지리산 포수 김진옥을 앞세우고 하동 관아로 들어섰다. 김진옥은 키가 크고 얼굴에 광대뼈가 톡 튀어나와 인상이 사나웠다. 그 김진옥이 총을 들고서 약간 쉰듯한 목소리를 착 깔았다.

"니리의 역적 동도들은 들어라. 지금 바로 관아에서 물러나 하동 땅을 벗어나지 않으면 너희 놈들 제삿날은 오늘 밤이 될 것이다. 니 놈들이 하동 땅에서 얼쩡거리다 우리 눈에 띄면 바로 이 총으로 갈겨 뻐릴텐게 빨리 사라져라. 이 역적 놈들아."

화개 민포들이 총부리를 들이대고 협박하자 동학 도인들은 대적할 수 없었던지 관아에서 물러났다. 그들은 걸음아 날 살려라 하고 뛰기 시작했다. 하동에서 섬진강을 건너려면 하동 포구에서 섬진 포구로 건너가야 했다. 그날은 김인배 대접주는 오지 않고 유석훈 접주와 양계환 접주가 나와서 하동 일을 돕고 있었다. 하동에는 잘사는 장사꾼 동학 도인이 많았다. 그들도 양계환 접주를 따라 뛰었다. 뛰면서 하동 접주 여장협이 말했다.

"저놈들이 우쩐 일로 총을 사용하지 않을까에?"

양계환이 숨을 헐떡거리면서 대답했다.

"우리를 한군데 몰아 놓고 한꺼번에 쏴 버릴려고 허는 것 겉은디요?"

여장협도 숨을 몰아쉬면서 말했다.

"죽을 때 죽더라도 일단은 피하고 봅시더. 아무래도 우리 하동 도인들도 항꾼에(함께) 광양으로 가야 쓰겄습니더. 여 있다간 다 죽을 것 같십니더."

이들이 이렇게 죽기 살기로 달려서 광양으로 건너갈 때 사납기로 유명한 화개 민포군 대장 김진옥은 다 잡은 고기를 놓친 것마냥 속상해했다.

"오늘 동도 놈들을 싹 쓸어 삐릴라 캤는데 이채연 부사는 대체 우짠 속셈으로 저것들을 살리서 광양으로 쫓아 보내라 카는지 모리겠다. 아이고 그냥 저걸들을 콱 쏴 삐리까?"

김진옥의 말끝에 옆에 붙어 다니던 부하 놈이 말했다.

"그라모 큰일 난다 안했십니껴? 이채연 부사가 절대로 죽이지는 말고 살려 보내라 했어예. 쩌놈들이 항군에 광양 땅으로 싹 건너가 삐면 남아 있는 동도 놈들을 한 놈도 빠짐없이 찾아내라 했어예. 그라고 나모 그 작자들은 우리 맘대로 해도 된다 캤으니 요참에 지대로 재미 좀 봅시다. 여 하동 장사꾼들 중에 동도들이 많지예. 그냥 그놈들 집구석을 뒤비다 보마 임도 보고 뽕도 따는 좋은 수가 있다 아입니껴. 수틀리면 그놈들 집구석에 불을 확 싸질러 삐지예."

하동 화개 민포군과 이채연은 미리 계획한 대로 동학 도인들을 광양으로 내쫓았다. 그날 저녁 민포군은 동학에 가담한 하동 상인들의 집을 불태웠다. 남은 가족들은 지리산 골짜기로 끌고 가서 가두어 버렸다.

섬진 나루터에 도착한 하동 장사꾼들과 도인들은 강 건너서 벌어지는 무시무시한 광경에 몸부림을 쳤다. 하얀 모래가 끝이 없이 펼쳐진 하동 백사장에서 조금만 올라가면 하동 장이었다. 장터에 붙어 있는 가옥들이 불타고 있었다. 광양으로 넘어온 장사꾼 도인들의 집만 타고 있는 것이 아니었다. 어찌 알았는지 남아 있는 동학 도인들의 집도 모조리 불타고 있었다. 불길은 하늘 높은 줄 모르고 치솟아 세상의 동학 도인들을 다 잡아먹을 것처럼 시뻘건 혀를 날름거리고 있었다. 펑펑 솟구쳐 오르는 시커먼 연기가 세상을 다 덮으려는 듯 하동 읍내를 덮었다.

"으흐으! 여보!"

"열아! 순네야! 누-덜은 살아야써- 으흑."

"으윽! 옴마!"

"아부지!"

"석아! 빨리 내빼라!"

사람들은 들리지도 않을 소리를 목이 터져라 내질렀다. 조금이라도 집에 가깝게 가려는지 섬진강 물속으로 뛰어들면서 악을 썼다. 물이 턱밑까지 차올라도 그들은 멈추지 않았다. 몸부림치는 그들을 붙잡아 올리면서 광양 도인들도 울었다. 다 젖은 몸으로 땅바닥에 털썩 주저앉아 넋을 놓아 버리는 그들을 차마 볼 수가 없었다.

그때 누군가가 이빨을 갈면서 내뱉었다.

"한울님! 저것들은 도저히 용서할 수 없씹니더. 한울님! 저는 저것들을 죽이지 않고는 절대로 죽지 않겠씹니더."

이 장면을 다 지켜보는 섬진강은 말이 없이 그 유장한 물살을 광양

하구로 몰아가고 있었다. 저녁 하늘은 이들의 피토하는 심정을 아는지 모르는지 핏빛 노을로 붉었다.

갑오년(1894) 구월 초하룻날 영호대도소의 대접주 김인배와 유석훈은 일만여 명의 동학군을 이끌고 하동으로 쳐들어가기 위해 섬진 나루에 진을 쳤다. 붉은 바탕에 '보국안민(輔國安民), 척양척왜(斥洋斥倭)'라고 쓴 깃발이 섬진강 변에 휘날렸다. 어떤 깃발은 '농자천하지대본(農者天下之大本)'이라 써진 것도 있었다. 북쟁이, 장고쟁이, 쇠쟁이들이 호기롭게 풍물 소리를 울리는 가운데 대접주 김인배와 유석훈은 말을 타고 늠름하게 서서 건너편 하동을 바라보고 있었다. 두 사람을 둘러싸고 하동 동학군들이 앞장을 섰다. 두 달 전 자신들이 살던 집이 불타고 가족이 흩어지는 것을 강 건너에서 지켜본 그들. 이 자리에서 가슴을 쥐어뜯고 머리를 땅에 박고 피눈물로 범벅인 채로 울부짖던 그들은 오늘이 어서 오기를 별렀다. 어서 섬진강을 건너고 싶었으나 그들의 발길을 붙잡는 장애물이 있었다. 하동 쪽 섬진강의 방비가 튼튼하고 민포군이 무섭다는 소문이 강을 건너와 동학군 진영을 흔들었다. 슬그머니 꽁무니를 빼는 사람들까지 생겨났다.

대장 김인배는 집안 아저씨 김현익을 불렀다.

"아저씨, 항상 준비하고 다니시는 거 있지요?"

영문을 모르는 김현익이 김인배 얼굴을 보았다.

"대장. 무슨 준비? 뭘 말하는 거요?"

김인배가 살짝 웃었다.

"거 아저씨께선 지필묵 한 벌은 항상 가지고 다니지 않습니까? 그 걸 이리 내놓으시지요."

그러고는 옆에 있던 양계환을 보며 지시했다.

"양 접주. 양 접주는 이 동네 사람들 잘 알지라. 어서 가서 수탉 한 마리만 구해 오시오. 시각이 촉박하오."

그 말이 떨어지기가 바쁘게 양계환은 마을로 달려갔고, 김현익은 재빨리 지필묵을 꺼내 반반한 땅에다 펼쳐 놓았다. 말에서 내려온 김 인배가 펼쳐 놓은 흰 종이에 일필휘지(一筆揮之)로 부적 하나를 그렸 다. 사람들이 놀라서 쳐다보았다. 그 사이에 양계환이 튼실하게 생긴 수탉 한 마리를 들고 헐레벌떡 뛰어왔다. 김인배는 양계환더러 수탉 을 치켜들게 하고 수탉 가슴팍에다 부적을 붙이면서 말하였다.

"양 접주. 수탉을 들고 저쪽으로 백 보를 걸어가시오. 백 걸음을 걷 고 나면 이쪽을 보고 돌아서시오. 그런 다음 수탉 가슴팍에 부적이 보이게 높이 들어 올리시오."

그러고는 옆에 있던 유석훈을 불렀다.

"유 접주. 저 수탉 가슴팍을 겨냥하여 총을 쏠 준비를 하시오. 그리 고 내가 손을 올리면 쏘시오."

어리둥절하여 이 상황을 지켜보는 수많은 사람들 앞에서 김인배는 큰 소리로 말하였다.

"한울님! 이 수탉을 보호하여 주소서. 여러분, 이 부적을 붙이면 적 들이 총을 쏘아도 그 총에 맞아 죽지 않습니다. 자, 보세요. 저 수탉 가슴팍 부적에 총을 쏘겠습니다. 부적은 총에 맞아도 끄떡없습니다. 자, 유 접주 어서 총을 쏘시오."

김인배가 오른팔을 하늘 높이 올리자 총소리가 울렸다.

"펑! 펑! 펑!"

사람들은 눈이 빠져라고 쳐다보았다. 총소리는 분명 들었는데, 총 쏘는 것도 분명 보았는데 수탉은 살아 있었다. 양계환이 내려놓은 수탉은 놀라서 퍼드덕거리며 달아났다.

"꼬꼬댁 꼬꼬, 꼬꼬댁 꼬꼬, 꼬꼬댁."

"와아. 닭이 안 죽었다."

"부적만 있으면 총도 걱정 없다."

"야아. 긍깨 이 부적만 붙이고 가먼 안 죽는다 이거지!"

"거 신기한 부적 좀 보세."

"부적을 주시오. 나도 부적 좀 붙이게."

영호대도소 사람들은 미리 준비한 부적을 사람들에게 나눠 주었다. 만 명이나 되는 사람들이 너도나도 다투어 부적을 달라고 아우성이었다. 김인배 대장이 생각해 낸 꾀는 대성공이었다. 동학군은 너도나도 몸에 부적을 붙이고 앞다투어 선발대로 나섰다. 그중에서도 하동 사람들이 맨 앞에 섰다. 김인배는 동학군을 두 대열로 나누었다. 한 대열은 섬진 나루 쪽으로 얕은 여울을 건너 하동부 관아 북쪽에 진을 쳤다. 또 한 대열은 망덕 앞바다에서 배를 모아 배다리를 만들고 섬진강을 거슬러 올라가 하동부 관아 남쪽에 진을 쳤다.

영호대도소가 하동을 접수하러 온다는 소문을 듣고 하동 부사 이채연은 일찌감치 대구로 줄행랑을 놓았다. 화개 민포 대장 김진옥은 통영으로 구원병을 요청하러 갔다. 통영에서는 대완포만 가져가라 했다. 할 수 없이 김진옥 대장은 관아 뒷산 안봉에 구덩이를 팠다. 그곳에 한 번도 사용해 본 적이 없는 대완포 열두 문을 숨겼다. 그래 놓고 김진옥은 구덩이에 화승총 방포 기술이 능숙한 민포군 서른다섯 명을 배치하고 나머지 인원은 관아를 방비하게 하였다.

구월 이튿날 해 질 녘에 동학군들은 양쪽에서 하동부 관아로 밀고 들어갔다. 그러자 하동 민포군은 대완포를 쏘아 대기 시작했다. 어찌 된 영문인지 대완포는 포탄이 언제 나오나 싶게 느리게 발사되었다. 또 발사가 되어도 표적과는 먼 공중으로 날아가기 일쑤였다. 그러자 동학군들은 함성을 내질렀다.

"와아! 와아!"

"뭐여! 저거!"

"저 총은 멍청이 총이여!"

"워매! 저 총은 우리 편이구마~이!"

"와아! 가자! 하동 관아로!"

어떤 사람은 가슴팍에, 어떤 사람은 등 뒤에, 또 좀 겁 많은 사람은 앞뒤에 부적을 붙이고 겁도 없이 꾸역꾸역 밀려들었다. 대완포는 그렇게 지리멸렬했지만 화승총은 달랐다. 지리산에서 익힌 솜씨로 정확히 정조준하는 지리산 포수들이 주축이 된 화승총 대원 서른다섯 명이 쏘는 총은 한 발도 빗나가지 않았다. 화승총 부대 쪽으로 오는 사람들은 픽픽 쓰러졌다. 얼마나 쓰러지는지 구덩이가 메워질 정도였다. 그래도 동학군들은 의기충천하여 멈출 줄을 몰랐다. 앞에 오는 사람이 총에 맞아 엎어지면 뒤에 오는 사람이 시체를 밟고 넘어왔다. 산 위쪽으로 붙은 하동부 관아를 바라보면서 점점 앞으로 전진해왔다. 그렇게 긴박한 시간이 흘러가고 어두워지자 하동 민포군도 더 이상 포를 명중시킬 수가 없었다. 사납기가 둘째가라면 서러울 민포군 대장 김진옥도 별수 없었다. 민포군과 관군은 대완포를 포기하고 물러났다. 그들은 동학군이 조여 오는 포위망을 뚫고 화개 쪽으로 달아났다. 영호대도소 동학군의 대승리였다.

"만세!"

"동학군 만세!"

"영호대도소 만세!"

사람들이 만세를 부르며 기뻐하는 가운데 정신없이 뛰는 사람들이 있었다. 하동 장사꾼들이었다. 그들은 불타 버린 집으로 내달렸다. 아이도 아내도 있을 턱이 없었다. 예상은 했지만 피가 거꾸로 솟았다. 그들은 마을을 밤새 뒤졌다. 하동 관아 뒷산도 샅샅이 뒤졌다. 어디에도 가족들은 없었다.

"여서 멀리 내빼 살아만 있어 주소."

"목숨만 붙어 있으면 언젠가는 만나겠지예. 우리 식구들도 하동에 동학 세상이 다시 왔다는 것을 알모 나타나겄지예."

"하모하모 그라제. 곧 올 것이여. 어딘가에 숨어 있을 것이구마."

하동 사람들은 반미치광이가 되어 밤새 가족들 이름을 부르면서 하동 읍내를 다 돌았지만 가족들은 그 어디에서도 나타나지 않았다.

구월 시흔날 날이 밝자마자 일은 기어이 터졌다. 하동 동학 도인들 중에 피해를 입은 사람들은 가만 있지 않았다. 먼저 하동부에 들어가 하동 부사 이채연의 집을 불태웠다.

"이채연이 이놈, 이 더러운 작자가 하동 부사로 와서 우릴 속이가 인간 사냥꾼, 화개 놈들을 불렀지예. 이런 놈의 더러운 집구석은 완전히 없애 삐립시더."

"또 우짠 놈들이 우리 집을 불태웠씰꼬? 우리 식구덜은 얼로 데리고 갔을꼬? 그 새끼들 집구석도 학 꼬실라삐자."

한 맺힌 하동 장사꾼들을 말릴 길이 없었다. 영호대도소의 유석훈 접주도 양계환 접주도 별수 없었다. 그들이 하는 대로 두고 볼 수밖에 없었다. 장사꾼들은 도망가 버린 민포군 집 여남은 채를 불태웠다. 그들은 곧바로 민포군의 거점인 화개로 내달려 불을 질렀다.

화개 장터에는 지리산 포수들이 자주 드나드는 산피점(총포점)이 있었다.

이 땅의 생명들을 어머니 품처럼 안아서 키워 주는 지리산인지라 산에서 나는 물목은 헤아릴 수도 없이 많았다. 다양한 물목들을 모아 놓고 파는 집들이 많았다. 귀한 버섯과 각종 약재들을 파는 약재상, 지리산 산사람들이 봄내 뜯어 말린 산나물을 모아서 파는 산나물 전,

온 산을 잉잉거리며 돌아다니는 벌이 많은 탓인지 지리산에는 벌꿀집 등 수많은 가게들이 문을 열고 있었다. 밤, 감, 사과, 배 등 우리네 사람들이 좋아하는 온갖 과실들을 모아 파는 집도 있었다. 거기에 섬진강을 따라 올라오는 배들이 올려 주는 생선, 조개, 김, 파래 등 해산물도 풍부하였다. 해산물뿐이랴. 육고기의 향연도 화개 장터만 한 곳은 없을 터였다. 온갖 산짐승도 지리산 포수들에게 부탁하면 안 되는 것이 없는 곳인데다 가축들도 여기로 몰고 와서 팔곤 하였다. 그동안 화개 장터는 전라도 경상도 사람들이 너나들이를 하며 의좋게 살아온 곳이었다.

화개의 청명한 가을 하늘을 검은 연기로 덮어 버리는 거센 불길은 한 번 뿌려진 피바람의 씨앗이 얼마나 무서운가를 보여주었다. 쌍계사 계곡물이 데워질 정도로 화개 장터 인근의 집들은 모두 불이 붙고 있었다. 섬진강 물과 지리산 계곡물로도 끌 수 없는 한 서린 불길이 하늘 끝까지라도 닿을 듯이 너울너울 올라갔다. 옆에 산자락으로 옮겨 붙기라도 하면 지리산까지 다 태울 기세였다.

하동 장사꾼 동학 도인들은 민포군이 자신들의 처자와 집을 태운 것에 대한 보복을 날 선 칼날로 무 베듯이 시원하게 해 버렸다. 미처 도망하지 못한 민포군 여남은 명도 바로 처형하였다. 뒷날 하동 민포군은 애꿎은 광양에 와서 광양 사람들을 죽이고 광양 동학 도인들 집을 불태우는 일을 서슴지 않았으니 슬픈 역사의 소용돌이였다. 절대로 서로 화합할 수 없는, 돌이킬 수 없는 길로 들어선 하동 동학군들은 이제 자신들의 목숨을 지키고 피붙이를 지키기 위해서라도 더 철저해져야 했다. 그들은 민포군의 재산을 몰수하였다. 전쟁 물자로 이용하기 위한 고육지책(苦肉之策)이긴 했으나 화개에서만은 더 거리낌이 없었다. 화개에서 광양으로 그리고 또 순천으로 운반하느라 길이 막힐 정도였다. 이처럼 하동 지역을 장악한 동학군의 주력부대는 이곳에서 닷새 정도 머물며 하동 사람들이 폐정 개혁에 나서는 것을 도왔다. 한편으론 군기를 정돈한 후 일부는 광양과 순천으로 되돌아갔다. 그때 양계환과 유석훈은 며칠 뒤에 다시 만날 것을 약속하고 물자 옮기는 것을 챙기면서 광양으로 돌아왔다.

머리를 흰 수건으로 질끈 동여맨 김인배 대접주가 말했다.

"양 접주와 유 접주 두 사람이 물자 옮기는 것에 각별히 신경 쓰시오. 일정 물량은 순천까지 옮겨야 쓸 것이오."

양계환이 웃으면서 말했다.

"우리 대접주님 말씀인디 여부가 있겠습니까요? 걱정 붙들어 매시랑께요. 그나저나 우리만 집에 들어가서 영 미안허구마다~."

미안한 표정으로 유석훈이 말을 거들었다.

"김인배 대접주, 대접주님도 아들 있지다. 나는 인자 곧 돌 돌아오는 돌쟁이 아들이 있는디 그 녀석이 참말로 귀엽당께요. 우리 대접주님도 아들 딸 마누라가 많이 보고 싶을 것인디?"

김인배의 눈길이 잠시 먼 곳을 향하는 듯했다.

"집 떠나온 지 세 달이 넘었소. 우리 각시는 날 닮은 아들과 뱃속에 한울님 한 분을 또 모시고 있소. 나도 많이 보고 싶구려. 내 몫까지 집에 가서 잘해 드리고 오시요. 아 참! 오실 때 우리 아저씨 옷 챙겨 오는 것 잊지 마시고. 젊은 나도 힘든디 우리 아저씨는 나 따라서 나랏일 허느라고 고생이 이만저만이 아니요. 그런게 그대들이 잘 좀 챙겨 주시요."

김인배 대접주를 비롯한 영호대도소 주요 인원은 하동에 이어 남해, 사천, 곤양, 고성, 진주 지역을 돌면서 경상도 지역에 도소를 설치하고 강력한 폐정 개혁을 실시하도록 견인하였다. 경상도 지역에 속속 들어서는 도소를 토대로 영호대도소는 눈앞에 다가온 일본군과의 전쟁 채비에 박차를 가했다.

15장/ 진주성

　김인배 대접주가 이끄는 영호대도소는 구월 초하루에 하동을 공격하여 크게 승리하자 바로 이튿날부터 하동 관아에 도소를 설치하고 도소 일을 조정하느라고 눈코 뜰 새 없이 바빴다. 옆 고을에서 쉴 새 없이 동학 도인들이 찾아들었다. 경상도에서도 영호대도소 힘을 빌어 도소 활동을 강력하게 펼치고자 하는 물밑 작업이 재빠르게 진행되었다. 그런 와중에 진주의 정운승 도인이 찾아왔다. 그는 빨리 오려고 얼마나 걸음을 재촉하였는지 키는 커도 몸은 호리호리한데 관아로 들어서는 얼굴이 벌겋고 숨을 헐떡였다. 주변 사람들이 그에게 물을 가져다주었다. 그런 그를 김인배는 반갑게 맞아들였다.

　"어서 오십시오. 영호대도소 김인배 인사드립니다."

　"나는 진주의 정운승이라예. 말로만 듣던 영호대도소 대장을 보니 힘이 절로 나네예. 우리는 지금 하동에서 영호대도소가 승리한 소식을 접하고 크게 힘을 얻었다 아입니꺼. 그래 매일같이 집회를 열고 있습니더. 그래가 이참에 진주 관아를 접수할라꼬 한다 아입니꺼. 우리가 이 일을 할 수 있게 영호대도소가 인원을 좀 파견하여 주이소.

우리는 경험이 부족하다 아입니꺼. 지난번 사월에 우리는 스승 백도홍 도인을 잃었습니더. 우리 도인들 가슴속에 피눈물이 흐르고 있다 아입니꺼."

숨 가쁘게 이야기하던 정운승의 눈에 눈물이 비친다.

"그때부터 지금까지 숨도 못 쉬고 살아온 이 억울함을 말로 다, 다 표현할 수가 없다 아입니꺼. 그때 우리 스승을 효수한 박희방이란 놈은 진작에 튀었써예. 우리가 다시 들고 일어선게 그놈이 버티지 못하고 튀었다 아입니꺼. 그나저나 제가 이리 주책없어예. 스승님 생각하니 눈물이 자꼬 나옵니더."

눈물을 훔치는 정운승을 보고 있던 유석훈이 물었다.

"그럼 지금 진주 관아는 어떤 상태요?"

정운승은 그 사이에 다시 말끔해진 얼굴로 대답했다.

"우리가 다시 들고 일어나니 진주 병사 민준호는 우리 동학 도인 편이 됐십니더. 그래 왜놈들이 민준호를 해임하고 다시 새로운 병사를 보낸다 아입니꺼. 그래서 우리가 민준호 병사가 그대로 있게 하고 새 병사가 오는 것을 막을라꼬 날마다 집회를 열고 있다 아입니꺼."

건장한 양계환도 놀라는 눈치였다.

"날마다 집회를 헌다고요? 사람들은 얼매나 모이요?"

"아직은 진주 사람이 다 모이지는 못합니더. 그래 어제 초이튿 날에 진주 사람들 모두 일어나자꼬 마을마다 방을 붙었어예. 그라고 지는 요로 튀어 왔다 아입니꺼."

"방을 붙였다고요?"

"방이라…."

방을 붙인다는 소리에 사람들은 수군수군했다. 김인배가 좌중을 진정시키며 나섰다.

"마을마다 방을 붙였다고 하셨소? 그 방문을 볼 수 있겠소?"

정운승은 품속에서 방을 꺼내 자리에 펼쳐 보였다. 그리고 또박또박 읽어 내려갔다.

국가의 안위는 백성의 생사를 좌우하며 백성의 생사는 국가의 안위에 달렸으니 어찌 보국안민할 방도가 없어서야 되겠는가. 앞서 이런 뜻을 적어 일흔세 개 면리수(面里首: 마을 이장)에게 통문을 돌려 보게 했으나 없어지기도 하고 전해지기도 하여 이 점이 걱정된다. 우리 진주민들은 거개가 흩어져 있어 별로 진휼(賑恤)해 나아갈 방도가 없으니 어떻게 지보(支保)할 대책을 세울 것인가. 이달 초파일 오전에 각 리에서는 열세 명씩 모두들 평거 광탄진으로 와서 회합을 갖고 의논 처결토록 하면 천만다행이겠다.

갑오 구월 초이튿날

감탄하는 소리가 여기저기서 터져 나왔다.

"진주는 아직 도소가 없는데도 도소가 설치된 지역맹이로 집회를 잘하고 있네요."

"마치 관에서 동원령 내린 것 같소. 일흔세 개 면에 다 통문을 내걸다니. 야 대단하요."

"거 밑에도 얼렁 읽어 보소. 듣기만 해도 신이 나요."

다시 정운승이 행동 강령을 힘차게 읽어 내려갔다.

1 이장은 리(里:마을)별로 사리에 밝은 사람 두 명과 과유군(果遊軍: 건장한 청년) 열 명씩을 대동하고 죽립(竹笠:대나무로 엮은 모자)을 쓰고 와 대기할 것.

1 만일 불참한 면이 있으면 마땅히 조치한다.

1 각 리는 아래에 게재한 바와 같이 삼 일분의 식량은 제각기 갖고 와서 기다릴 것.

1 시각을 어기지 말고 와서 대기할 것.

정운승이 읽기를 마치자 옆에 있던 양계환이 웃으면서 토를 달았다.

"근디 불참한 면은 어찌 조치를 헌다요? 그것이 공갈 협박 아니요?"

양계환의 말에 사람들은 와르르 웃음을 터뜨리고 정운승은 잠시 머쓱해졌다. 그러자 영호대도소 유석훈이 나섰다.

"지금 시기에는 그런 협박도 필요하지요. 진주 도인들이 일은 야무지게 하고 계시오. 그렇께 구월 초파일에 광탄진 대회가 열리고 그

대회를 도울 사람이 필요하겠구만요. 얼마나 지원하면 되겠소?"

정운승이 대답했다.

"진주 사람들 다 참여케 해서 진주에도 도소를 설치해야 저희들 속도 좀 풀리고 스승님께도 면목이 선다 그 말 아입니꺼. 어서 함께 가입시더."

이야기를 듣고 있던 사람들이 여기저기서 같이 따라나서겠다고 말들이 터지는 가운데 김인배가 장내를 정리하였다.

"여기 있는 사람들이 모두 진주로 몰려갈 형편이 아닙니다. 우리는 하동도 정비해야 하고 인근 지역 도소 설치도 지원해야 합니다. 그러니 우선 몇몇 접만 진주를 지원하면 좋겠습니다. 광양 유석훈 접주, 양계환 접주 쪽 사람들이 진주로 먼저 들어가서 도소를 설치하고 폐정 개혁에 나설 수 있도록 지원하는 것이 좋겠습니다. 광양 순천 수접주 김학식 님은 남해를 지원하시면 좋겠습니다. 그러면 저와 나머지 사람들이 곤양과 사천에도 도소를 세울 수 있도록 지원하겠습니다. 인근 지역에 도소 설치가 마무리되면 저희도 진주로 들어가겠습니다."

영호대도소 대장 김인배는 여기까지 말하고 한숨 돌리더니 고부 접주를 불렀다.

"옹방규 접주님! 조금 멀긴 하지만 고부 도인들은 고성을 지원하여 도소를 세우고 진주로 합류하시면 좋겠습니다. 이번 일은 도소 일과 폐정 개혁도 중요하지만 왜국과의 전쟁을 눈앞에 두고 있다는 점을 명심하십시오. 각 지역 도인들이 모두 떨쳐 일어나 왜군을 물리칠 수 있도록 단단히 준비하십시다. 이미 왜국 군사들이 부산에 들어와 있다고 합니다. 우리의 최종 목적지는 부산입니다. 부산에 있는 왜군들은 다시 제 나라로 돌아가게 해야 합니다. 그래야 한양으로 올라가는 우리 동학군들이 승리의 길로 진군합니다. 다들 고생이 많으시겠습니다. 광양 접주님들 먼저 떠나시지요. 저희도 하동 사정을 보아 가며 곧 출발하겠습니다."

정운승 도인은 오던 길을 다시 돌아가는 데도 재빨랐다. 숨을 헐떡이면서도 오직 빨리 가야 한다는 일념으로 양발을 잽싸게 놀렸다. 정운승을 따라가는 광양 동학군들은 숨이 막혔지만 진주 사람들의 염원을 알기에 다들 묵묵히 발걸음을 빨리하였다. 쉬지 않고 하루를 꼬박 걸어 다음 날 새벽녘에 진주 초입에 있는 마을을 지나갔다. 마을에는 정운승이 보여준 방이 붙어 있었다. 그는 평거 쪽에 자리 잡은 마당 넓은 집으로 들어갔다. 그곳에 사람들이 모여 있었다. 거기 사람들은 다들 초파일 광탄진 대회 준비에 여념이 없었다. 광양 접주들도 한몫 거들었다. 광탄진 대회에서 연설을 하기로 결정된 접주는 연설 준비로 분주했다. 그는 덕산 사람 손은석이었다. 그가 한쪽 귀퉁이로 돌아가 목청을 가다듬으면 그 옆에서는 사람들이 달려들어 '보국안민', '척왜양' 깃발도 부지런히 만들었다.

구월 팔일 해가 떴다. 석갑산은 단풍이 들어 울긋불긋하였다. 그 동남쪽으로 남강이 흐르고 있었다. 오랜 세월 남강이 넘칠 때면 함께 내려온 흙이 쌓여 만들어진 평거는 비옥한 땅이었다. 남강을 따라 평거처럼 토질이 좋은 곳이면 농토 한쪽에는 마을이 있었다. 가을걷이가 끝난 넓은 들판을 가을 햇빛이 감싸듯 비추었다. 해는 환하게 빛나도 제법 쌀쌀한 날씨였다. 아침나절부터 평거 광탄진에는 사람들이 하나둘씩 모여들기 시작했다. 장을 오가는 장꾼인지, 장 구경을 나온 사람인지, 동학 대회에 나온 사람인지 당최 구분이 안 되는 사람들이 정오가 가까워지자 더욱 늘었다. 사람들은 어느새 장을 거쳐 광탄진으로 자리를 옮겼다. 마을마다 모이라고 한 숫자는 얼추 모였는지 천 명이 조금 넘을 성싶었다. 언제 가져와 세웠는지 대회장에는 깃발이 펄럭였다. 울긋불긋 단풍 자랑을 펼치는 석갑산과 맞서기라도 하려는지 대회장의 깃발들도 그 색깔이 찬란했다. 사람들이 모인 앞쪽에 제법 튼실하게 마련해 둔 대회장 연단으로 손은석 접주가 올라갔다. 손은석 접주가 올라가자 사람들은 환호성을 내질렀다.

"와와."

"덕산 접주 손은석이라예. 오늘 우리는 여기 깃발에 쓴 대로 '보국안민'의 기치를 높이 내걸라고 모였어예. 나라의 안위는 백성의 생사에 있다 아입니꺼. 백성이 죽고 사는 것도 나라의 안위에 달렸어예. 우찌 나라를 보호하고 백성을 편안케 할 방도가 없어서야 되겠씁니꺼? 지금 우리 조선은 참말로 위태로운 지경이지예. 우리나라를 통째로 먹을라꼬 하루가 멀다 하고 왜군들이 부산 앞바다로 들어오고 있어예. 일찍이 왜상들이 저지르는 행패는 우리가 이미 겪어 잘 알고 있지예. 거기다가 인제는 왜군이 우리 동학 도인들을 잡아들이겠다고 발 벗고 나섰어예. 그놈들이 우리나라에 그것도 여기서 뽀짝인 부산에 진을 치고 있는데 우찌 우리가 편안히 있겠씸니꺼?"

"맞소. 가만 있으면 안 되제."

"이 땅의 바른 도를 지닌 동학 도인들과 의로운 백성들은 들으소! 이때가 우리의 피를 뿌리며 분개하는 마음을 내보여야 할 때라예. 이곳 진주가 어떤 땅입니꺼? 임진왜란 때 김시민 충무공이 삼천팔백 명 군사로 왜군 이만 명을 물리친 곳이라예. 그라고 뒤이어 복수하겠다고 다시 처들어온 왜적 십만 대군을 결사 항전으로 막꼬 저 진주성 일대에서 칠만의 조선 백성들이 장렬히 전사한 곳이라예. 그 후예인 우리가 이때에 함께 죽기로 맹세하고 분개한 마음을 일으켜 왜적을 섬멸하고 그들의 잔당을 완전히 뿌리 뽑아 붑시더. 여러분, 우리가 함께 싸웁시더."

"싸우자! 왜적놈들은 물러가라!"

"진주는 서른세 개 읍 중에서 대절도사의 영문이고 삼도의 인후(목구멍과 같은 곳으로 매우 중요한 지역)가 되는 곳이라예. 지금 우리 병사인 민준호 공을 보면 공은 온화하고 순량하고 청백 정직하여 전 병사와 비교할 수가 없다 아입니꺼. 그런 민공이 부임한 지 일 년도 못 되었는데 왜놈과의 약조에 따라 선출된 새 병사가 부임한다 안합니꺼? 이러한 조치는 진주 백성들을 업신여기는 처사라예. 그저 저그들한테 납작 엎드리는 놈을 진주에 앉히고자 하는 더러운 수작이라예. 그래 우리는 병사 민준호 공의 임기 동안 그대로 유임해 주기를 청하고, 새 병사는 우리 지역에 들어오지 못하도록 막을라꼬 진주에서 날마다 대회를 열 것이라예. 그러니 우리 진주 백성들은 옛날과 같이 평인한 마음을 갖고 일상에 임하되 대회에는 연성으로 참여하는 것이 올바른 일이지예. 의분과 용기가 있는 사람들에게는 특별히 상을 내릴 것이라예. 이런 사실을 잘 알아 모두 명심하고 이런 호의를 어기어 죽음을 당하는 일이 없도록 사람들에게 널리 알립시더."

웅장한 목소리로 일장 연설을 마친 손은석 접주가 내려가자 정운승 접주가 나섰다.

"반갑습니다. 우리 진주 백성 여러분! 우리가 하려는 일은 우리만 하고 있는 것이 아니라예. 이 한반도 삼천리 강산에서 다 같이 일어서고 있어예. 우리 진주를 지원해 줄라꼬 영호대도소에서 나온 유석훈 접주를 소개합니다."

유석훈이 상기된 얼굴로 연단으로 올라오더니 대중들을 향하여 인사를 정중히 올리고 말문을 텄다.

"시방 영호대도소는 하동을 거쳐 남해 도인들과 함께 남해 관아를 접수하고 도소를 세우려고 용을 쓰고 있습니다. 남해에 이어 곤양 그리고 사천, 고성에도 곧 도소를 세우게 될 거그만요. 글고 나면 여그 진주성으로 영호대도소 주력 부대가 들어오게 될 것인깨 진주성을 함락시키는 그날까지 여러분들과 힘을 합해 대회를 계속 열어야 쓰겠습니다. 우리가 모두 열심으로 오로지 바른 도인 우리 동학의 도가 이 땅 구석구석 안 간 데가 없이 스며들게 헙시다."

연설을 마친 유석훈이 단 아래로 내려가자 이번에는 정운승이 올라왔다.

"진주 도인 여러분! 우리가 바로 진주성으로 들어가면 유혈 사태가 일어날 것은 불 보듯 뻔합니다. 그러니 우리가 조금 더 힘을 낼 수 있도록 열하룻날 정오에는 복홍대우치에서 모입시더. 그리고 모두들 모이면 힘을 내어 진주성으로 들어가입시더. 주변 지역에서도 우리를 지켜보고 있다 아입니꺼. 우리가 힘을 내면 이 나라가 살아납니더. 여러분! 힘을 내입시더. 동네로 돌아가면 오늘 통문을 같이 이야기 하시고 열하룻날 정오에 정말 많은 사람들이 모여서 우리의 힘을 보여줍시더. 그래야 저 진주성에 있는 관군들이 우리 편이 되거나 자신이 없으면 멀리멀리 내빼기라도 할 거 아입니꺼? 우리의 작전은 우리끼리는 피를 흘리지 않는 것이라예. 우리의 피는 왜군들과 싸워 본때를 보일 때까지 아껴 둬야지예."

여기저기서 동조하는 소리가 터져 나왔다.

"옳소." "옳소."

"가자! 가자! 복홍대우치로."

동학 도인들을 따라서 함께 일어난 진주의 의로운 백성들까지 모여들자 복홍대우치는 백성들의 함성 소리로 가득 찼고 그 기세를 몰아 바로 진주 대여촌으로 옮겨 갔다. 사람들이 가는 곳마다 마을에서 먹을 것을 가지고 나와 동학군들은 배불리 먹고 힘이 넘쳤다. 분위기가 한껏 고조되자 여기에 얼싸절싸 따라붙는 측들도 늘어 사람들의 대열은 갈수록 길어졌다. 그렇게 진주 대여촌으로 가서 언제 진주성으로 들어갈 것인지 시기를 기다렸다. 접주들은 언제 진주성을 들이칠 것인지 의논이 분분했다.

좌중에서 힘이 좋고 목소리도 우렁찬 양계환이 큰 소리로 내질렀다.

"시방 한시가 급헌디 지다릴 것이 뭐 있겄소? 이 기세 그대로 밀어부치 뻬립시다. 길게 생각허고 자시고 헐 거 없이 바로 해치워 뻬립시다."

"그라입시더. 오늘 바로 진주성으로 들이치 뺍시다."

사람들 분위기가 진주성으로 바로 들이치자는 쪽으로 흘러가자 정운승은 그것이 아니라는 듯 이마를 흔들더니 심각한 표정으로 말했다.

"그라고 분위기에만 휩쓸리지 말고 생각 좀 해 보이소. 그동안 우리 동학군들에게 심하게 군 관군들은 벌써 도망가 뻬고 우리 사정 생각해 준 민준호 병마절도사가 성안을 지키고 있다 아입니꺼. 그렁께 우리가 살짝 연락을 해 보입시더. 그동안 민 병사가 우리 사정을 봐준 것은 사람 목심이 중한께 서로 죽이지는 말고 살아보자는 뜻 아입니꺼? 그러니까 연락병을 보냅시더."

이번에는 정운승의 말에 고개를 끄덕이던 유석훈이 나섰다.

"정운승 접주 말씀이 일리가 있그만요. 우리가 다 살자고 허는 일인께 실실 겁만 줘 갖고 겁 많은 관군 도적놈들은 실실 내빼게 해서 관군 부대가 무너저 불게 허고, 그래도 남아 있는 양심적인 관군들은 나중에 왜놈들과 한판 붙을 때 우리랑 힘을 합쳐서 싸우게 우리 편으로 끌어들입시다. 글자면 여그서 시간을 쫌 더 끔서 기달리다가 영호대도소 본진이 도착할 때나 돼서 들어가면 어쩌겠는가요?"

"그 말도 일리가 있다 아이가."

"뭔 쉰소리당가? 시방 바로 들어가서 썩을 놈들은 쥑이 삐리야지."

사람들마다 의견을 내놓고 무엇이 좋을지 머리를 싸맸다. 그러나 머리를 싸맬 일이 아니었다. 사람들은 발에 진주성으로 가는 눈이 달렸는지 밥만 먹으면 발걸음을 진주성 쪽으로 옮겼다. 누가 뭐라 하지 않아도 대열은 그쪽으로 서서히 움직이고 있었다. 접주들은 '보국안민', '척왜양' 깃발을 펄럭이며 앞서 가는 사람들을 뒤따라가기에도 바빴다. 너무 앞서 간다 싶으면 그래도 가장 날래고 힘이 센 손은석 접주가 한껏 달려가서 사람들을 잠시 멈추게 하느라고 진땀을 뺐다.

한편 진주성 안의 관군들도 진주 동학 도인들과 백성들의 움직임을 파악하고 있었다. 스스로 생각해도 동학 도인들에게 심하게 굴어 원한을 샀겠다 싶은 사람은 줄행랑을 놓기에 바빴다. 슬금슬금 빠져나가는 관군들이 하나둘 늘어나더니 어느새 진주성 안에는 눈치 없는 사람 몇과 동학 도인들과 친분이 있는 사람들만 남아서 오히려 진주성 안에서 동학 도인들이 들어오기를 기다리는 형국이었다.

이렇게 된 데는 민준호 병마절도사의 영향이 컸다. 그는 하동이 영호대도소에 떨어지고 동래에서 하동으로 빨리 지원군을 보내라고 연락병을 보내왔을 때에도 하동으로 지원군을 보내지 않았다. 민준호는 지난 유월 스무하룻날 일본군이 경복궁을 점령했다는 소식을 들었을 때부터 생각의 갈피를 잡지 못했다.

'이제 이 나라에는 왜군을 등에 업은 권력이 판을 칠 테고 그러면 나는 어느 편을 들어야 하나? 갑오년 새해 벽두부터 일어난 동학당들이 차라리 옳은 것이 아닌가? 대원군도 저들 편을 들고 있다지 않은가? 저들이 내세우는 보국안민, 척왜양은 이 나라의 관리인 내가 내세워야 하는 명제가 아니던가? 어쨌거나 나는 이 나라의 관리다. 동학 무리들도 조선의 백성들이니 그들의 목숨도 함부로 해할 수는 없는 법. 이 난국에서 내가 할 일은 이쪽도 저쪽도 목숨을 이어 이 땅에서 살게 하는 것. 그것이 큰 것 아닌가? 전라 감사 김학진, 임실 현감 민충식 그 양반들도 나처럼 이런 고민을 하고 있을 테지. 아! 조선의 관리 노릇은 참으로 힘들구나.'

병마절도사 민준호가 하동 관군을 지원하라는 명을 어기고 속을 끓이고 있을 때 하동을 점령한 영호대도소 부대는 갑오년(1894) 구월 열하룻날에는 남해를, 열사흗날에는 사천을, 보름날에는 곤양을 접수하고 동학 도소를 설치하였다. 그러고는 바로 진주 쪽으로 접어들었다는 연락이 왔다. 손은석, 정운승, 유석훈이 이끄는 진주 동학군은 영호대도소 본진이 당도할 때에 맞추어 진주로 들어가 진주 장터에 장막을 치고 진주를 장악했다.

　진주 서남쪽 지역을 완전히 평정하고 구월 열여드렛날 영호대도소 대접주 김인배가 천여 명을 이끌고 진주성에 도착했다. 진주성 안에 미리 들어가 있던 진주 동학 도인들은 진주성 둘레에 오색 깃발을 휘날렸고, 성루 맨 앞 깃대에는 붉은 바탕에 보국안민(輔國安民)이라 쓴 대형 깃발을 내걸었다. 동라를 두드리고 북을 울리는 가운데 대포를 쏘아 그 장엄함이 마치 전쟁에서 승리하고 돌아오는 개선장군을 맞이하는 환영식 같았다.

　죽창을 높이 치켜든 동학군이 도열한 가운데로 영호 대접주 김인배가 걸어 나가자 사람들은 일제히 길을 열어 주면서 진주성이 쩌렁쩌렁 울리도록 고함 소리를 질러 댔다. 그 모습을 본 진주 읍민들은 새 세상이 왔다며 눈물을 글썽였다.

　경상우병마절도사 민준호는 영장을 성 밖까지 내보내 김인배를 영접하도록 한 다음 자신을 낮추어 김인배를 환대하였다. 그는 동학군들에게 소를 잡아 성대한 주연을 베풀어 주었다. 술과 기름진 안주를 앞에 놓고 그는 관군의 잘못에 대한 용서를 하염없이 빌었다.

　"지난 사월에는 우리 관에서 너무 심했지요. 덕산 백도홍 접주와 동학도들을 효수한 박희방 영장은 이미 도망가 버리고 없습니다. 영장의 잘못이 저희의 잘못입니다. 그때 옥에 가두었던 동학 도인들을 얼마 전에 풀어드린 것도 제 불찰입니다. 일찍이 살폈어야 했는데 생각이 거기까지 미치지 못했습니다. 이제와 용서를 구하는 것이 부끄

럽습니다만 넓은 아량을 베풀어 주십시오.”

나잇살이나 더 먹은 민준호 병사가 젊은 김인배를 앞에 두고 관의 잘못에 대해 용서를 구하였다. 그에 맞춰 영호대도소 김인배 대접주 또한 정중한 태도로 예를 갖췄다.

“민준호 병사님, 먼저 우리 도인들에게 호의를 베풀어 주서서 감사합니다. 병사님과 저는 비록 위치는 다르지만 이 나라 조선을 위한 마음은 다르지 않을 것입니다. 지금 이 나라 조선이 왜인들에게 먹히고 있다는 것은 어린애들도 압니다. 백성은 안중에도 없는 개화 정권이 왜국의 힘을 빌어 동학군을 치려 하고 있습니다. 조만간 대구 토포사 지석영이 부산으로 내려와 왜군들과 손을 잡는답니다. 부산에 있는 왜군이 엊그제 하동으로 들어갔다는 연락도 받았습니다. 그들은 곧 여기 진주성에도 도착할 것입니다.”

민준호는 놀라는 표정이었다.

“그것이 사실입니까? 저는 아직 대구 토포사 지석영이 부산에 온다는 소식은 접하지 못했습니다.”

김인배 대장은 민준호 병사 얼굴을 똑바로 쳐다보았다.

“민 병사님! 이제 민 병사님은 어느 쪽에 서시렵니까? 저들이 우리 동학군을 치고 나면 분명 저들은 이 조선을 통째로 집어삼킬 것입니다. 지금 이 난세가 올 줄을 미리 아시고 우리 동학의 최제우 대선생께서는 일찍이 ‘개 같은 왜놈들을 경계하라.’고 하셨습니다. 민 병사님! 우리 조선을 난국에서 구하기 위해 동학군을 도와주십시오. 저희의 깃발은 오로지 척왜양, 보국안민입니다. 민 병사님! 우리의 의로운 뜻에 함께 동참하여 주십시오. 제가 이렇게 간곡히 부탁하옵니다."

이 말을 마치고 김인배는 자리에서 일어나더니 민준호 병사를 향하여 큰절을 올렸다. 거기에 놀라 민준호 병사도 일어나 같이 맞절을 하였다. 그러자 주변에 있던 사람들이 만세를 불렀다.

"와. 한울님! 민준호 병사 만세!"

"동학 만세! 김인배 대장 만세!"

만세 소리와 함께 어디서 시작했는지 사람들은 동학 주문을 외우기 시작했다.

16장/ 지석영

부산항에는 용두산이 있다. 그 용두산이 길게 바다 쪽으로 뻗어 있는 곳에 조선 초기부터 일본인들과 오랫동안 무역을 담당해 왔던 초량왜관이 있다. 병자년(1876) 강화도조약으로 부산도 개항이 되자 일본인들은 그곳에 많은 돈을 들여 일본인 거류지를 지었다. 그 규모가 얼마나 큰지 대로를 사이에 두고 좌우편으로 이층집이 즐비했다. 조선집은 하나도 눈에 띄지 않을 정도로 일본인들의 집이 빼곡히 들어찼다. 그곳에 동경루도 있었다. 동경루는 일본인들이 좋아하는 유럽식 집을 본 딴 기와집이었다.

갑오년 구월 스무여드렛날 저녁, 토포사 지석영은 부산 용두산 초량 왜관 근처에 있는 동경루 문을 열고 들어갔다. 그보다 먼저 와 있는 사람들이 있었다. 부산 총영사 무로다가 먼저 인사를 청했다.

"바삐 오시느라 고생이 많았소. 나는 부산 총영사 무로다요."

지석영도 들어서자마자 인사를 청하는 무로다에게 깍듯이 인사를 올렸다.

"대구 판관이지만 급하게 이쪽 동도 토포사 자격으로 내려온 지석영입니다. 조정에서는 일본 군대에 거는 기대가 큽니다. 많이 도와주십시오."

자리에 배석한 일본군들, 그리고 일본 여자 기생들도 지석영의 잘생긴 외모와 능숙한 일어에 놀라는 눈치였다. 무로다 옆에 앉은 일본인은 키가 작았다. 이마에 머리가 벗겨져 올라가 이마 옆쪽으로만 간신히 몇 개의 머리털이 붙어 있어 능글맞아 보이기도 하고 어찌 보면 처량해 보이기도 하는 일본군이 만면에 웃음을 띠며 자신을 소개했다.

"부산 수비대 중대장 스즈키요. 일본어를 시원시원하게 하는 토포사를 만나서 참 좋습니다."

"부산 수비대 소대장 후지타요. 우리 힘을 합쳐 잘해 봅시다."

"부산 수비대 소대장 하시다요. 만나서 반갑습니다."

쪽 이어서 일본군 대장들이 자기소개를 마치자 일본국 총영사 접대에 이골이 난 해관 민승건이 유창한 일어를 구사하면서 인사하였다.

"해관 민승건이오. 무로다 영사님은 여러 번 뵈었지만 일본군 대장님들은 처음 뵙습니다. 아무쪼록 복잡한 이 나라가 진정되도록 도와주십시오. 이번에 여러분의 전투에 함께 참여하지는 못하지만 항상 마음만은 같이한다는 의미로 여러분을 이곳으로 모셨습니다. 마음에 드실지 모르겠습니다."

오늘 이 자리가 민승건이 마련한 자리인지도 모르고, 일본국 총영사가 동경루로 오라 하기에 참석하게 된 지석영은 민승건의 말을 듣고 다소 놀라는 눈치더니 이내 표정을 정리하고 옆에 앉은 관군을 소개하였다.

"여기 제 옆으로 앉은 사람은 일본어는 못하지만 이쪽 지리에 밝은 사람입니다. 이 사람은 여러분과 저의 일을 잘 도와줄 것입니다. 인사 나누시지요."

그 사람은 어찌할 바를 모르고 당황해하면서도 인사는 깍듯이 하였다.

"김호민입니다."

좌중 인사가 끝나자 방문 가까이 옆으로 그림처럼 앉아 있던 일본 기생들에게 해관 민승건이 지시하였다.

"미소노. 오늘 손님들을 잘 대접하시오. 오늘 온 사람들은 앞으로 조선에서 우리 일을 크게 도와줄 대장들이오. 그러니 이들 대접에 한 치의 소홀함도 있어서는 아니 될 것이오."

"호호호. 걱정마서요. 해관 영감님. 영감님 청도 있지만 우리 총영사님도 말씀하셔서 오늘은 동경루에서 최고로 준비하였습니다. 무슨 말씀인지 아시지요?"

화려한 기모노를 차려입은 미소노가 기생들에게 나즉하게 말하였다.

"유카, 나오미, 사사야키 얼른 저 앞자리로 가서 조선 어른들을 모시도록 하고, 베니카, 사츠키, 카요는 이쪽 우리 대장님들을 모시도록 해요."

잘 훈련된 일본 기생들은 조선 기생들과 달랐다. 일본 기생들은 얼굴이 지나치게 하얗다. 이 여인네들은 살아 있는 사람들인지 기모노를 입은 인형인지 분간이 가지 않을 정도여서 신기하게만 느껴졌다. 별세계에서 온 것 같은 여인들이 한 사람씩 옆으로 와서 술을 따르기 시작했다. 그들의 동작은 조용하면서도 신속했다. 그림자가 움직이는 것 같았다. 그러면서도 얼굴에는 미소를 살짝 짓고 있었다. 술을 따르고 나서 가만히 살펴보고 있다가 남자가 술을 입가로 가져가 털어 넣는다 싶으면 바로 안주를 집어다 남자의 입에 넣어 주었다. 일본 기생들은 조선 기생들보다 행동거지가 부드럽고 조용했다. 그녀들은 남자들의 입 안에서 스르륵 녹는 술안주처럼 조선 땅을 짓밟으러 넘어온 일본 군인들을 살살 녹였다.

지석영은 부산에 도착하자마자 일본 총영사에게 연락했다. 동비(동학농민군을 조정에서 비적으로 규정한 용어) 토벌 대책을 의논하자고 했는데 뜬금없이 동경루에서 만나자는 연락을 보내왔다. 지석영은 총영사 무로다의 제안이 마음에 들지 않았다. 지금이 어느 시기인데 기생집에서 만난단 말인가. 지금이 기생을 옆에 끼고 노닥거릴 만큼 한가한 때인가 싶어 무로다의 처사에 슬그머니 부아가 치밀었다. 하지만 저녁에 동경루로 오면서 마음을 바꿨다. 저녁에 조금이라도 싫은 내색을 비쳐선 안 되리라. 오늘은 일본군들이 좋아하는 이 분위기를 나도 충분히 즐겨야 하리라. 사람을 그것도 동비라고는 하지만 내 민족을 일본군의 총을 빌려 죽이러 가야 하는데 어찌 맨 정신으로 갈

수 있단 말인가. 이런 술판이라도 벌여서 용기를 내야 하리라. 그래 미친 척 저들의 놀이판에 나도 빠져들어 보리라.

술이 몇 순배 돌고 일본 기생들과 한참을 시시덕거리고 난 후 무로다는 동비 토벌 내책을 의논하자고 말을 내놓았다.

"오늘 서울에는 이노우에 일본국 공사가 부임했어요. 동시에 일본국과 조선 정부는 이 조선 땅을 깨끗하게 하기로 결정했어요. 동학하는 조선 놈들은 한 놈도 남김없이 모조리 몰살시킬 작정입니다. 이번에 동비들을 쓸어 버리지 못하면 조선 땅은 저놈들의 손아귀에 들어가고 일본국과 조선국의 협력은 무너지고 말 것입니다."

술기운 탓인지 벗겨진 머리부터 목덜미까지 불그레한 스즈키 대장이 얼른 무로다의 말 뒤를 이었다.

"맞습니다. 저놈들은 다 죽여야 합니다. 그래야 우리 일본국이 조선에서 뻗어 나갈 수 있습니다. 영사님이 말씀하신 동비 소탕 작전 '청야(淸野)' 명령이 이미 내려와 있습니다. 우선 우리가 할 일은 지금 삼례 쪽에 있는 전봉준 부대, 남원 쪽에 있는 김개남 부대, 그리고 부산에 있는 우리들을 노리고 진주까지 진출한 김인배 부대가 서로 만날 수 없게 해야 합니다. 저들은 무기가 보잘 것 없어 아무리 많이 모여도 걱정할 것이 못 됩니다. 하지만 저들이 하나로 모여서 한양으로 움직인다고 하면 문제가 달라집니다. 지금은 조용한 지역이라 해도 동비들이 자기 지역을 거쳐 가기만을 기다리고 있다가 동비들에게 달라붙을 조선 사람들이 아주 많습니다. 그리되면 일본이나 조선

조정이 위태롭지요. 그래서 우리가 시급히 해야 할 일은 전라도 동학 바람이 다른 지역으로 더 이상 전파되지 않도록 하는 것이지요. 이 지역으로 동비들이 넘어오고 있는 것에 맞춰 우리 일본군 수비대도 빠르게 대처하고 있습니다. 스무사흗날 토다 부대가 하동으로 출발하였고 스무엿샛날 고성 근방으로 출병한 부대의 보고에 따르면 김 인배 동도 무리들은 진주성에서 물러 나와 호남 쪽으로 퇴각하고 있다고 합니다. 이제 '청야 작전'을 수행하기만 하면 되겠습니다. 지석 영 토포사는 저희들의 작전에 길잡이가 되어 주서야겠습니다. 고성 에서부터 동도들을 샅샅이 훑어서 하동으로 몰고 하동 일대의 동비들을 싹 쓸어버려야겠습니다. 그것이 '청야 작전'의 수행입니다."

스즈키 중대장은 작전 명령을 내리는 듯이 거만했다. 그 방에 있는 사람들 모두가 그의 말을 듣고만 있었다. 마지막으로 청야 작전 수행에 길잡이가 되어 달라고 요청하자 지석영의 입에서도 말이 나왔다.

"일단 우리 조선군은 아직 동비들의 손아귀에 떨어지지 않은 통영으로 가겠습니다. 거기서 포군을 조발하고 고성 지역으로 합류하도록 하겠습니다. 우리는 일본군 작전 수행에 길잡이는 물론이요 적극 협조할 것입니다. 우리 양국의 군사는 기본적으로 합동 작전을 수행하여 신속하게 동비들을 소탕해야겠습니다. 하지만 때로는 필요에 따라 조일 양군이 따로따로 동비 토벌 작전을 수행할 수도 있을 것입니다. 우리 조일 양군은 항상 상황 파악을 면밀히 하고 서로 신속히 연락하면서 동비들을 소탕하도록 합시다."

17장/ 고승당산

시월 닷샛날 스즈키 중대장이 지휘하는 일본군은 먼저 고성에 도착하여 기다리고 있던 조선의 토포사 지석영이 이끄는 관군과 합류했다. 스즈키 · 지석영 연합군은 사천 축동을 지나 시월 이렛날 곤양에 진을 쳤다. 곤양은 하동, 진주, 사천, 덕산 등 동서남북으로 통하는 중심지이기 때문인데, 이곳을 군사 작전지로 정한 사람은 왜군이 아니라 진주 관군의 조언을 받아들인 지석영이었다.

곤양에 주둔한 연합군은 곤양 지역 동학군 접주 임석준(林石俊)과 이 지역 동학군 관련자 열일곱 명을 체포하여 시월 초파일 날 곤양 장터에서 한꺼번에 죽였는데, 먼저 임석준을 총살시킨 뒤 다시 칼로 목을 베어 장터에다 내걸어 놓고, 나머지 동학군들은 한꺼번에 총살시켰다. 이때 총을 쏜 것은 일본군이 아니라 지석영이 지휘하는 관군이었는데, 일본군 지휘부는 조선인들끼리 반목질시(反目嫉視)하도록 교활한 심리전을 폈다. 그것을 알면서도 그대로 받아들여 충실히 수행한 토포사 지석영에게 이번 싸움은 자신의 전과를 최대한 올려야 하는 싸움일 뿐이었다. 그런 뒤에라야 일본인들에게 배운 종두법을

이 땅에 보급할 수 있다고 생각했다. 몹쓸 천연두 병으로부터 조선 사람들을 구해 낼 방법은 이 길뿐이다. 동비 토벌의 공적이 많을수록 개화 정권의 신임을 얻을 것이다. 그것은 말할 것도 없이 부산 총영사 무로다와 스즈키 대장에게 인정받는 길이다. 지석영은 이 싸움이 조선에서 자신의 입지를 세울 절호의 기회라 판단하고 자신의 모든 것을 걸었다. 지금껏 살아온 길도 목숨을 걸지 않고 한 일이 있었던가. 돌아보면 그 어느 것 하나도 안전하고 편안한 일은 없었다. 종두법도 목숨 걸고 배우지 않았던가. 그렇게 얻은 것을 널리 보급하려면 이번에도 목숨을 걸어야 한다고 다짐하였다.

스즈키·지석영 연합군은 본격적인 동학군과의 전투에 돌입했다. 동학군과의 첫 번째 전투는 하동군 진교면 안심동 뒷산인 금오산 자락 시루봉에서 벌어졌다. 시월 초파일 날 곤양 장터에서 벌어진 동학도인 학살 사건은 바로 사람들에게 알려졌고, 그 소식을 접한 동학군은 시월 아흐렛날에 진교, 양보, 고전 일대로 들어와 시루봉에다 진을 쳤다. 성을 쌓고, 깃발을 꽂고, 징, 나팔, 북을 울리며 기세를 올렸다. 하지만 동학군의 무기는 돌멩이가 주된 것이었고, 활과 화승총이 몇 자루 있긴 했으나 일본군의 신식 무기인 무라다 소총과 대결하기에는 너무나 초라했다. 동학군 수백 명이 하동 안심동 뒤편 금오산에 있다는 소식을 들은 스즈키·지석영 연합군은 바로 출동하였다. 그들은 시루봉을 세 방향에서 공격해 들어가 여덟 명을 죽이고 서른 명을 생포하였다.

지석영은 열하룻날 밤 진주 목사 유석으로부터 동학군 수백 명이 시천과 수곡 양면에 모여 있다는 소식을 듣고, 열이튿날 새벽 진주에 들어가 염탐꾼을 풀어 정탐케 하였다. 염탐꾼은 비호같이 날랜 말을 타고 달려가 신속하게 동학군의 상황을 파악하고 돌아왔다. 그리고 그 결과를 연합군에게 보고하였다.

"시천의 동비 무리들은 이미 해산하였습니다. 하지만 수곡에 모여 있는 동비 무리는 그 수가 점점 늘어 수천에 달하고 진주성을 공격할 우려가 있습니다."

지석영이 스즈키에게 물었다.

"어찌하면 좋을까요?"

한참 뜸을 들이고 있다가 지석영이 다시 말하였다.

"이번에는 조선군과 일본군이 나뉘어서 대처를 하면 좋겠습니다. 우리가 여기 진주성을 비워 버리면 저들은 틀림없이 다시 진주성으로 들어와 차지할 것입니다. 여기는 천연 요새여서 성 아래에서 공격하여 들어오기가 힘듭니다."

이마가 번들거리는 스즈키 대장이 지석영의 말을 듣고 있다가 심각한 표정으로 물었다.

"그러면 어찌 나누면 좋겠소. 우리 군은 아직 진주 지리를 잘 모르오."

"그 점은 염려마십시오. 지리를 잘 아는 염탐꾼을 붙여 드리겠습니다. 동비들이 많이 모여든다는 수곡으로 일본군이 출전하면 좋겠습니다. 화력 좋은 신무기로 그들을 일망타진하고 나면 여기 동학당은 수그러들 것입니다. 여기 진주성은 통영 포군이 합류했어도 화력이 약한 조선 관군이 지키겠습니다."

"수곡의 지리를 잘 아는 염탐꾼과 같이 간다니 괜찮소만 저 사람이 일본어를 할 줄 아오?"

"저 사람이 일본인 어부들과 사귀어서 일본어를 제법 합니다. 작전을 수행하는 데는 지장 없을 겝니다."

시월 열사흗날 아침 수곡리 고승당산 주변에는 사람들이 사천 명인지 오천 명인지 분간하기 어려울 정도로 산과 들에 가득 차 있었다. 그 아래 마을에서는 밥을 하느라고 연기가 모락모락 피어올랐다. 넓은 들판 한가운데로 높은 언덕이 올라앉은 것처럼 솟아오른 야산이 고승당산이었다. 고승당산 정상에 오른 영호대도소 접주들이 분주히 움직였다. 많은 사람들이 일시에 모여들자 그들을 전략적으로 배치하기도 힘들었다. 사람들이 자꾸 모여들자 어제 저녁에 의논한 것이 오늘 아침에 또 달라졌다. 무기를 갖춘 사람들은 많지 않았다.

일본군은 곤양 장터에서 장군을 동비라고 쏴 죽였고, 하동을 지날 때는 마을 사람들이 동비 잡는 일에 협조하지 않는다고 무턱대고 아무에게나 총을 겨냥하였다. 여기저기서 일본군이 가족을, 이웃을 죽이는 것을 본 사람들은 죽을 때 죽더라도 일본군과 싸워 보겠다고 죽창을 들고 돌맹이를 들고 고승당산으로 꾸역꾸역 몰려들었다.

시간이 흐를수록 고승당산으로 동학군들이 더 많이 모여든다는 소식을 접한 스즈키는 아침 여덟 시에 공격을 단행했다. 스즈키 대장은 고승당산을 중심에 놓고 군사를 세 방향으로 배치하였다. 토끼몰이하듯이 하되, 사람들이 워낙 많으니 고승당산 북쪽만 터 놓으라고 작전명령을 내렸다. 먼저 동쪽 방향에서 총격을 가했다. 무방비로 있던 동학군들은 혼비백산하여 서쪽으로 정신없이 뛰었다. 그러자 서쪽에 있던 일본군들의 총구에서도 총알이 쏟아지기 시작했다. 총알에 맞은 조선 사람들은 들판으로 고꾸라졌다. 어떤 사람들은 옆으로 넘어지는 사람을 부여잡고 남쪽으로 뛰기 시작했다. 그러나 남쪽도 총알은 빗발쳤다. 이제 사람들은 북쪽으로 뛰었다. 아침에 불시에 받은 공격이라 어찌해 보지도 못하고 뛰기에 바빴다. 총알을 피할 수 있는 방향은 오로지 고승당산 북쪽 방향뿐이었다. 콩 튀듯 하는 일본군의 총질은 계속 이어지면서 점점 고승당산으로 올라붙고 있었다. 사람들은 고승당산으로 다 올라와 발 디딜 틈도 없을 만큼 산 정상을 채웠다. 총에 맞은 사람들은 처참했다. 한쪽 다리가 떨어져 나간 사람, 한 팔이 잘려 나간 사람들은 그래도 견딜 만했다. 복부에 총을 맞은 사람은 들어간 총구는 보이지도 않을 만큼 작은데 총알이 관통하고 나온 자리는 갓난아이 머리만큼이나 컸다. 몸 통 밖으로 내장이 쏠려 나오고 핏물이 흐르는 모습은 생전 처음으로 보는 무서운 형상이었다. 지옥도가 따로 없었다.

영호대도소 김인배 대장은 사람들에게 지시를 하였다.

"유석훈 접주는 올라오는 사람들 중 싸울 수 없는 사람들은 북쪽으로 피하게 하시오."

"그리하리다."

"여장협 접주, 손은석 접주는 빨리 흩어진 우리 군사를 모아 남쪽을 방어하시오."

"좋소. 지금 올라오는 사람들 중에서 총을 가진 포수들을 불러 모아 여기 위에서 아래로 총을 쏘면 저놈들도 꼼짝 못할 것이오. 그런디 걱정이오. 여기 모아진 화력으로 얼마나 버틸지 모르겠소."

여장협은 그 말을 마치자마자 손은석과 함께 총을 들고 몇몇 포수들을 이끌고 남쪽 쑥골재로 달렸다. 사람들은 그들이 지나가자 길을 비켰다.

"양계환 접주는 총이 없는 군사들을 모아 돌멩이 부대를 조직하고 지금 즉시 우리 포수들을 지원하시오."

그 말이 떨어지기가 바쁘게 양계환 접주 옆으로 돌을 들고 사람들이 모여들었다. 사람들은 산에 보이는 돌이란 돌은 다 주워서 포수들 옆으로 가져다 쌓았다. 양계환은 포수들이 한바탕 쏘고 나서 총알을 장전하는 틈에 돌멩이를 아래로 냅다 던지도록 신호를 보냈다. 사람들은 주울 돌이 없을 정도로 돌을 주워 날랐고 나중에는 땅속에 든 돌도 파내려고 애를 썼다. 그러는 사이에도 일본군의 총알은 쉴 새 없이 날아왔다. 그래도 들판에 있을 때보단 나았다. 사람들 사이에서는 전쟁을 독려하는 말이 여기저기서 터져 나왔다.

"여서 밀리면 우리는 갈 데도 없어예."

"여서 다 죽읍시다."

"돌을 더 세게 던져 명중시킵시다."

"지놈들은 총알이 끝도 없어예."

"그래도 우리가 수가 많은깨 저놈들을 여그 고승당산 위에서 계속 막아 내면 저놈들 총알도 떨어지것지다. 글먼 우리가 이길 수 있소. 긍깨 이참에 쎄게 붙어 봅시다."

양계환이 사람들의 말을 받으면서 돌멩이 부대 전투를 독려했다.

일본군의 총격에 놀라 아침도 못 먹은 채로 뛰기 시작한 전투는 세 시간이 넘어가도록 끝이 나지 않았고 동학군들이 기대한 일은 일어나지 않았다. 일본군의 총알은 끝이 없었고 동학군 진영 사람들은 갈수록 줄어들었다. 들판에 쓰러진 조선 사람들을 밟고 산으로 올라붙은 일본군은 이미 고승당산 정상 가까이 진격했고 그들의 작전 계획대로 동학군들은 북쪽으로 밀리고 있었다. 고승당산은 온산이 시체로 뒤덮였다. 산 사람은 다리를 절뚝거리며 북쪽 가파른 경사면을 따라서 내려갔다. 일본군들이 뻔히 보이는 들판이었다. 허허벌판에 강물이 있었다. 그 강물을 건너도 사방으로 노출되어 피신할 만한 데는 없었다.

유석훈과 조삼도는 총에 맞은 사람들도 어떻게든 걸려서 함께 피신할 수 있도록 사람들을 묶어 주기에 여념이 없었다. 총에 맞은 사람들을 부축하느라고 얼굴이고 옷이고 가릴 데가 없이 온몸이 피에 젖어 그들도 총 맞은 사람처럼 보였다. 그렇게 하기를 반나절이 넘어가자 영호대도소 본대도 일본군에게 쫓겨 달아나기 시작했다. 그 장면은 이 전투가 수많은 사상자를 내고 끝이 났음을 알리는 신호였다. 양계환 접주가 달리면서 소리쳤다.

"석훈아! 뭣 허냐?"

"아재! 빨리 피허이다~! 시방 왜놈들 총알이 여그까지 날아온디 뭣 허고 있다요?"

"피융."

자기를 부르는 양계환 쪽으로 얼굴을 돌리던 조삼도의 가슴팍으로 총알이 파고들었다. 조삼도는 총에 맞은 가슴을 손으로 짚으면서 앞으로 넘어졌다. 석훈이 조삼도를 붙들고 소리쳤다.

"아재! 정신 좀 채리 보이다~!"

"나 놓고 유 접주나 언넝 가. 언넝…."

그러고 조삼도는 맥을 놓아 버렸다.

"아재!"

달리던 양계환이 그 모습을 보고 소리쳤다.

"석훈아!"

조삼도를 내려놓고 석훈도 총알을 피해 달렸다. 석훈은 자기 가슴팍에 총알이 들어온 것처럼 아팠다. 그래도 날아오는 총알을 피해 달리는 것을 멈추지 않았다.

18장/ 웃통 양샌

경복궁을 점령한 일본군의 위세를 등에 업고 출범한 개화 정권은 백성들의 안위에는 애초부터 관심이 없었다. 그들은 그들의 권좌를 위협하는 것이면 인정사정을 두지 않고 처리했다. 그런데 전주에서 물러나 잠잠할 줄 알았던 동학군은 '척왜'를 전면에 내세우면서 다시 세를 모으고 있었다. 그들은 지난봄과는 달리 일본이 그들의 적임을 분명히 했고 그에 빌붙어 있는 개화 정권을 끌어내려야 한다고 공공연하게 선언하였다. 개화 정권의 위기였다. 그들이 정권을 확고히 하기도 전에 다시 머리를 쳐드는 동학군은 발등의 불이었다.

공주를 바라고 결집하는 전라도와 충청도 동학군들이 고전을 면치 못하는 사이 경상도 남서부의 동학군들은 구월 초 하동을 점령하고 그 기세를 몰아 진주성까지 공략하였다. 동학군들은 그들의 '보국안민' '척왜' 깃발을 전라도와 경상도 접경의 구석구석까지 휘날리면서 벌떼처럼 일어났다.

동학의 교주인 해월이 총기포령을 내림에 따라 전국 팔도에서 일제히 일어난 동학군들의 기세는 어마어마했고 개화 정권에겐 위협적

이었다. 동도들을 모조리 제거하지 않으면 그들의 권좌는 하루아침에 사라질 것이었다. 그들이 일찍이 뒷방 영감으로 만들어 버린 대원군은 동학군의 힘을 빌려 다시 권좌를 차지하려고 밀지를 내려보냈다. 그러했기에 대원군은 동비 토벌을 할 때 주모자와 단순 가담자를 분리하라고 했다. 하지만 대원군의 말을 들을 사람은 없었다. 개화 정권은 그들의 안위를 위해서 일본군의 총구에 의지해야 했다. 일본은 일본대로 조선을 먹으려는 노림수가 있었고, 그것을 우려하는 대신도 간간히 있었지만 우선은 개화 정권에 속한 자신의 목이 붙어 있어야 했다. 그러자면 일본군의 총은 가차 없이 동비들을 겨누고 모조리 죽여야 했다. 그것만이 개화 정권의 살길이었다.

영호대도소 김인배 부대가 하동을 점령하고 진주 지역으로 이동하면서 진주 동학군이 연일 세력을 키워 가고 있다는 보고를 받은 개화 정권의 외무대신 김윤식은 즉각 반응했다. 그는 주도면밀하면서도 재빠른 동작으로 진주에 주둔하고 있는 일본군에게 전보를 보냈다.

"동학의 비도들은 상놈, 천인, 종놈, 하급의 구실아치와 몰락한 양반 종자의 부랑 분자에 지나지 않습니다. 아전들은 명령을 하달하는 벼슬아치와 가까운 자들입니다. 그들은 외촌에 있는 동학 비도들의 귀와 눈이 되어 관가의 동정을 모조리 알려 줍니다. 그러므로 외촌의 동학 비도들을 제압하려면 먼저 벼슬아치와 가까운 동학 비도들을 제거하고, 상놈과 천인 동학 비도들을 제거하려면 먼저 몰락 양반붙이의 동학 비도들을 제거해야 하며, 각 고을의 동학 비도들을 제거하려면 먼저 진주의 동학 비도들을 제거해야 합니다. 그리고 진주의 동학 비도들을 제거하려면 먼저 덕산의 동학 비도들과 삼장, 시천, 청암, 사월 및 그 근방에 거주하고 있는 양반과 상놈이 동학 비도들과 함께 뭉쳐 살고 있는 마을을 제거해야 합니다. 또 동학 비도를 다섯 명 이상 숨겨 주고 있는 마을은 그 동네 백성을 먼저 처형하거나 유배시켜야 하며 접주를 숨겨 준 마을은 그들을 모두 죽이고 열 명 이상을 숨겨 준 마을은 동학 비도든 아니든 그 집을 소각하고 접주와 동학 비도는 가차 없이 죽인다는 법을 만들어야만 동학 비도를 모두 제거할 수 있을 것이며 만국이 태평해질 수 있을 것입니다."

외무대신 김윤식이 일본군에게 자신의 동족을 가차 없이 죽여 주라고 당부하는 무시무시한 전보를 보내는 것이 개화 정권의 일반적인 분위기였으니 토포사 지석영이나 그들의 충직한 지방관들이 어떻게 행동했을지는 말할 필요도 없었다. 민준호를 대신해 새로 부임한 진주 우병사 이항의도 자신에게 주어진 관군의 소임을 다하고 있음을 보고하였다.

"우리 고을 북평산 위에서 괴멸하여 흩어진 여당을 샅샅이 정찰해 보니 엊그제 상처를 입고 달아난 자들은 더러 길가에서 죽기도 하고 더러 집에 돌아가 죽기도 하였는데 그 수가 헤아릴 수도 없이 많았습니다. 그 나머지 상처를 입지 않은 놈들이 동남쪽으로 달아난다면 진주 병영의 포군과 왜군이 요새를 의지해 진을 치고 있어서 별 염려가 없습니다. 또 놈들이 북쪽으로 달아나려 해도 단성·산청·함양·거창·안의의 군사들이 나누어 요로를 지키고 있으니 제지할 수 있습니다. 하지만 하동부는 난리를 겪은 뒤 방어가 미비하여 빠져나갈 것입니다. 그래서 소신은 시월 스무날 진주 병영의 포군 백 명을 군교로 보내 토벌케 조치하였습니다."

수곡 고승당산 싸움에서 일본군의 총에 많은 사람을 잃은 영호대도소 부대는 뿔뿔히 흩어졌다가 다시 하동을 공략하기로 결정하고 시월 스무하룻날 광양 섬거역으로 집결하였으나 일본군의 공격을 받고 다시 후퇴하였다. 영호대도소 부대는 사상자가 생겨도 후퇴하는 방향을 하동 쪽으로만 잡았다. 한 진영은 망덕 포구 쪽으로 틀고 또 한 진영은 하동으로 가는 비평들 산으로 올라붙었다. 수십 명의 사상자가 생겼지만 동학군은 다음 날 아침 섬진 나루에 수천 명이 대열을 짓고 있었다. 또 다른 진영은 망덕 포구에서 섬진강을 건너 하동으로 건너갈 채비를 단단히 하고 있었다.

하지만 토포사 지석영의 관군과 일본군들은 소식통이 더 빨랐다. 그들은 하동으로 전보를 쳤다. 전보를 접수한 일본군은 재빠르게 섬진강을 건너 섬진 나루 상류에 있는 야산에 매복하고 동학군을 기다렸다. 또 하동부를 지키고 있는 일본군도 동학군들이 섬진강을 건너

오기만 하면 무라다 소총으로 갈길 준비를 하고 있었다. 일본군이 그렇게 조치하는 동안 지석영이 이끄는 관군은 망덕 포구의 퇴로를 막고 동학군의 동태를 살피고 있었다.

다음 날 아침 섬진 나루와 망덕 포구에서는 동학군들이 강을 건너기 시작했다. 섬진강을 건너 하동으로 들어섰다 싶으니 총알이 빗발쳤다. 앞서 가던 동학군들은 물속으로 푹푹 넘어졌다. 총소리가 요란하고 앞서 가던 사람들이 무너지자 뒤따르던 사람들은 다시 돌아서서 광양 쪽으로 되돌아갔다. 이번에는 섬진강 상류에 매복하고 있던 일본군들이 총을 쏘아 대기 시작했다. 사람들은 강으로 그대로 수장되었다. 아직 강물에 들어서지도 못한 사람들은 난데없이 쏟아지는 총 세례에 그만 강변으로 푹푹 고꾸라졌다. 동작 빠른 몇몇 사람들만 섬진 나루 옆으로 붙은 산으로 달음질을 쳤다. 달음질을 치다가 일본군을 향해 화승총을 쏘아 대는 몇몇 사람이 있었지만 화승총 총알은 일본군 있는 곳까지 닿지 않았다. 한참을 달리다가 다시 정비를 하여 서서히 일본군 쪽으로 접근하여 총을 쏘아 댔다. 누군가가 웃통을 벗어 들고 휘휘 내저으면서 일본군 방향으로 달려오는 사람이 있었다. 그와 함께 화승총을 들고 달려온 이가 일본군 가까이서 총을 쏘아 대기 시작했다. 사람들은 환호성을 질러 댔다.

"와와!"

"왜놈을 죽여라."

"저 웃통 벗은 대장이 누구여?"

"자네는 저 사람도 모른가? 웃통 양샌이여. 힘이 장산디 웃통으로 총알도 막아 분당께."

"오늘도 웃통 양샌은 살 것이여."

"긍깨 웃통 양샌이 누구냐고?"

"아! 이 사람이 진짜 모르네. 월포 접주 양계환이를 몰러?"

뜻밖의 광경에 일본군들은 잠시 주춤하더니 다시 맹렬하게 총을 쏘아 댔다. 사람들이 와하고 달려들자 그들은 총질을 하면서 물러나기 시작했다. 하지만 잘 훈련된 일본군들은 몸을 숨기기에 더 좋은 언덕과 산비탈로 빠르게 옮겨붙었다. 그러고는 본격적으로 총질을 해 대니 동학군들이 어찌해 볼 수가 없었다. 시간이 흐를수록 동학군들은 현저하게 그 수가 줄어들었다. 강물은 온통 붉은 핏물이었다. 얼마나 많은 사람이 죽었는지 알 수가 없었다.

한편 망덕 포구에서 배를 타고 섬진강을 건너 하동부 아래쪽부터 공격해 들어간 동학군은 일본군의 거센 총알에 쓰러지면서도 하동으로 들어가 하동 동학군들과 합류하였고, 일본군에 맞서 하동읍을 휩쓸었다. 하지만 몇 시간도 못 되어 일본군의 총알 세례에 후퇴할 수밖에 없었다. 다시 섬진강을 건너 광양으로 들어서니 이번에는 지석영의 관군이 쏘는 총알이 빗발쳤다. 퇴로가 막힌 사람들은 망덕 포구 옆 산으로 죽자 살자 기어 올라갔다. 관군은 총을 쏘고 또 쏘았다. 동학군들도 대열을 정비하여 돌멩이를 던지고 총을 쏘았지만 토포사 지석영 관군의 화력에 당할 수가 없었다. 몇 정 안 되는 화승총도 금세 총알이 동났다. 쓰러진 도인들을 눈으로 훑으면서 도망하는 길밖에 없었다. 도망을 치면서도 가슴에는 피눈물이 흘렀다.

그렇게 전투를 치르는 동안에 비가 내리고 해가 졌다. 사람들은 더이상 버틸 수가 없어 깃발도 버리고 무기도 버리고 달아났다. 산속으로 숨은 사람들은 몰골이 말이 아니었다. 대부분의 사람들은 옷이 물에 젖어 무거웠다. 밤이 되자 날씨는 매섭게 추웠다. 얼음이 얼 정도는 아니었지만 가만히 있으면 턱이 덜덜 떨리고 말이라도 할라치면 혀가 꼬이고 이가 부딪혔다. 다들 몸을 움직이면서 추위를 덜어 보려했지만 젖은 몸은 덥혀지지 않았다. 그렇다고 모닥불을 피울 수도 없었다. 밤늦게까지 산 아래에는 일본군이 지키고 있었다. 이곳에서 어찌 살아서 나갈 것인지 방법을 찾기도 힘들었다. 영호대도소 사람들은 산으로 들어온 사람들을 챙기느라고 바빴다. 그때 양계환이 말했다.

"대장 여그만 빠져나가면 우리 집이 가깝당깨요. 저 밑에 왜놈들 몇 놈만 따돌리면 되것는디… 뭔 좋은 수가 없것소?"

"어이! 양대장 시방 뭔 말이당가? 오늘 웃통 양샌은 왜놈들도 다 알아 부렀을 꺼여. 근디 양 대장 집이 가까운깨 어쩌자고? 아고 답답하기는. 행여 영호대도소 대장들이 그리로 가면 저놈들이 젤로 좋아허꺼여. 웃통은 잘 돌리드만 어째 그 머리는 못 돌린당가?"

유석훈은 양계환의 제안에 바로 퉁을 놓았다. 그러자 옆에 있던 영호대도소 대접주 김인배가 양계환을 보고 웃었다.

"겁나게 춥소만 오늘 웃통 양샌만 생각하면 그래도 웃음이 나요. 그런디 유석훈 접주 말도 일리가 있소. 양 대장 집으로 가면 안 되겠소. 요새 지석영 그놈과 스즈키 놈이 하는 짓을 보면 정탐꾼들이 폴새 우리 접주님들 집에는 한 번씩 다녀갔을 거요. 우리는 인자 집에 들어가는 것은 잊어부러야 쓰것이요. 안그요. 양대장."

"그말이 맞겠네요. 글면 우리는 어디로 가야 헌당가요?"

양계환이 풀이 죽은 목소리로 묻자 김인배 대장이 말했다.

"아직 순천에는 왜군, 관군이 오지 않았소. 여그 왜군들의 경계가 좀 소홀해지면 우리가 흩어져 빠져나가기만 허면 되겠소. 조금만 있다가 서너 사람씩 빠져나갑시다. 하동 진주 사람들은 여그 사정을 잘 모른게 여그 사람들이 꼭 챙겨서 같이 가야 쓰것소. 여그서 흩어져도 모두 살아서 순천 영호대도소에서 다시 만납시다."

영호대도소 대접주 김인배 대장도 섬진 나루 근처 산골짜기에서 밤새 추위에 떨었다. 그는 새벽이 되자 소나무 가지를 꺾어 얼굴을 가리고 맨발로 산을 넘고 물을 건넜다. 그 뒤를 몇 사람이 따르면서 자신들의 대장을 조용히 엄호했다.

19장/ 여수 좌수영

영호대도소 대접주 김인배는 순천에 있는 동안 고민이 깊었다. 날마다 접주들과 회의를 열었다. 결론은 영남 진출 단념이었다. 그 일은 동학군이 좀 더 힘을 모은 다음에 하기로 의견을 모았다. 지금 시급히 할 일은 동학군이 장기 항전을 할 수 있는 거점을 확보하는 것이었다. 만약에 동학군이 모두 패하고 만다면 동학 도인들이 숨어들 곳은 지리산과 바다밖에 없다. 일단 영호대도소는 여수 좌수영을 확보해 경군과 왜군이 몰려오는 상황에서 유사시 그곳을 최후의 거점으로 삼아 전쟁을 하자는 의견이 지배적이었다.

영호대도소 동학군이 좌수영 공격을 처음 시도한 것은 십일월 열흘날이었다. 동학군은 덕양역을 거쳐 종고산까지 나아가 성을 공격할 기회를 엿보았다. 김인배 대장은 좌수영을 공격하기 전에 고시문을 보냈다.

"형제끼리 싸우는 것은 집안이 망할 일이니 우리 서로 화합하고 힘을 합하여 왜군을 막아 내자."

좌수영의 수사 김철규는 아무 말이 없었다. 그는 전봉준이 살려 보내 준 사람이었다. 김철규가 여수 좌수영 수사에 임명되어 내려올 적에 동학군들에게 잡힌 적이 있었다. 그때 전봉준이 그를 보증하여 주고 여수 좌수영에 부임하면 여수 고을민들과 협력하여 이 나라를 튼튼히 하자고 하였건만, 그는 부임하자마자 동학 도인을 잡아들이고 좌수영의 군사를 철저하게 훈련시켰다. 좌수영 군이 철통을 쌓아 놓기라도 한 것처럼 단단히 성을 수비하는 바람에 동학군이 아무리 공격을 하여도 끄떡하지 않았다. 그러니 동학군은 좌수영을 어찌해보지도 못하고 사흘 만에 덕양역으로 후퇴하였다.

동학군은 열엿샛날 다시 좌수영 2차 공격에 나섰다. 역시 이번에도 좌수영 성안의 방비는 물 샐 틈이 없었다. 좌수영의 남쪽 문은 바로 바다로 이어져 있어 외부에서 성을 공격하기에 마땅치 않고 동문 또한 매우 가파른 산비탈에 위치해 있어 만만치 않고 그나마 서문이 산비탈이긴 하지만 종고산에서 내려가 도모해 볼 만했다. 동학군은 서문을 맹렬히 공격하였으나 성안의 군사들은 전혀 응전하지 않고 버티었다. 성문 안에 불화살을 쏘아 자극하였으나 성안의 군사들은 재빨리 그 불을 꺼버리고 나오지 않았다. 무슨 연유인지 오히려 성 밖의 민가에 불이 붙어 바람을 타고 삽시간에 그 일대 초가집들이 홀라당 타 버렸다. 마을 사람들은 동학군이 종고산을 점령하자 전쟁을 피해 다른 곳으로 다들 피신하였고 동학군들이 그 집에서 기거하였는데, 대부분의 집들이 불타 버리자 종고산에서 이를 지켜보던 동학군들만 발을 동동 굴렀다. 불길을 보던 양계환이 못 참겠다는 듯이 말을 툭 던졌다.

"워매! 저 쥐새끼 겉은 놈들이 성에 딱 붙어 엎지서 깐닥도 안 허네 ~이! 나와서 쌈도 안 붙고 초가집에다 불만 싸질른깨 환장허것네! 저 작것들을 어찌까~이!"

옆에 사람들도 한마디씩 내뱉었다.

"워매! 참말로 집들이 홀라당 다 타 부리네!"

"아고, 어짜까 인자. 우리는 인자 잘 디도 없네."

"잘 디만 문제여. 밥은 어쩌고."

종고산 쪽으로 옮겨붙을 듯이 확 치솟아 오르는 불길을 보던 유석 훈도 혼잣말을 중얼거렸다.

"김철규 저놈이 허는 짓을 본깨 참말로 만만한 놈이 아니구마. 이 싸움은 힘들것다. 빨리 뭔 수를 내야 헐 것인디 어째야 좋을까?"

영호대도소 동학군과 여수 좌수영군은 며칠 동안이나 대결하였다. 하지만 좌수영군이 1차 공격 때와 마찬가지로 성에서 꼼짝도 하지 않아 변변히 싸워 보지도 못하고 결국은 또 덕양역까지 후퇴하였다.

영호대도소 동학군은 3차 공격을 스무날에 단행하였다. 그들은 다시 좌수영에 접근하여 서문 밖에 정탐병을 배치하고, 종고산에 웅거하면서 지구전을 계획하였다. 3차 공격을 받은 좌수사 김철규는 급했다. 그는 스무사흗날과 스무닷샛날 두 차례에 걸쳐 통영항에 정박 중이던 일본 군함 쓰쿠바호의 함장 구로오카 대좌에게 사람을 보내 좌수영의 위급함을 알리고 구원을 요청하였다.

이에 구로오카 함장은 일본군 육전대를 상륙시켜 좌수영으로 급파했다. 스무엿샛날 일본군이 좌수영에 도착했다. 좌수영군은 바로 동학군에 대한 공격에 나섰다. 일본군은 동문 밖 흥국사 쪽으로 잠복하여 종고산의 우측을 포위하였다. 그때 김철규 좌수사는 동학군을 쉽게 토벌할 꾀를 내었다. 잘 훈련된 군사 백 명을 불러 모았다. 그리고 그들에게 지시하였다.

"왜군 복장을 입어라. 동도들은 왜군을 무서워한다. 너희들이 왜군이라고 생각하면 동도들은 총 한 방만 쏘아도 다 도망갈 것이다. 그러면 너희들은 도망가는 놈들을 뒤에서 쏘면 될 일이니 이처럼 쉬운 전쟁이 어디 있겠나. 저기 왜군 옷을 미리 준비해 놓았으니 자기에게 맞는 옷을 골라 입도록 하라."

좌수영의 군사들은 김철규의 꾀에 감탄하였다.

"우리 수사는 우리한테 훈련만 세게 시키는 줄 알았는데 전쟁 머리도 보통 뛰어난 게 아니구만."

"그런깨. 왜국 옷 생각은 어찌 했는지 신통방통하단깨."

좌수영 군사들은 감탄사 한마디씩을 내뱉고 검은색 왜군 옷을 걸치기 시작했다. 밤이 되자 남문 밖을 나와 양쪽에서 동학군을 공격하였다. 동학군은 검은 옷을 입은 군사들이 일본군인 줄 알고 달아나기 시작했고 그것을 본 좌수영군은 기세등등하게 동학군을 쫓았다. 동학군은 종고산에서 덕양역까지 쫓겨났다. 거기서도 패하여 순천 쪽으로 물러나는 동학군들의 표정은 어두웠다.

20장/ 떨어지는 동학꽃

　순천을 거쳐 광양까지 후퇴한 영호대도소의 동학군은 위기를 맞았다. 상황이 관군 측에 유리하게 바뀌었다. 좌수영에서 일본군과 연합하여 동학군을 공격할 것이라는 소문이 있자 동학군의 대오에서 이탈하는 자가 속출했다. 동학군의 세력이 약화되고 있음을 감지한 향리들과 민포들이 발 빠르게 움직였다.

　광양 관아로 옮긴 영호대도소 본진은 사태 수습에 바빴다. 다시 나아갈 길을 찾아 힘을 결집하려고 무진 애를 썼다. 하지만 동학의 해는 저물고 있었다. 영호대도소 대장 김인배는 접주들을 소집하였다. 그는 접주들에게 사람들을 살릴 묘책을 물었다. 그의 얼굴은 어둡고 목소리는 떨렸다.

　"어제부터 순천 민포군들이 우리 도인들을 죽이고 있소. 여기 광양도 민포군들이 그 수를 늘리고 있소. 이제 저들 손에 잡히는 날엔 우리 모두 죽은 목숨이외다. 게다가 여수 좌수영군과 왜군도 곧 들이닥칠게요. 이 난국을 어찌하면 좋겠소?"

　고개를 숙이고 있던 유석훈이 얼굴을 들었다.

"시방 저것들은 우리 동학 도인들을 싹 다 쥑이 불라고 눈에 쌍심지를 키고 있소. 거그다가 인자 우리가 힘이 빠졌다는 것은 세상이 훤히 다 알아 부럿소. 근디 여그서 싹 다 죽자고 남아 있는 거는 우리 도인들이 헐 바가 아니지다. 목숨을 지킬 수 있는 사람들은 어떻게든 살아남아서 뒷일을 궁리허는 것이 어쩌겠는가요?"

평소 같으면 떡 벌어진 어깨, 힘 좋은 체구에 걸맞게 목소리도 우렁찬 한군협이지만 지금은 풀 죽은 소리로 물었다.

"글면 어디로 피신허면 살겠는가요?"

한군협의 질문에 아무도 대답을 못하고 있자 김인배가 여러 사람들을 둘러보고 말하였다.

"우리 영호대도소 본진이 다 같이 움직이는 것은 우리를 구석으로 몰아넣으려는 저들이 바라는 바일 것이오. 지금은 이 관아에서 여러 사람이 한꺼번에 나가서도 안 되오. 몇 명씩 저들의 눈에 안 띄게 어디로든 나가서 살아남는 방법밖에 도리가 없소. 그리고 여기 남은 우리가 민포군들과 왜군들의 손에 죽어 간다 해도 오늘 밤 이곳을 빠져나간 사람들은 절대로 이곳으로 돌아와선 안 됩니다. 이제는 유석훈 접주 말대로 기필코 살아남아 뒷일을 도모하는 것이 우리 도인들이 할 일이오."

옥룡의 젊은 접주 서윤약이 도리질을 했다.

"그거는 안 된당깨요. 우리가 어찌 이날까지 버텨 왔는디…! 여그서 대열을 흩어 버리면 시방 이 싸움을 포기허자는 말이다요?"

월포 접주 양계환이 나섰다.

"그거는 아니고. 일단 사람들 목숨이 귀헌께 살고 보자는 말이지 다. 대장 말대로 한 부대는 여그 남고, 다른 부대들은 밤을 틈타 삼삼 오오 빠져나가잔께요. 글고 섬거에서 모입시다. 그것도 실패하면 월 포 쪽으로 해서 하동으로 넘어가면 어쩌겠는가요? 정 안 되면 지리산 으로 들어가입시다."

영호대도소 대장 김인배가 정리하였다.

"그러면 여기 인근이 집인 사람들은 우리와 함께 남아 민포군을 막 고 집이 이쪽 근처가 아닌 사람들은 빨리 빠져나가시오. 어서 섬거 쪽으로 가시오. 섬거로 가서도 상황이 여의치 않으면 월포로 모이고, 거기서도 싸워 밀리겠다 싶으면 빨리 대열을 흩어 각자 살길을 찾으 시오. 자 한시바삐 서둘러 나가시오. 여기서 나가는 동지들은 꼭 살 아남아 뒷날을 도모하시오. 지금 여기로 오고 있는 왜놈들은 이 나라 를 통째로 먹으려고 혈안이 돼 있소. 그들이 우리 동학군을 한 사람 도 남기지 않고 다 죽이려는 것을 우리는 이번 싸움으로 똑똑히 보았 소. 그러니 꼭 살아남아 우리 자식들을 키워야 할 것이오. 그리고 먼 저 가는 사람들 가족은 살아남은 사람들이 형편껏 돌보아 주시오. 다 시 한 번 부탁하오. 꼭 살아남으시오."

사람들은 김인배의 말이 끝나자 모두들 말이 없었다. 다들 고개를 떨어뜨리고 있었다. 김인배가 다시 나섰다.

"뭐하시오. 이미 해가 저물고 날이 어두워졌소. 신속히 움직이시오. 양계환 접주는 빨리 사람들을 재촉하여 섬거 쪽으로 해서 다압으로 옮겨 가시오. 그리고 여의치 않으면 신속히 흩어져 살길을 도모하는 것을 잊지 마시오."

김인배 대장의 재촉을 받고서야 사람들은 움직이기 시작했다. 밤을 맞은 광양 관아가 갑자기 부산해졌다. 김인배가 사람들을 살릴 방도를 구하느라 머리를 싸매고 있는데 처남 조승현이 들어왔다.

"자형, 자형은 안 갈라요? 뒷날을 도모하라면서 자형은 왜 피신을 하지 않는 것이오?"

김인배는 처남을 찬찬히 보면서 웃더니 관아 앞뜰을 지그시 바라보았다. 그리고 선언문이라도 읽는 것처럼 또박또박 말을 하였다.

"장부가 사지에서 죽음을 얻는 것이 오직 떳떳한 일이네. 다만 새로운 한울 세상을 못 이루고 가는 것이 한이네. 나는 살아도 함께 살고 죽어도 함께 죽기를 맹세한 동학 동지들과 최후를 같이할 것이니 그대는 어서 돌아가 부모를 봉양하소. 또 형편 닿는 대로 자네 누님도 돌봐 주소."

"자형, 그래도 여기 있으면 다 죽을 것이 뻔한데 어찌 이러고 있어요?"

"자네 말이 맞을 것이네. 하지만 여기서 다 같이 나가면 더 많은 사람이 죽을 것이네. 그러니 살 사람들은 오늘 밤 안으로 여기서 나가야 할 것이네."

십이월 여드렛날 새벽 광양 민포군은 광양 관아를 습격했다. 새벽

같이 들이닥친 민포군을 피해 영호대도소 동학군은 관아에서 가까운 빙고등(우산공원)으로 뛰었다. 전세는 불리하였다. 민포군은 야산을 빙 둘러싸고 올라왔다. 동학군은 새벽 댓바람에 갑자기 쫓긴지라 무기도 변변히 갖추지 못했다. 그날 새벽 동학군은 빙고등에서 싸움다운 싸움도 못 해 보고 민포군의 총에 무참히 쓰러졌다. 총을 피한 사람들은 살길을 찾아 뛰었지만 결국엔 다시 민포군에게 잡혀 인동숲(유당공원)으로 끌려갔다.

민포군은 그날 즉시 영호대도소 대접주 김인배를 효수하였다. 김인배의 머리를 광양 관아 객사 마당 한가운데 높이 걸어 놓았다. 장대에서 대롱거리는 김인배의 얼굴엔 검붉은 핏물이 엉겨 있었다. 다음 날은 영호대도소 유하덕의 머리도 걸렸다. 그 옆에 기골이 장대했던 사곡 접주 한군협의 머리도 대롱거렸다. 옥룡 접주, 봉강 접주, 관아 인근 지역 접주들의 머리도 높이 걸려서 핏물이 뚝뚝 떨어졌다. 민포군은 사람들을 겁박하기 위해 영호대도소 대장급들의 잘린 목을 객사에 줄줄이 걸어 두었다. 너무나 흉측하여 차마 볼 수 없었다.

민포군은 날마다 동학군을 사냥하는 것처럼 잡아들였고 인동숲에선 동학군 목을 치기에 바빴다. 이제 세상은 바뀌었음을 확실히 선언이라도 하듯이 그들은 그렇게 사람들을 죽였다. 민포군은 동학군이 잡히기만 하면 동학군 지위가 높고 낮음을 가리지 않고 무조건 죽여 놓고 봤다. 그러는 바람에 동학군 처형지는 눈뜨고 볼 수 없을 정도로 처참하였다. 도망쳐서 살아남은 사람들은 한울님을 소리 높여 불렀다.

　다행스럽게도 유석훈과 몇몇 사람은 민포군의 총알을 뚫고 빙고등에서 이어진 내우산 쪽으로 올라붙었는데 목숨을 구했다. 민포군은 수십 명의 동학군을 잡아 앞세우고 그들의 등에 총을 겨냥한 채로 빙고등 산을 내려갔다. 내우산 쪽으로는 더 이상 올라오지 않았다. 동학 동지들이 죽고 잡혀가는 것을 보면서도 구할 길이 없었던 유석훈은 섬거역을 향해 뛰고 또 뛰었다.

　한편 전날 섬거로 갔던 양계환 일행은 하동으로 진출할 방법을 찾느라 고심했다. 양계환의 목소리는 무거웠다.

　"시방 하동에 있는 지석영 관군과 일본군이 하동을 장악허면 다시 섬진강을 건너올 것인디 어쩌면 좋것소?"

　섬거 도접주 김갑이가 한숨을 토해 내더니 말을 보탰다.

　"휴우. 우리 목숨 줄 따러 하동 민포군도 올 것이고, 광양 민포군도 험악시런 놈들이고 참말로 어찌해야 쓸랑가 모르것소."

　사람들이 아무런 말이 없자 다시 양계환이 제안했다.

　"백운산으로 들어가면 어쩌것소?"

　섬거 접주 김갑이가 대답했다.

　"백운산으로 우리가 떼 지어 가면 그놈들이 더 좋아할 것이오. 그놈들은 우리를 토끼몰이 하데끼 한곳으로 몰아 놓고 쥑일 것이오."

　사람들 뒤편에서 이야기를 듣고 있던 김인배의 처남 조승현이 말했다.

"제가 나이는 어리지만 한 말씀 올리겠습니다. 인자는 각자가 살길을 찾아 흩어지는 것이 맞지 않나 싶습니다. 여그 남아야 살 것인지, 벡운신으로 올리야 살 것인지 아무도 모릅니다. 그런데 시방 우리는 독 안에 든 쥐마냥 우왕좌왕만 하고 있습니다. 지는 백운산을 타고 구례로 갈랍니다. 어디가 살길인지 모르는 판에 살든지 죽든지 간에 제 고향 쪽으로 가는 데까지 가 볼랍니다."

양계환이 조승현의 말을 받았다.

"승현이 도인 말이 맞소. 어찌허든지 각자가 살길을 찾아 꼭 살아남읍시다. 백운산으로 들어가든지 여그 인근 마을로 흩어지든지 여그 있든지…."

얼굴을 돌리더니 양계환이 목이 메인 소리로 동지들을 불렀다.

"동지들! 꼭 살잔깨요. 반드시 살아서 뒷날 우리 또 봅시다~이!"

사람들이 어찌할 바를 모르고 어수선한 틈에 빙고등 싸움에서 살아남은 유석훈 일행이 들이닥쳤다. 이제 상황은 확실해졌다. 어떻게든 살길을 찾아야 한다. 양계환은 막 도착한 유석훈이 한숨 돌릴 틈도 주지 않고 백운산으로 올라가자고 재촉하였다.

그때 광양 현감을 겸하고 있던 낙안 군수는 광양 동학군 정황을 좌수영에 알렸다.

"동도의 무리가 아직도 광양 외곽의 다압과 월포 방면에 주둔하고 있습니다. 이들의 수가 너무 많아 광양 민포군만의 힘으로는 이들을 대적할 수 없습니다. 좌수영에서 급히 지원해 주시기를 간절히 바랍니다."

낙안 군수의 요청을 접수한 좌수사 김철규는 왜군함 쓰쿠바호의 구로오카 함장에게 광양 방면의 동학군 진압에 협조해 줄 것을 요청하였다. 그와 동시에 급히 좌수영군 백 명을 하동으로 파견하였다. 그 다음 날에는 좌수영군 오백 명을 순천으로 출발하도록 지시하였다.

쓰쿠바호의 구로오카 함장은 김철규 좌수사의 간절한 요청을 받고 정박하고 있던 여수 좌수영에서 광양 하포 방면으로 항해하여 하포에 상륙하였고 광양성으로 들어갔다.

좌수영군 백 명은 아흐렛날 하동에 도착하여 때마침 부산에서 하동으로 파견되어 온 일본군과 합세하였다. 열흘날 아침부터 여수 좌수영군과 일본군은 하동을 출발하여 섬진강을 건넜다. 그들은 강을 건너자마자 다압, 월포를 거치면서 동학군을 사냥하듯이 잡아들이고 처형하였다. 그러고선 날이 어두워지기 전에 섬거역으로 들어섰다.

그날 저녁 무렵 섬거 마을은 온통 피비린내로 진동하였다. 일본군은 섬거 접주 김갑이를 비롯한 동학군 수십 명을 죽였다. 섬거역은 광양에서 하동을 공격할 때마다 영호대도소 부대의 집결지가 될 정도로 동학군 세력이 강한 곳이었다. 그것을 알고 있는 일본군은 섬거역 일대를 샅샅이 수색하였고 그들 눈에 들어오는 사람이면 모조리 동학군이라고 붙들어 갔다.

일본군 대장이 영장을 불렀다.

"저놈들을 다 죽일 만큼 총알이 많지 않소. 지금 즉시 저 들판에 말뚝을 줄줄이 세우고 말뚝 아래에 볏단을 가져다 놓으시오."

영장이 어리둥절하여 멍하니 있자 일본군 대장은 다시 소리쳤다.

"뭐하고 있소? 화형을 서두르시오."

그때서야 대장의 말뜻을 이해한 영장은 부하들을 시켜 말뚝을 세우고 볏단을 옮기느라 부산하였다. 그러는 사이에 일본군들은 어디서 준비해 왔는지 우지개(용수: 주로 죄인의 머리에 씌워 눈을 가리는 것으로, 짚으로 만듦)를 수북이 내놓았다. 그러고는 잡혀 온 사람들을 총으로 위협하며 말뚝 앞으로 가라고 손으로 지시하였다. 사람들은 일본군의 총이 무서워서 눈치껏 움직였다. 다시 일본군 대장이 명령을 내렸다.

"이제 저놈들 머리에 우지개를 가져다 씌우시오. 그리고 저놈들을 말뚝에 묶으시오."

관군들은 우지개를 씌워 사람들의 눈을 가렸다. 그런 다음 이미 손이 묶여 있는 사람들을 말뚝에 단단히 묶었다. 시간이 꽤 흘렀다. 세워진 말뚝에 사람들이 다 묶였을 즈음 왜군 대장의 소리가 카랑카랑 울렸다.

"저놈들 앞에 불을 대라."

미리 불쏘시개를 준비한 왜군 몇이 뛰어다니면서 볏단에 불을 붙였다. 불은 삽시간에 타올랐다.

사람들은 몸을 뒤틀었다. 신음 소리가 무서웠다. 힘이 장사인 사람은 몸에 불이 붙은 채로 말뚝을 쑥 뽑아 들고 앞으로 움직였다.

"탕."

일본군 대장이 총을 쏘았다. 그 광경을 보면서 일본군은 웃었다. 관군 중 몇몇은 차마 볼 수 없는지 고개를 돌려 먼 산을 보았다. 그곳에는 마을 사람도 없었다. 혹시 동학군으로 몰릴까 무서워 사람들은 자취를 감추었다. 움직임이 심해 살아날 것 같은 사람은 여지없이 총을 쏘았다. 그리고 그 일대 섬거역 관사와 가옥까지도 불태웠다. 그날 죽은 사람은 섬거역에서 가까운 언덕과 들판에 던져버렸다. 사람들은 그곳을 가장골이라고 불렀다. 사람들은 무서워서 시체를 찾으러 오지도 못했다. 죽은 자들은 말이 없었다. 가장골에는 오랫동안 어디 사람이고 누구인지도 모르는 시체들이 한데 엉기어 나뒹굴고 있었다.

백운산의 겨울은 추웠다. 낮은 어찌 참을 수 있어도 밤이 되면 얼어 죽는 사람이 나왔다. 그래서 사람들은 밤이 되면 동굴을 찾아 다닥다닥 붙어 앉아서 한데 잠을 잤다. 그날도 양계환과 유석훈은 꼭 붙어서 앉아 있었다. 유석훈이 먼저 말했다.

"왜군과 하동 민포군이 우리를 잡으려고 시방 토끼몰이 하데끼 백운산을 뒤짐서 올라오고 있단디, 여기서 우리가 살아서 내려갈 수 있으까?"

계환이 대답했다.

"약헌 소리 말란깨. 우린 왜놈들 총도 숱허게 피했은깨."

"긍깨! 근디도 불안허구마."

"우리 둘이는 의형제시. 나는 죽어도 자네는 살릴랑깨 그런 소리 말고 잠이나 자잔깨."

"어이! 친구! 나 자네헌티 부탁이 있네."

"이런 산중에서 뭔 부탁?"

"혹시 나가 잘못되면 우리 덕만이, 덕만이 좀 돌봐 주소. 자네 집은 울 집보다 더 큰 부잔깨 울 각시 사는 형편도 간간히 봐 주고."

계환이 감았던 눈을 확 뜨더니 벌떡 일어났다.

"나, 동학 험시로 욕을 잊어분는디 인자 나 욕 나온다. 긍깨 이 새끼야. 니 각시랑 덕만이가 그리 걱정되면 꼭 살아서 돌아가면 될 거 아녀. 이 썩을 놈이! 뭐, 니 각시랑 덕만이를 부탁한다고? 참말로 사람 환장허겄네!"

계환이 벌컥하자 석훈은 힘없이 웃으면서 말했다.

"그래그래. 나가 말을 잘못 했은게 화내지 말게. 한울님이 우리 둘 다 꼭 살게 해 주시꺼여."

다음 날 아침에 일본군이 들이닥쳤다. 동굴에서 미처 나오지 못한 사람들은 총에 맞았다. 손을 머리에 올리고 항복한 사람들은 굴비처럼 묶여서 줄줄이 산 아래로 내려갔다. 바위틈에 숨어 있던 양또치 아제도 관군에게 들켜서 도망치다가 총에 맞아 죽었다. 다행히 석훈과 계환은 위기를 넘겼다.

남은 사람들은 지리산으로 가야 살 수 있다고 형제봉으로 올랐다. 일본군은 백운산을 잘 아는 민포군들을 앞세우고 거기까지 따라붙었다. 하동 민포들 총도 매섭지만 일본군 총에는 비할 바가 아니었다. 한데 있다간 몰살당한다고 다들 뿔뿔이 흩어졌다. 쫓기는 동학군들에겐 무기가 없었다. 추위에 떠는 몸만 있었다. 양계환과 유석훈은 그래도 젊은 축이라 재빨리 구례 쪽을 향하여 뛰었다. 어디선가 총탄이 날아왔다. 죽어라고 뛰었다. 총탄이 귓불을 스쳤다. 옆에서 뛰던 석훈이 쓰러졌다. 연방 총탄이 날아오니 석훈을 일으켜 세울 수 없었다. 양계환은 쓰러지는 석훈을 보면서도 총탄을 피해 달렸다. 양계환은 재빠르게 바위 절벽 틈 사이로 숨었다. 총을 멘 일본군과 민포군이 쫓아왔다.

"이쪽으로 두 놈이 뛰었는디 한 놈만 뒤지고 금세 한 놈이 사라졌다. 아직 멀리 가던 못했을 것인깨 더 쫓아 보자."

그들은 계환이 숨어 있는 바위를 지나쳤다. 총소리가 가까이서 들렸다. 양계환은 주위를 살피며 총소리를 피해 달렸다. 그는 민포군을 앞세운 일본군이 샅샅이 뒤지면서 자신을 쫓아오는 바람에 의형제 유석훈의 주검도 거둘 수 없었다. 눈물이 흘러내렸다. 양계환은 석훈의 시체를 뒤로하고 달리면서 이를 악물었다.

'석훈아 ~ 석훈아 ~ !'

'내가 석훈이 니 몫까지 싸울랑깨! 지키봐라!'

21장/ 인연

매서운 추위가 바람에 실려 문밖에만 나가면 다 얼어 버릴 것처럼 추운 날인데도 서엽은 덕만을 품에 안고 시어머님 방을 찾았다. 서엽의 얼굴은 어두웠다.

"엄니. 아무래도 지가 애들 아범을 좀 찾아봐야겠어요. 지난번 구월에 하동 싸움이 끝나고 한 번 다녀간 뒤로는 감감무소식이니. 그때가 언젠디 아직까지 소식이 없잖아요. 아범이 살았는지 죽었는지 좀 물어보고라도 오께요."

누워 있던 시어머니는 몸을 일으켰다. 기운이 없는지 다시 쓰러질 것 같았다. 그러면서도 한사코 몸을 일으키고는 며느리를 쳐다보고 말했다.

"나가 이렇게 다 죽어 가는디 니 속은 오죽허겠냐? 그치만 안된다. 니도 들었제. 며칠 전에 인동숲(유당공원)에서 사람들이 다 죽었다는 거. 인자 니 서방은 잊어라. 니가 가먼 니 가슴에 붙어 있는 덕만은 어쩔 것이냐? 아서라. 안된다."

시어머니는 숨차는지 밭은 기침을 해 가면서 한사코 며느리를 말렸다. 하지만 서엽은 결심을 굳혔는지 눈물을 흘리면서 말했다.

"엄니. 암만해도 안 되겠네요. 아범이 죽었으면 송장이라도 지 눈으로 봐야지 살겠당깨요. 아직은 여자들까지 쥑있다는 말은 없은깨 조심해서 다녀오면 괜찮것지다. 너무 걱정허지 마시이다. 덕만은 여기 내려놓고 언능 다녀오께요."

"참말로 안 된당깨 야가 고집을 부리네. 어쩔 수 없제. 그럼 조심허고 싸게(빨리) 댕기오거라."

그 길로 서엽은 집을 나섰다. 덕만이 울며불며 떼를 쓰고 안 떨어지려고 하자 마음이 아팠다. 하지만 서엽이 마음을 모질게 먹고 시어머니 옆으로 얼른 내려놓자 아이가 불불불 기어서 따라 나오는 것을 확 밀어 버리고 방문을 단단히 닫고 나왔다. 덕만이 울음소리에 마음이 약해질까 봐 달리다시피 대문을 나섰다. 서엽은 막상 대문을 나서니 어디로 가야할 지 알 수가 없었다. 일단 죽은 사람들 머리를 걸어놓았다는 객사도 둘러보고 사람들이 많이 죽었다는 인동숲에도 가보자고 생각을 하고 걸음을 서둘렀다. 날이 추웠다. 장옷을 단단히 챙겨 입었는데도 장옷을 잡고 있는 손이 얼어서 떨어져 나가는 것 같았다.

'이리 추운 날 덕만 아범은 어디에 있을까? 죽었을까? 살았을까?'

아무리 생각을 말자고 하여도 금방 고개를 드는 나쁜 생각을 떨치려고 서엽은 다시 고개를 세차게 흔들면서 걸음을 더 빨리하였다.

광양 관아 객사는 무서웠다. 서엽은 죽은 사람 보는 것도 처음이었다. 그런데 머리 잘린 모습을 보는 것은 끔찍했다. 차마 눈을 뜨고 볼 수가 없었다. 처음에는 무서워서 다리가 떨려 주저앉아 버렸다. 그러다가 한참이 지나 다시 정신을 차리고 찬찬히 살폈다. 객사 앞에 줄을 쳐 놓고 거기에 매달아 놓은 머리들을 하나씩 쳐다보았다. 추운 날씨여서 그런지 잘린 목 부분부터 얼어 버린 것처럼 보였다, 얼굴에 피가 튀어 이미 검게 변해 있는 형상들이 많았다. 며칠이나 지났는지 얼굴색은 검게 변해 알아보기가 쉽지 않았다. 그래도 가족이라면 쉽게 알 수 있을 터였다. 몇 번을 살펴봐도 덕만 아범은 그곳에 없었다. 이제 인동숲으로 가려고 하는데 옆에 있던 나이 지긋한 아주머니가 물었다.

"새댁 겉은디…. 뭣 헌다고 새댁이 이런 험한 디를 다 기웃거리고 있다요? 혹간에 건석(가족)이라도 찾소?"

"예. 근디 여그는 없지 싶네요. 인자 어디로 가야 헐랑가 모르겄어요."

"나도 우리 아들을 찾는디 말 들어본깨 어저께 섬거역에서 사람들이 많이 죽었답디다. 여그는 아무리 둘러봐도 우리 아들도 없소. 없는 것 본깨 여그서는 안 죽었는갑소. 인자 난 섬거역으로 가 볼란디 새댁도 항꾼에(함께) 갈라요."

"그래 주시면 참말로 고맙지라. 저도 무서분디 어매 겉은 분이랑 항꾼에 가면 힘이 나겄네요. 언능 가입시다."

두 사람은 바삐 걸었다. 아주머니는 어딘지 모르게 기품이 있고 단정하면서도 사람들을 따뜻하게 품어 줄 것처럼 느껴졌다. 서엽은 처음 보는 사람인데도 따라나서는 발걸음이 편하고 좋았다. 서엽이 먼저 물었다.

"엄니는 아드님을 찾아오싰다고요? 아들이 동학 하는 사람이지요?"

"그래요. 우리 아들이 월포 동학 접주랍디다. 우리 집이 좀 살 만해서 아들 아범은 펄쩍 뛰요만 아들이 좋아서 동학에 뛰어든 것을 어쪄겄소. 지 아범하고 나는 다르오. 난 우리 아들 편이오."

"월포 접주라고요. 그러면 혹시 아드님이 양계환 접주인가요?"

"오매 새댁이 우리 아들을 어찌 안다요?"

깜짝 놀라면서 묻자 서엽은 빙긋이 웃으면서 대답하였다.

"지도 양 접주 님을 몇 번 봤그만요. 우리 집 애기 아범이랑 의형제를 맺어서 정말 친하게 지내더만요. 우리 애기 아범은 봉강 접주 유석훈이네요."

"그렁깨 새댁이 이리 험한 디로 남편을 찾아댕기제 보통 사람 겉으면 그러겄소. 하여간에 걱정이요. 인자 보아하니 동학 도인은 다 쥑일 모양이던디 그 건석(가족)들은 가만 냅둘랑가 모르겄소."

"우리 애기 아범이랑 둘도 없는 친구 어머님이싄디 인자 지한테 말씀 낮추시이다~."

"그럼. 그러까. 아고 우리 계환이도 새댁처럼 이쁜 각시를 언능 얼어야 쓰겄디. 동학에 빠져서 인자는 그것도 어려울 성싶어. 장가는 그만두고 당장 살아만 있어도 고맙겄는디, 나가 시방 무신 욕심이당가. 새댁허고 이야기를 허다 본께 잠시 나 처지를 잊어삐릿네."

두 사람은 아들, 남편, 그리고 동학 이야기를 나누면서도 발을 잽싸게 놀렸다. 빨리 온다고 왔건만 광양읍에서 진상 섬거역까지는 한나절이 걸려 해 질 녘이 가까워서야 당도했다. 섬거역은 광양 객사보다 더 무서웠다. 관사랑 집은 다 불타 버리고 거멓게 흔적만 남았다. 마을이 온통 쑥대밭이었다. 간신히 사람 있는 곳을 찾아 물었더니 시체들을 던져 놓았다는 곳을 알려 주었다. 죽은 사람들이 널부러져 있었다. 검게 타서 형체를 알 수 없는 시신도 많았다. 무섭지만 이를 악물고 찾았다. 아무리 눈을 씻고 찾고 또 찾아도 덕만 아범은 없었다. 혹 아들이 여기 있을지 모른다고 양 접주 어머님도 한데 엉긴 시체들을 밀면서 갖은 애를 쓰고 찾았다. 두 사람이 한참을 찾았어도 양계환 접주도 유석훈 접주도 나오지 않았다. 양 접주 어머님은 이마에 흐르는 땀을 씻으며 말했다.

"참말로 다행이오. 광양에도 없고 여그에도 없는 거 본께 틀림없이 우리 아들이랑 새댁 서방이랑은 어딘가에 살아 있는 갑소. 긍께 언능 갑시다. 여그는 너무 험허고 무서분께 새댁은 오늘 우리 집서 자고 낼 아침나절에 가소. 우리 집은 여그서 가찹소."

"집에 어린 애기가 있고 우리 시어무니도 많이 기달리신께 그냥 가야 되것그만요. 부지런히 걸으면 한밤중이라도 애기를 안아 볼 수 있것지다."

"꼭 가야겠으면 가소마는 가다가라도 안 되겠으면 우리 집으로 오시게. 우리 집은 여기서 가까운 구동 마을이여. 저쪽 산을 돌아서 좀 걸으면 있은께. 알겠지이."

사람 좋아 보이는 양 접주 어머님이 손가락으로 자기 집 쪽을 가리키면서 말하자 서엽은 대답과 함께 하직 인사를 올렸다.

"예. 정 못 가겠으면 다시 아지매 집으로 찾아 가께다. 그럼 잘 가시이다."

인사를 꾸벅하고 떠나는 서엽의 뒷모습을 바라보는 양 접주 어머님 눈에 눈물이 괴었다.

해는 벌써 땅속으로 들어가 버리고 들판에는 어둠이 깔리기 시작했다. 서엽은 달리는 것처럼 걸었다. 발을 얼마나 잽싸게 놀렸던지 온몸에 열이 나 추운 줄도 모르고 그저 덕만이 기다리고 있는 집 쪽으로만 부리나케 달렸다. 정신없이 걸어 익신역이 보이는 모퉁이를 돌았을 때였다. 갑자기 나타난 두 사람이 서엽을 끌고 갔다. 아무리 발버둥을 쳐도 그 두 사람 손아귀에서 벗어날 수가 없었다. 서엽이 발버둥을 치자 한 사람이 가벼운 서엽을 냅다 들쳐 업고 뛰었다. 한참을 가다가 힘들면 다른 한 사람이 교대로 서엽을 업고 뛰었다. 그렇게 두 사람은 서엽을 바다 쪽으로 데리고 갔다. 컴컴하여 어디가 어디인지 분간할 수도 없었다. 서엽이 정신을 차리자 은장도가 생각났다. 업힌 몸이지만 손을 가만히 내려 은장도를 빼어 들었다. 그냥 은장도를 남자의 등을 향해 내리 찔렀다. 그 순간 옆에 있던 남자는 사태를 알아차리고 서엽의 손을 세게 내리쳤다. 서엽의 몸이 휘청하면서 손에서 칼이 떨어져 나갔다.

"어구구."

서엽을 업었던 남자는 손을 풀었다. 서엽의 몸은 땅으로 떨어졌다.

"쿵!"

"이런 독한 년을 봤나!"

서엽을 업었던 남자는 땅에 떨어진 은장도를 주워 들더니 서엽의 뺨을 때렸다. 두 사람은 서엽의 양팔을 잡더니 빠른 걸음으로 끌고 갔다. 한참을 끌려가던 서엽 앞에 어렴풋이 형체를 드러낸 것은 난생처음 보는 커다란 배였다. 그들은 서엽을 배 안으로 끌고 갔다. 그들은 배를 잘 아는 사람인지 서엽을 선실 안으로 데려갔다.

그들은 일본 쓰쿠바 함대 군인들이었다. 쓰쿠바 함대 육전병들 대부분이 광양 성안으로 들어가고 몇 명만 남아서 함대를 지키고 있었다. 그런데 밤이 되자 누군가가 여자 이야기를 꺼냈고 여자 말이 나오자 거기 있던 사람들은 눈빛이 달라졌다.

"품에 여자 안아 본 지가 얼마만이냐? 오늘은 조선 여자를 한번 품어 볼까?"

"조선 여자가 어디 있어서 품어 본다는 것이야?"

"병신. 앞마을에 집집마다 조선 여자들 있는 것 몰라?"

"그건 우리 대장이 엄금한 일 아니여?"

"병신. 대장은 임마 육지에 내릴 때마다 조선 여자 끼고 잔다."

"그러면 오늘은 조선 여자 사냥을 하러 갈까?"

그 말이 끝나자 일본군들은 둘씩 짝을 지어 마을로 여자 사냥을 나갔다. 서엽을 채 간 두 사람은 마을로 들어서려던 차에 운 좋게도 길가에서 여자를 만난 것이다. 서엽이 보이자 두 사람은 바로 신호를 보내고 여자를 업고 뛰어왔던 것이다. 데려오는 동안에 등에 칼을 맞을 뻔했지만 데리고 와서 보니 조선 여자는 예뻤다. 그들은 바삐 서둘렀다. 동료들이 마을에서 여자 맛을 실컷 보고 돌아오기 전에 우리도 끝내야 하리라.

서엽이 오들오들 떨고 있는 사이에 뚱뚱하게 덩치 큰 놈이 군복을 벗어 던지고 서엽의 옷을 강제로 벗기려 하였다. 서엽이 발버둥을 치고 저항하자 머리가 벗겨진 다른 놈이 서엽을 못 움직이게 붙들었다. 그 사이에 서엽의 옷을 벗기던 뚱뚱한 놈은 흐흐거리면서 서엽의 옷을 차곡차곡 벗겨 냈다. 서엽의 알몸은 금방 드러났다. 서엽의 하얀 피부에 두 가슴이 봉곳 솟은 곳을 본 놈은 정신없이 서엽을 향해 달려들었다. 그러자 서엽의 양손을 붙들고 있던 머리 벗겨진 놈은 물러났다. 서엽은 뚱뚱한 왜놈 밑에 깔려 몸부림을 쳐도 그놈이 있는 힘을 다해 눌러 오자 어찌해 볼 수가 없었다. 그놈은 혼자 달아오르고 혼자 급했는지 신음 소리를 냈다. 놈은 서엽의 얼굴에 자신의 얼굴을 마구 비벼 대고 입을 맞추려 하였다.

서엽은 얼굴을 돌려 버렸다. 선실 바닥에 놈들이 벗어 놓은 군복과 서엽의 치마저고리가 아무렇게나 던져져 있었다. 옷 무더기에 삐죽한 것이 보였다. 자세히 보니 군복 주머니에 들어 있는 은장도 칼끝이었다. 서엽이 손을 살짝 뻗어 보았으나 손끝에 은장도는커녕 옷가지도 걸리지 않았다. 서엽이 딴 데 정신을 파느라고 저항하지 않자 서엽의 몸 위에 있던 놈은 지 볼일을 다 봤는지 나가 떨어졌다. 그러자 다음 순서를 기다리고 있던 머리 벗겨진 놈이 서엽의 몸 위에 올라탔다. 이놈은 더한 놈이었다. 서엽의 목이며 얼굴이며 더러운 놈의 타액을 마구 묻혀 대며 서엽의 몸을 핥았다. 발로 차도 소용이 없었다. 팔로 꼬집어도 소용이 없었다. 나중에는 서엽이 지쳐서 나가 떨어졌다. 무감각한 서엽의 몸 위에서 볼일을 다 마친 놈들은 옷도 걸치지 않고 옷 주머니에서 담배를 꺼내더니 밖으로 나갔다.

서엽이 정신을 차리고 그놈들이 옷을 걸치지 않고 나가서 다행이라는 생각이 들었다. 서엽은 재빨리 옷을 챙겨 입었다. 은장도를 주워서 한 손에 들고 선실을 나갔다. 다행히 그놈들은 눈앞에 없었다. 서엽은 육지로 연결된 다리 쪽을 향해 살금살금 도망쳤다. 다리를 건너려는데 뒤에서 낄낄거리는 소리가 들렸다. 그놈들은 웃기만 하고 따라오지는 않았다. 서엽은 무조건 배 안에서 벗어나 멀리 가야 한다는 생각으로 한참을 달렸다.

배에서 제법 멀어졌다고 생각이 들자 서엽은 그제서야 달리기를 멈추고 자신의 손에 들린 은장도를 보았다. 은장도는 남편이 혼인 첫날밤에 준 것이었다.

"이 칼은 나를 살리고 의형제를 맺은 계환이 친구가 준 것이요. 이 은장도는 나를 살린 사람이 준 거라 당신도 살릴 줄 것이요. 어디 갈 때는 잊어불지 말고 꼭 이 은장도를 몸에 간직하고 가소."

서엽은 그날을 생각하자 왈칵 눈물이 났다.

'이 몸으로 집으로 갈 순 없어. 덕만의 얼굴을 어찌 볼까? 시부모님의 눈길은 어찌 보고. 아! 남편, 남편의 얼굴은?'

'더럽혀진 몸인데 남편이 준 은장도로 끝낼까?'

'이 칼로 가슴을 찔러? 아니 목에 찔러 넣어?'

서엽은 고개를 흔들었다. 그런 일은 무섭기도 하고, 서엽을 살릴 은장도라면서 건네준 남편을 생각하면 이 칼로 목숨을 끊을 수는 없다고 여겼다.

길옆 소나무가 눈에 들어왔다. 소나무 옆으로 갔다. 치마를 벗어 소나무 줄기에 걸고 고리를 만들었다. 서엽은 목을 쭉 늘여서 치마로 만든 고리에 걸었다. 그 순간 덕만이 목소리가 들렸다.

"엄마-. 엄마-."

순간 놀라서 주변을 돌아보았다. 아무도 없었다. 다시 목을 매려고 목을 들이밀다가 퍼뜩 떠오르는 생각이 있었다.

'내가 죽으면 덕만이는 어쩔겨?'

'나도 동학 하는 사람이다. 나 목숨도 한울님 목숨이다.'

서엽은 죽을 수도 없었다. 그대로 땅바닥에 털버덕 주저앉았다. 눈물이 쏟아졌다.

"흑흑흑-."

"덕만아-."

"엄마-, 나 어쩌까? 흑흑흑-."

시엽은 소나무 줄기에 걸었던 치마를 풀어 내리고 다시 입었다. 치마를 다시 입고도 서엽은 어찌할 줄 모르고 우두커니 서 있었다. 서엽은 아무 생각이 나지 않았다. 평상시 같았으면 밤중에는 뒷간도 혼자서는 무섭다고 못 가는 서엽이었다. 석훈이 집에 있을 땐 그가 뒷간 앞에서 지켜 주었다. 그런 서엽이 칠흑처럼 캄캄한 밤인데도 무서운 줄도 모르고 한참을 넋을 잃고 있었다. 그러다가 무슨 생각이라도 나는지 은장도를 챙겨 몸에 간직하고 터벅터벅 걸었다. 발걸음은 낮에 만난 양 접주 어머니 집이 있는 구동으로 향했다.

밤늦은 시간에 찾아온 서엽의 행색을 보고 양 접주 어머님은 바로 사태를 알아차렸다. 넋을 잃고 표정도 없는 서엽을 보고 오히려 양 접주 어머님이 눈물을 흘렸다. 어머님은 서엽을 다독이며 말했다.

"새댁 아무 생각 말어. 글고 내가 지켜 줄건깨 언능 잠이나 자소."

"왜놈들이… 흑흑."

서엽은 끝내 울음을 터뜨렸다. 양 접주 어머님은 그런 서엽의 등을 오래오래 쓰다듬어 주었다.

며칠이 지나도 서엽은 얼굴에 생기가 없었다. 걱정이 된 양 접주 어머님이 물었다.

"새댁. 덕만이도 봐야 허고 시어머님도 걱정이 많을 건데 어찌헐랑가? 우리 집 머슴들이라도 딸려 보낼랑깨 같이 갈랑가?"

말대답이 없이 가만히 앉아만 있던 서엽이 말했다.

"지가 어찌 봉강으로 가겠어요? 지는 친정인 구례로 갈랍니다."

"그러시게. 우리 집 머슴이랑 가소. 아침나절에 나서면 구례는 해지기 전에 당도허겠구먼. 우리 아들 놈이랑 유 접주 소식을 알게 되면 그리로 알려 줄 것인깨 거그서 엉뚱한 맘 묵지 말고 잘 지내소. 아들 말이 사람 목숨은 다 한울이라 허더만. 자네 목숨도 한울인게 잘 모시야 허네."

"예. 그동안 고마웠습니다."

그길로 서엽은 구례 친정으로 왔다.

을미년(1895)이 되자 동학 했던 집들은 쑥대밭이 되었고 동학군에서 앞장에 섰던 사람들은 가족들도 무사하기가 힘들었다. 다들 밤봇짐을 싸서 멀리로 이사를 갔다. 서엽의 친정도 편안하지 못했다. 하루가 멀다 하고 사람들이 찾아들었다. 그때마다 남자들은 굴속으로 숨고 지리산으로 깊이 들어갈 채비를 하였다. 그때 양계환이 찾아왔다. 서엽의 친정아버지, 친정어머니, 그리고 서엽에게 인사를 마친 양계환은 서엽을 안쓰러운 눈빛으로 바라보며 말했다.

"저희 어머님헌티 말씀 듣고 유 접주 소식은 전해 드리야 헐 것 같애서 왔그만요. 석훈이와 나는 왜군들과 민포 놈들의 사람 사냥을 피해 백운산으로 숨어들었는데…. 석훈이는 산에서 하동 민포군의 총을 맞고 그만….”

이 말을 들은 서엽은 얼굴에 핏기가 가시고 몸이 친정어머니 옆으로 무너졌다. 친정어머님이 서엽이를 붙들었다.

“워매, 우리 딸 어찌 사까?”

양계환은 서엽을 한없이 가여운 눈으로 바라보더니 한참 뒤에 다시 말을 이었다.

“유 접주가 마지막 가는 길에 덕만이를 부탁헙디다. 근디 시방은 지도 피해 댕기야 헌께 힘이 못 돼 드리것지마는 어디서라도 자리가 잽히면 지도 덕만이를 힘 닿는 대로 보살필 텐께 힘 내시이다.”

정신을 차린 서엽은 소리 죽여 울었다. 그 모습이 보기가 딱했던지 서엽의 친정아버지 임정연과 양계환은 방 밖으로 나갔다. 마루에 걸터앉은 임정연이 양계환을 정면으로 바라보며 말했다.

“양 접주, 아직도 왜놈들과 민포군의 서슬이 시퍼런디 따로 피신헐 디는 있는가?”

“당장 지도 어디로 가야 살지 모르겠그만요. 백운산은 하동 민포군 놈들이 하도 험허게 헤비 파고 댕긴께 백운산으로 숨어들면 바로 죽을 것 같고…. 그래서 지는 지리산이 품이 크고 넓은께 지 한 몸 받아줄 디는 있을 성 싶어 지금 지리산 쪽으로 갈라 허는디요.”

“잘 생각했구먼. 호랭이를 잡을라먼 호랭이 굴로 들어가라 했고 또 등잔 밑이 어둡다는 말이 있는 거 맹키로 하동 민포군 중에서도 가장

센 디가 화개 민포군인깨 그놈들 본거지에서 쬠 더 들어간 칠불사 쪽
도 괜찮것구마."

"그럴까요? 저희 엄니는 구례 우리 집 땅과 가까운 연곡사 쪽으로
숨어들먼 좋겠다고 하시더만요."

"아. 그래. 글먼 연곡사도 좋것네. 거그서 쬠 더 깊이 들어가면 피
아골인깨 거기로 숨어들먼 쓰것구마."

임정연은 그 말을 끝으로 먼 산을 한참이나 바라보았다. 그러더니
양계환을 조용히 불렀다.

"어이~! 자네도 모친헌티 말씀을 들었으먼 자가 왜 이리로 왔는지
알고 있것제? 염치가 없네만 자네가 우리 서엽이랑 항꾸내(함께) 가먼
안 되겄는가? 우리는 동학 허는 사람들인게 한 목숨 살리 준다 생각
허고 우리 딸이랑 항꾸내 가 주시게나~. 부탁함세. 시방 우리 집안도
여그서 계속 있을 형편이 아니네."

갑작스런 제안에 놀란 양계환이 가만 있자 임정연이 계속 말을 이
어 갔다.

"유 접주가 자네헌티 마지막으로 부탁한 말이 덕만이 잘 봐 주라고
했다 안 했는가? 우리 서엽이가 봉강으로는 죽어도 못 가것다 허고,
덕만이는 하루라도 빨리 데려다가 키워야 허고…! 서엽이가 혼자 몸
이 돼서 무슨 수로 그 일을 감당해 내것는가?"

묵묵부답인 계환에게 임정연은 옛날 일을 들췄다.

"예전에 자네 집에서 청혼한 이야기는 동네 양 서방헌티서 진작 들

었네만 서로 입장이 난처해지까니 모른 체허고 지냄서도 늘상 미안한 맘이 있었네. 근다고 시방 이런 소리를 하는 거는 참말로 염치없네만 자네는 아직 안사람이 없다고 들었네. 그러니 이것도 인연이라 생각하고 우리 **딸** 좀 살리 주먼 안 되겠는가? 어이! 자네 친구 유 접주도 생각허고 그 아들 덕만이를 봐서라도 우리 딸 좀 살리 주시게."

양계환은 한참만에 머리를 끄덕였다. 그 길로 계환은 서엽과 함께 지리산 연곡사 쪽으로 떠났다.

22장/ 지리산골 농평에서 다시 일어서는 동학

연곡사에서도 한참을 걸어 올라가야 보이는 동네인 농평을 사람들은 지리산 하늘 아래 첫 동네라고 한다. 이제 저기가 끝이겠거니 하는 곳을 지나 한참을 올라가면 의외로 옴팡진 분지가 보인다. 다닥다닥 붙은 다랑이논에 담배 잎이 너울거리고 그 옆에 논에는 벼들이 고개를 빳빳이 세우고 있다. 이 후미진 깊은 산골에도 사람들이 살고 있다. 연곡사와 이 마을 산으로 이어지는 피아골 너머로 광양의 백운산이 보인다. 앞에는 황장산이고 옆으로는 왕시루봉에 둘러싸여 지리산 깊숙이 들어와 있는 마을에 집들이 옹기종기 모여 있다.

산골 마을 깊숙이 대숲에 둘러싸인 아담한 초가집에 아침이 찾아왔다. 먼동이 트기 전부터 닭이 우는 소리가 시끄러웠다. 어제 저녁에 가을걷이로 힘들었는지 유기환은 설설 끓는 구들장 윗녘으로 몸을 뉘이자마자 잠들었는데 눈을 떠 보니 아침이었다. 방 아랫녘에서 서엽이 끙끙 앓는 소리를 낸 것도 같은데 그것도 모르고 꿀잠을 자버렸다. 미안했다. 얼른 몸을 일으키고 마당으로 나갔다. 눈이 부셨다. 통곡지붕과 황장산 사이에서 아침 해가 떠올랐다. 햇살이 산자락을 드러내고 나뭇가지마다 골고루 빛을 뿌려 주자 금방 온 산이 깨어나 웃는 것 같았다. 집 마당 아래 다랑이논에는 벌써부터 허리를 숙여 피(벼논의 잡초)를 뽑는 사람들이 보였다. 산골 마을에서 유기환도 오늘 아침나절은 바쁘게 움직였다. 이웃집 노파를 부르러 갔다 오고, 물을 가마솥에 다시 데웠다. 잠시라도 가만 있게 되면 그는 안절부절 어쩔 줄을 몰랐다. 어제 저녁부터 산기가 비친 서엽은 방 안에서 신음 소리를 흘렸다. 이웃집 할매는 느직하게 오시더니 방 안으로 들어갔다. 서엽이 입 속에 명주를 물었어도 방 밖으로 신음 소리가 새어나왔다. 그리고 한참만에야 애기 울음소리가 났다.

"아앙-."

할매가 소리쳤다.

"유 서방, 예쁜 공주 얻었어. 따뜻한 물 좀 챙겨 오소."

할매 말에 유기환은 금방 입이 벙글어지고 좋아서 어쩔 줄을 몰랐다. 그리고는 대야에 따뜻한 물을 떠 날랐다. 방문을 열고 대야에 한 손가락을 넣어 온도를 맞춘 물을 밀어 놓고는 서엽을 보았다.

"임자 참말로 고생했소. 예쁜 딸이랑깨 더 고맙소."

유기환이 싱글벙글하며 말을 하여도 서엽은 고개를 돌리고 눈물을 흘렸다.

옆집 할매가 아기를 말끔히 씻기고 옷을 입혀 주고 떠나자 방으로 들어온 유기환은 산모 손을 꼬옥 쥐었다. 서엽은 소리도 없이 눈물을 흘렸다. 그 모습을 안쓰러운 듯이 지켜보던 유기환이 말하였다.

“여보, 우리 공주 참말로 예뻐요. 당신 닮아서 영판 예쁘당깨. 그만 울고 이놈 좀 보이다.”

“여보, 미안해요.”

“어찌 그런 말을 헌가? 참말로 한울님의 자식으로 소중히 모시자고 우리가 처음 이 동네로 들어올 때부터 몇 번이나 다짐해 놓고는 왜 자꾸 울어싼가. 그리 울면 임자 몸 상헌당깨!”

서엽의 얼굴에 눈물을 닦아 주며 기환은 말을 이어 갔다.

“몇 번을 다짐해야 쓰겄소. 저그 욱에서 한울이 된 석훈이가 내리다 본당깨. 우리 덕만이도 잘 키우고 이 아이도 잘 키우는 것이 우리 일 아닌가. 여그서 살아 볼라고 성씨허고 이름까지 바꿈서 기왕이면 유석훈이 이름을 살리자 싶어 나 이름도 유기환으로 정했소. 양계환이가 인자 유기환이 되었소. 그리 해서 유덕만이 이름은 그대로 살렸은깨 나가 죽더라도 친구한테 큰 욕은 안 묵을 성싶소. 근디 어쩌자고 그리 울어쌓소? 나는 당신을 만나 아들도 얻고 딸도 얻은깨 참말로 좋소.”

“여보, 그것 땜세 우는 것이 아니라다. 저 아는 암만 생각해도 당신 딸이 아닌 성싶은게 눈물이 난디 참말로 당신은 암시랑토 안 한가요? 아무래도 찢어 쥑이도 시원찮을 왜놈들의 피가 섞인 것 겉은디 어쩌면 좋당가요?”

“참말로 이 사람이 말을 뭘로 듣는당가? 저리 예쁜 딸을 봄서 어째 그리 몹쓸 생각을 헌다요? 그런 벼락 맞을 생각을 허먼 참말로 한울님헌티 벌받지다~이! 글고 시방 나랑 살고 있는 당신이 낳고 우리 부부가 함께 키우는디 저 아가 우리 딸이지 누 딸이겄소. 다 지나간 못된 일은 두 번 다시 입에 올리지도 말고 생각도 허지 마이다."

서엽은 말없이 눈물을 흘렸다. 기환은 서엽의 흐르는 눈물을 닦아 주며 다시 말다짐을 받고자 했다.

"시방 그것이 문제가 아니라 저 예쁜 우리 딸래미가 다 컸을 때는 왜놈들이 이 나라에 한 놈도 없어야 쓰것인깨 어찌허먼 그리될지 그 일에나 신경 씁시다. 그것이 먼저 간 도인들과 친구 덕만 애비의 뜻이 아니겄소."

"여보~, 흑흑.

서엽은 눈물을 닦아 주는 기환의 손을 잡았다. 남편을 목이 메여 부르더니 인제는 소리 내어 울었다.

"이 사람이 그만 울란깨 그러네. 인자 그만 눈물 뚝!"

한참이나 울던 서엽이 눈물을 닦았다. 울음소리도 잦아들었다. 서엽이 울음을 그칠 때까지 다독거리던 기환이 말을 냈다.

"나는 여그 지리산 골짜기에 깊이 백히 삼서도 백 년 묵은 산삼보다 더 귀헌 아들딸을 얻어서 세상을 다 가진 것처럼 좋소. 그나저나 참말로 저것들 먹일 산삼이나 있는가 내일은 산을 좀 돌아댕기 봐야 쓰겄소."

다음 날 유기환은 아침 일찍 망태를 걸머지고 산으로 향했다. 마을을 뒤로하고 산속으로 발길을 옮겨 놓을 때마다 두 자식, 아들과 딸을 얻었으니 이보다 더 좋은 일이 어디 있냐고 생각은 하여도 어딘가 좀 허전한 맘이 드는 건 무슨 조홧속인지 모르겠다고 머리를 흔들며 올라갔다. 올라가던 길을 잠깐 멈추고 심호흡을 하고 눈을 감았다.

'나는 한울을 모시는 사람이다. 나에게 온 한울을 정성으로 진실하게 모시자. 저 아이들과 서엽은 나의 한울이다.'

유기환이 마음을 새로 다지고 눈을 떴다. 마을을 에워싼 산의 모습이 다르게 보였다. 산이 긴 겨울잠 대비라도 하려는지 바삐 움직이는 것처럼 보이고, 바람결에 나무들이 속삭이는 소리가 들리는 듯하였다. 유기환은 산이 좋았다. 양계환으로 살 때도 그는 틈만 나면 마을 동무들과 산에 올랐다. 월포에서 가자면 국사봉은 한 식경도 못 걸려 올라갔다가 내려왔다. 국사봉은 여기보다 더 너른 터가 있어 놀기도 좋고 전쟁 연습하기도 좋았다. 기환은 오늘따라 국사봉에 가고 싶었다. 어머니는 잘 계시는지 어머니 생각도 간절하였다. 오늘 정말로 산삼을 발견이라도 할라치면 한 뿌리는 서엽이 먹게 하고, 작은 뿌리는 아이들 먹이고, 실한 한 뿌리는 어머님 몫이라고 생각했다. 기환은 조만간에 밤길을 타고 월포에 한번 다녀오리라 맘먹고 산속으로 더 깊이깊이 들어갔다.

아이들은 산골에서 쑥쑥 컸다. 석훈이 마지막 유언으로 부탁한 덕만, 지리산에서 낳은 큰딸 덕심, 그리고 서엽과 기환 사이에서 난 두 자식, 작은딸 덕례와 이제 막 한 발씩 걷기 시작하는 막내아들 덕훈까지 산골 천지를 강아지마냥 뛰어다니면서 잘 컸다. 그 아이들 교육이 문제였다. 아이들을 가르쳐야 하는데 여기 산골에서 기환이 가르치는 것은 한계가 있었다. 그래서 그는 진주에 터전을 마련해 두었다. 자신에게 무슨 일이 생기면 서엽과 아이들이 가 있을 곳을 미리마련해 두고자 했다. 물론 그 안에는 동학 하는 사람들과 만나고 그들을 돕는 자금줄 마련을 위한 계획도 들어 있었다. 이럴 때 자신이싫어했던 아버지의 재산은 유용했다. 광양 월포에 있는 땅과 구례 땅을 정리하여 둔 얼마간의 돈을 어머니는 그에게 몰래 주었다. 기환은그 돈으로 진주에 터전을 잡았다. 세상 돌아가는 형세가 고깃간이 재산 형성에 좋다고 하였다. 그는 동학 도인 장백돌과 함께 진주성 옆장터에 고깃간을 열었다. 유기환은 고깃간 여는 자금을 지원하고 가끔씩 들러 어려운 일을 도왔다. 장백돌이 하는 고깃간은 시절을 탔는지 돈이 불 일 듯 붙었다. 얼마 되지 않아 장백돌과 기환은 다른 도인들 거처도 마련할 겸 고깃간을 더 열었다. 거기서 나오는 수익의 일부는 진주 동학 도인들을 지원하고 나머지는 장차 항일 운동의 자금으로 차곡차곡 쌓아 갔다. 그리고 신식 학교인 진주공립소학교 근처에 집도 마련해 두었다. 하지만 기환과 서엽은 아직 진주로 이사할생각이 없었다. 아직도 일본군과 민보군은 동학 도인들의 뿌리를 찾으려고 했고 조금이라도 항일하는 분위기가 보인다 싶으면 가차 없이 잡아들였다. 여기 농평 마을은 광양의 마을 분위기에 비하면 참으로 평화로웠다. 어머니는 절대로 광양 땅에는 발도 들여놓지 말라고 했다. 당신께서 한 번씩 다녀갈 터이니 절대로 오지 말라 하였다. 봉강의 유석훈 접주 집도 그 대가족이 멀리 김제로 이사를 가 버렸다. 아는 사람들은 거기도 발을 들여 놓을 데가 못 된다고 귀향을 한사코 말렸다. 그렇게 계환의 고향도 석훈의 고향도 환한 대낮에는 가 볼 수 없는 곳이 돼 버렸다. 이제는 유기환이가 된 계환과 서엽에게 삶의 터전을 내준 곳은 바로 여기 하늘 아래 첫 동네, 농평이었다. 기환 가족은 여기가 좋았다. 특히 서엽은 여기를 절대로 벗어나려 하지 않았다. 이제는 여기서 죽을 때까지 같이 살자고 하였다. 부부는 부지런히 산을 개간하고 씨를 뿌리고 거둬들이는 것이 좋았다. 어린 덕만이도 경전 읽기보다 농사일 거드는 것을 좋아했다. 연곡사로 경전 읽기를 하라고 내려보내 놔도 한사코 부모를 찾아 올라오기 일쑤였다.

기환은 담배 농사를 지었다. 남들과는 다르게 담배 씨앗을 빨리 싹 틔우고 모종을 옮겨 심어 담뱃잎 수확이 빨랐다. 남들보다 일찍 수확하는 담뱃잎은 산골살이에 보탬이 됐다. 깊은 오지 산골에도 유월의 담배 밭은 더운 김이 훅훅 올랐다. 부부는 온몸이 땀에 젖어 담뱃잎을 따는 데 여념이 없었다.

저만치서 덕만이 달려왔다. 덕만은 그때 진주에 있는 공립소학교에 혼자서는 가기 싫다 하고 연곡사에서 동학 경전과 불교 경전을 읽고 있었다. 불교 경전은 읽어도 무슨 소린지 도통 그 뜻을 알 수가 없었다. 아버지가 내준 동학 경전도 알 듯 말 듯하여 경전 읽으러 내려가기가 싫었다. 그래도 덕만은 어머니나 아버지가 간곡히 권하니 날마다 내려가긴 했다.

오늘도 경전 읽기는 재미없고 산밭 생각만 났다. 일지 스님이 잡는데도 냅다 산밭으로 뛰었다. 어머니 아버지는 일하면서도 재미난 이야기를 하시는지 웃고 계셨다.

"아부지 나도 일하고 싶당깨요."

"경전은 다 읽고 오신당가요, 아드님?"

"예, 아부지. 근디 아부지가 저번에 일허는 것도 공부라 하지 않았는가요? 오늘은 일 공부를 허고 싶당깨요."

"아따 우리 아들이 시방 일 공부를 하고 잡다고? 글먼 함 해 보소."

서엽이 아들을 보고 웃으면서 말했다.

"여그 너무 더워서 까딱허믄 우리 아들 더위 먹을 것인디. 그리 일이 해 보고 자운가?"

"예. 엄니 나는 경전 읽기보다 엄니 아부지 옆에서 일허는 것이 더 좋당깨요."

밭으로 들어서는 아들에게 서엽은 담뱃잎 따는 것을 찬찬히 일러주었다. 담뱃잎을 따는 것은 처음에는 재미있지만 조금만 시간이 지나도 손에 담뱃진이 묻어 끈적거리고 검어졌다. 처음에 나던 흥은 온데간데 없어지고 덕만은 슬그머니 꽁무니를 빼고 싶었다. 덕만이 보기에 담배 밭은 끝이 없이 넓었다. 옆에서 담뱃잎을 따는 아버지께 여쭈었다.

"아부지, 담배 밭이 왜 이리 넓은가요?"

"우리 밭이 여덟 마지기고 저 옆으로 큰골 할무니 밭이 두 마지긴 깨 열 마지기라 좀 많긴 하네."

"근디 아부지. 우리 밭에 담뱃잎 따는 것도 심들구마 왜 큰골 할매 밭까지 우리가 헌당가요?"

"허허. 우리 덕만이 오늘 일이 힘들었는가? 어째 마음보가 째째허네. 덕만아! 원래 혼자 사는 할매 밭농사는 옆에 사는 사람들이 같이 짓는 것이다. 할매 밭에 담배 농사를 우리가 안 거들면 할매 혼자 어찌 짓겄냐? 덕만아! 사람들은 누구든지 서로 돕고 살아야지. 우리 덕만이도 친구든 이웃이든 잘 돕고 살아야 쓴다. 알겠제?"

다음 날도 부자지간에 이야기를 나누면서 담뱃잎을 따고 나르는데 밭으로 큰골 할머니가 찐 고구마를 가지고 올라왔다.

"오매, 고맙소. 우리 영감이 죽은 뒤로는 그 밭을 어찌 허덜들 못했는디 덕만 아배가 온 뒤로는 이리 농사를 도와준깨 참말로 고맙소! 덕만아, 느그 아배는 참말로 좋은 사람이다! 자. 어서 묵어라."

부자에게 고구마를 건네주고 할머니도 밭으로 들어오더니 담뱃잎을 땄다. 할머니는 담배 농사가 힘에 부친다고 하면서도 담뱃잎이 밭 가상에 차곡차곡 쌓이는 것이 좋은지 싱글벙글하였다.

덕만은 그다음 날도 연곡사에서 경전 읽기를 다 마치기도 전에 경전을 슬그머니 밀어 놓고 산밭으로 향했다. 뒤에서 일지 스님이 부르는데도 뒤도 돌아보지 않고 뛰었다. 뛰어오느라고 얼굴에 땀이 삐질삐질한 덕만을 보고 기환은 웃었다.

"오늘도 우리 아드님이 아부지 도와주려고 오싰는가? 잘 왔네. 오늘은 여기 담뱃잎 단을 집으로 옮겨야 쓴깨 저쪽 삼태미 있는 데다가 차곡차곡 가져다 놓아 보소."

야단맞을 줄 알았던 덕만은 얼굴이 대번에 화해졌다.

"예, 아부지."

"오늘은 집으로 담뱃잎을 가져가서 처마 밑에 매달아 말려야 헌깨 싸게싸게(빨리빨리) 날라야 쓴다 알것지?"

"지도 날르기는 잘 허깨이~다."

부지런히 담뱃잎을 거두어서 기환은 지게에 지고, 덕만은 어깨에 새끼로 묶은 담뱃잎 단을 몇 개 걸머지고는 집으로 향했다. 집으로 가는 길에는 며칠 전부터 봐 둔 산딸기가 있었다. 덕만은 어깨에 걸머진 담뱃잎 단이 떨어질 것처럼 불안한데도 손으로 움켜잡고는 냅다 뛰었다. 산딸기는 붉은 알알이 터질 것처럼 익어서 덕만의 군침을 돌게 했다. 덕만은 어깨 짐을 내려놓자마자 정신없이 따서 입으로 가져갔다. 한참을 먹고 나서는 집에 있는 동생들이 생각났다. 이번에는 호주머니가 불룩해질 때까지 따서 담을 생각으로 손이 바빴다.

기환은 덕만을 불렀다.

"덕만아!"

"예, 아부지. 산딸기가 잘 익었어요. 아부지도 드셔보이다."

덕만이 내미는 산딸기를 받아먹더니 기환은 그대로 집 쪽으로 발길을 돌리면서 가만히 말했다.

"덕만아! 인자 그만 따고 언능 오거라."

"아부지! 동생들도 줄라면 좀 더 따야 된당깨요. 아부지는 따 주지도 않고 감시로 왜 더 못 따게 헌당가요?"

"니가 여그 산딸기를 다 따불면 다른 사람들은 묵을 것이 뭐 있겄냐? 또 저그 날아댕기는 새들도 묵을 것이 있어야 안 허겄냐. 긍깨 한 사람이 그리 욕심부리면 못쓴다. 뭐든지 나눠 묵을 생각을 해야제."

"아부지! 여그 말고는 산딸기가 없당가요? 산에 쌔뿐(흔한) 것이 산딸긴디."

덕만이 볼멘소리를 내자 기환은 발걸음을 멈추었다.

"우리 아들이 동생들 생각하느라고 더 많이 따고 싶은갑네. 글먼 담에 산에 가서 따 오자. 여그는 길가상이라 따 묵기 좋은깨 큰골 할매도 옴서감서 따 묵고 느그 친구들도 따 묵고 그러게 좀 냉겨둬야제~. 인자 그만 따고 언능 가자."

덕만은 주머니가 불룩해지도록 따고 싶은 것을 참고 손을 털었다. 아쉬운 듯 산딸기를 한 번 더 보더니 길가에 부려 두었던 담뱃잎 단을 어깨에 걸치고 아버지 뒤를 따라갔다.

23장/ 구례 의병

정미년(1907) 봄날이었다. 농평 마을 한참 아래 남녘에서부터 봄 물결이 지리산 자락을 타고 올라왔다. 산 아래에는 매화며 벚꽃이 벌이는 꽃 잔치가 끝난 지 오래건만 이곳은 이제야 산벚꽃이 꽃망울을 터뜨렸다. 연초록 새순이 올라오는 나뭇가지 색깔이 조금씩 바뀌어갔다. 언제 피었는가싶게 언덕배기에 쑥 구렁에 제비꽃이 수줍게 보라색 꽃대를 밀어 올렸다. 강아지들도 뛰고 아이들도 그 뒤를 쫓아 마당을 온통 휘젓고 다녔다. 점심 무렵이 되자 서엽은 아이들을 불러 모아 점심을 먹이려고 상을 차리는 중이었다. 밖에서 아이들을 부르는 정겨운 목소리가 들려왔다.

"덕심아, 덕례야, 덕훈아 할미 왔네."

"할무니."

아이들은 할머니 품으로 달려들었다. 그 소리를 듣고 깜짝 놀라 부엌에서는 서엽이 뛰어나오고 뒤안에서 나뭇짐을 쌓던 기환도 마당으로 돌아 나왔다.

"어머님, 오셨네예."

"어머님, 어쩐 일로 먼 길을 오셨당가요?"

부부가 갑자기 나타난 어머님을 뵙고 좋아서 어쩔 줄을 모르면서도 의아하여 물으니 어머니는 안고 있던 아이들을 풀어 놓으며 대답했다.

"야들이 보고자서 왔제. 나가 너거들 보고자서 왔겠어. 요새는 가만 있어도 야들 얼굴이 삼삼거려서 그냥 여그 생각이 난다. 그새 내 새끼들이 많이 컸다."

"오매, 아그들 보고잡아서 여그까지 오셨소? 그람 얼렁 방으로 들어가십시다. 그러잖아도 점심 묵을 참이었는디 알맞춤으로 오셨네예. 아저씨도 얼렁 방으로 들어가입시다."

서엽이 부리나케 상을 차리고 기환이 상을 방으로 들여가자 다들 점심상을 앞에 놓고 이야기꽃을 피우느라 밥 먹는 시간이 평소보다 많이 걸렸다. 월포의 어머님은 아들 부부가 잘 사는 것이 마음이 놓이고 좋았다.

그러면서도 아들 부부가 항상 삶의 한 끈은 항일 의병에 연결해 두고 있는 것을 아니까 그 소식부터 전해 주는 것을 잊지 않았다. 그날은 광양의 맹인 의병장 백낙구 이야기를 풀어 놓으셨다.

"계환아! 아니 기환이제. 내가 꼭 잊어불고 실수를 하네. 백낙구 의병장은 맹인인디 전주 사람이람서? 이 양반이 눈도 안 보이는디 의병을 일으켜서 여그 구례 쪽으로 쳐들어오다가 잡혀부렀다더라."

"저도 아는 사람들한티서 그 이야기는 들었지다. 그 양반이 원래는 우리 동학군 잡아들이는 관리로 공을 세웠다고 헌께 어지간히도 우리들 곁은 사람들을 잡아들였겠지다. 그래도 세월이 간께 왜놈들이 이 나라 다 잡아먹는 걸 보고 안 되겄는지 의병을 일으켰다고 합디다. 옛날 일우 잊고 우리 동학 도인들도 거그 같이 참어했지이다. 실은 나도 광양 관아 들이칠 때는 같이 갔구만이다."

그 말을 들은 어머니는 눈이 번쩍 커지면서 놀랐다.

"오매, 내가 니 그럴 줄 알았다. 그래서 내가 이번에도 왔다. 그 양반이 그때 잡혀서 완도 고금도로 유배되어 갔다고 하더라. 근디 요새 관아 쪽 사람들이 하는 말로는 그 양반이 요근자에 고금도에서 풀려나왔다고 하던디. 니는 이참에 또 그 양반을 따라나설 것이냐?"

"아고 우리 엄니가 그 일 땀시 이리 행차를 허셨구만. 허허. 걱정 마시오. 그 양반이 요리로나 오면 그럴까 지가 어찌 멀리까지는 가겄는가요."

"니는 인자 나서면 안 된다. 니가 여그를 벗어나면 넌 죽는 거여. 아직도 너 찾아서 왜놈들이 가끔 우리 집에 오는 걸 니가 잘 알제만 몸조심, 또 몸조심허거라. 니 친구 석훈일 생각해서라도 끝까지 살아 저것들을 잘 키워야 안되겄냐? 인자 왜놈들허고 싸우는 것도 저 어린 것들을 생각하고 살살 좀 허면 안 되겄냐? 나가 니만 생각허면 속이 보타진다~이!"

"말이 나왔으니 말이다만 아무튼 광양으로는 오지 말아라. 그 어른, 백낙구 부대가 백운산에서 모이고 그래노니 끄떡만 허면 백운산

뒤짐이다. 긍깨 함부로 나댕기지 말고. 혹여 댕기다가 왜놈한테 걸리면 쥐도 새도 모르게 죽는다고 소문이 쫙 퍼졌더라."

"알았당께요. 그건 너무 걱정하지 말고 얼른 진지나 잡수시소. 밥이 다 식었소."

기환은 어머님께 의병들이 지리산을 근거지로 삼고 항일 투쟁에 나서는 사람들이 많다는 이야기를 하지 못했다. 어머니는 사나흘 동안 손주들과 환하게 웃으시고는 광양으로 돌아갔다. 그리고 여름에는 진주 고깃간을 맡아 운영하는 장백돌이도 농평에 들렀다. 그는 신나는 장사 이야기, 걱정스러운 의병 이야기를 한참이나 풀어 놓고 그 뒷끝에 아이들 키우는 이야기까지 한 보따리를 풀어 놓았다. 장백돌은 이야기 끝자락에 기환 가족과 함께 한울님께 심고와 기도를 올리고 진주로 돌아갔다.

정미년(1907) 가을은 풍성했다. 유기환이 가을걷이를 하느라고 하루가 어찌 가는지도 모르는 날에 마을 아래 연곡사 스님이 급히 내려오라는 전갈을 보내왔다. 기환은 뭔 일이 있다 싶어 정신없이 뛰어 내려갔다. 연곡사에는 사람들이 많았다. 스님이 거처하는 방으로 들어갔다. 스님 옆에는 보기에도 기골이 장대하고 눈빛이 예사롭지 않은 사람이 앉아 이쪽을 뚫어져라 쳐다보고 있었다.

"스님. 무슨 일로 그리 급히 찾습니까?"

"아매도 덕만 아버님도 이분 함자는 들어서 아실 겝니다. 제 옆에 계신 분이 그 유명한 호남 의병장 고광순 대장이오."

스님은 그 소리를 듣고 놀라는 유기환을 한 번 보더니 이번에는 고광순 대장에게 유기환을 소개하였다.

"대장님, 여기 이 사람은 왜놈들과 씨운 경험이 많은 유기환 대장이구만요. 이 사람도 왜놈들과 싸우는 데는 이골이 난 사람인지라 서로 도움이 되실께요. 특히 이 사람은 여기 지리산 산골을 속속들이 꿰고 있어 대장님께 꼭 필요한 사람이지요. 서로들 인사 나누시게요."

유기환이 먼저 인사를 올렸다.

"갑오년부터 왜놈들과 계속 싸우고 있는 유기환입니다. 어르신 지는 동학 하는 사람입니다. 저겉은 사람도 어르신 밑에서 일할 수 있는지요?"

예순이 넘은 나이에도 고광순 대장은 꼿꼿이 허리를 곧추 펴고 앉아 유기환의 얼굴을 똑바로 보았다.

"여기 일지 스님이 이야기허서서 유대장 사연은 알고 있소. 왜놈들 헌티 나라가 먹히는 판에 유학이면 어떻고 동학이면 어떻겠소. 유학이던 양반이던 왜놈들헌티 붙은 놈이면 우리의 적이고, 동학이던 상놈이던 왜놈들과 싸우는 사람이면 우리 의병에 받아들이고 있소. 드러내지 않아서 그렇지 진즉부터 우리 의병에는 동학 했던 사람들이 솔찮하오. 인자는 오로지 우리가 힘을 합해 왜놈들 몰아내는 데만 신경 씁시다. 다만 이곳에서는 유 대장이 얼굴을 드러내 놓고 활동하기가 어렵다고 들었소만. 그러니 유 대장은 우리들이 작전을 짤 때 함께 해 주시오."

유기환은 고광순 대장에게 절을 올리면서 목이 메였다.

"요즘 일진회다 뭐다 해서 왜놈들헌티 붙어먹은 동학당들이 있어 욕을 얻어묵고 있는디 어르신은 동학 하는 우리들을 받아주신다 하니 참말로 고맙습니다. 한울님, 감사합니다. 저도 어르신과 뜻을 같이 하여 왜놈들이 우리 땅에서 물러갈 때까지 목숨 걸고 싸울랍니다."

"허허. 고맙네, 젊은이. 먼저 형편이 닿는다면 밖에 우리 의병들이 먹을 쌀을 좀 구비해 주게나. 저 사람들은 화순 동복에서부터 시작하여 광주, 남원, 곡성을 거쳐 광양, 구례로 들어왔네. 거기서도 이 산골 피아골까지 들어오느라고 아주 지쳤을 것이네. 그러니 먼저 저 사람들을 먹이고 좀 쉬게 한 후에 일을 도모해야 쓰겠네. 이쪽에는 포수들이 유명하다고 들었는디 포수들도 좀 불러 주면 좋겠구먼. 포수들이 오면 틈나는 대로 훈련을 할 수 있도록 해 주게나. 염치없이 초면에 부탁이 많네만 다 나라 위하는 일이니 열성을 내어 보세."

"그리 허겠습니다. 어르신! 여그로 잘 들어오셨당께요. 왜놈들과 싸우기에 여그만큼 좋은 곳도 드물어요. 여그 피아골은 골짜기가 깊은데다 동쪽엔 화개동(花開洞), 서쪽으론 구례, 북쪽엔 문수골과 문수암이 자리한 천험의 요새로 장기전에 더없이 유리한 지형적 조건을 갖추고 있어요. 또 여그 사람들도 진작부터 왜놈들과 맞붙어 싸울 채비를 하고 있구만요. 하지만 왜놈들 신식 무기가 걱정이지요. 갑오년 때도 무기가 문제였는디 지금도 왜놈들 신식 무기에는 대항하기가 힘들고 그 점이 쫌 걱정된당깨요."

"우리도 싸우다 보면 그것이 젤로 큰 문제더마. 그러니 우리가 내세울 것은 의로운 투쟁. 사생결단밖에 더 있겠나. 아무튼 잘해 보세나."

유기환이 그 길로 연곡사에서 물러 나와 진주 장백돌에게 연락하여 쌀을 들여오고, 무기도 들여오고, 화개동에 연줄이 닿은 포수들도 불러 모으고 잠시도 쉴 틈이 없이 움직였다. 그러는 중에 일지 스님이 다시 불렀다.

"유 대장, 토지 쪽에 문수암이 불타고 있다 하오."

"뭐라고요? 문수암이 불타다니요?"

"왜놈 군대가 달아난 의병을 찾아 뒤지다가 의병이 안 보인깨 문수암 곳곳에 불을 놓았다허요. 거그 스님이 지금 사색이 되어 이리로 왔소. 여그서 고 대장님이 왜놈들에게 쫓기기라도 하면 여그도 문수암꼴이 될 것인디…. 저놈들이 하도 악질이라…. 나무관세음보살."

"스님, 글면 문수암을 불사른 왜놈들은 지금 어디에 있당가요? 우리도 방비를 해야지다. 문수암은 여그서 한나절 거리밖에 안되는디."

"화개동으로 갔다고 합디다."

그 길로 유기환은 고광순 의병 대장을 찾았다.

"대장님! 지금 왜놈 군대가 화개동에 진을 치고 있다 합니다. 화개동은 여그서도 가깝지만 영남 의병들이 호남 의병들과 만나려면 반드시 통과해야 하는 길목이지요. 그놈들도 그것을 알고 거기서 진을 치고 있구만요. 우리가 급습을 하는 것이 어떻겠습니까?"

"어허! 유대장 생각이나 내 생각이나 똑같소. 하루빨리 우리 진영을 정비해 왜군들을 칩시다."

시월 구일 날 새벽, 고광순 대장은 가슴 속에서 태극기를 꺼내 보았다. 태극 무늬 아래 부분에 크게 써 놓은 불원복(不遠復; 곧 광복은 돌아오리라)을 다시 한 번 보면서 왜놈들과의 전투 의지를 세웠다. 그리고 오백여 명의 의병을 이끌고 화개동을 기습하러 출동하였다. 그런데 화개동에 당도하여 보니 왜군은 이미 떠나고 없었다. 의병들은 닭 쫓던 개 모양으로 허탈해하며 다시 연곡사로 돌아올 수밖에 없었다.

그 시각에 일본군 미나미소좌 대장은 의병들이 연곡사로 다시 돌아간다는 첩자의 보고를 받고 회심의 미소를 지었다. 곧이어 일본군 병사들에게 명령을 내렸다.

"우리가 곧 뒤따라갈 것이다. 의병 놈들은 한 놈도 남김없이 모조리 죽여라. 이 지리산에서 일본군에 대항하는 놈들은 한 놈도 살려두지 마라. 알아들었나? 우리 일본을 거역하면 어찌 되는지를 조센징들에게 똑똑히 보여주어라. 알겠나?"

시월 열엿샛날 새벽, 백여 명의 일본군은 연곡사를 포위하고 일제히 총을 쏘아 대기 시작하였다. 깊은 산골에 난데없는 총성 소리가 나자 그것도 콩 볶는 것처럼 연발총이 발사되자 사람들은 모두 깜짝 놀랐다. 연곡사에 있던 사람들은 왜군의 기습 공격에 그동안 준비해 온 어떤 것도 시도해 보지 못하고 무참히 무너졌다. 최후의 순간이 다가왔음을 감지한 고광순 대장은 대장다웠다.

"나는 진작부터 죽음의 순간이 닥쳐오면 한 번 죽어 나라에 보답하기로 작정했다. 여러분은 나를 위해 염려하지 말고 목숨만은 살려 각자 후일을 도모하라. 여기 연곡사 윗길로 올라가면 농평 마을에 우리들을 도와줄 유기환 대장이 있다. 아무 말 말고 빨리 피신하라."

다급한 순간에도 부하들을 걱정하는 고광순 대장의 말이 끝나기가 바쁘게 부장 고제량이 함께 죽겠노라고 맹세를 하였다.

"당초 의(義)로써 함께 일어섰으니, 마침내 의로써 함께 죽는 것이 당연한 것이오. 죽음에 임해 어찌 혼자 살기를 바라겠소!"

왜군은 총공격을 가하며 피아골을 유린한 끝에 의병들을 연곡사 구석으로 몰아갔다. 의병도 만만하게 당하지만은 않았다. 우세한 병력을 바탕으로 화승총 심지에 불을 붙여 완강히 저항했다. 그러나 의병과 왜군의 정면 대결은 워낙 전력 차이가 컸다. 의병장 고광순과 부장 고제량 등 수십 명이 연곡사 일대에서 장렬히 전사하였다. 왜군은 고광순의 본가와 문수암에 불을 질렀듯이 연곡사 안팎을 모두 불사르고서야 산을 내려갔다.

연곡사에서 시작된 불이 피아골 골짜기를 향해 붉은 혀를 날름거리며 온 세상을 먹어 치울 듯한 기세로 불타고 있을 때, 그 불을 피해 농평 마을을 지나 칠불사 쪽으로 바삐 오르는 사람들이 있었다. 바로 유기환과 고광순 대장의 말을 좇아 유기환을 찾아온 의병들이었다. 유기환은 그들을 데리고 칠불사를 거쳐 진주로 향할 생각이었다. 진작 장백돌과 함께 진주에 거처를 마련해 둔 것은 오늘 같은 날 와서 보니 참으로 잘한 일이었다. 왜놈들의 끈질긴 추적을 피하려면 이제는 농평의 가족도 진주로 이사를 해야 하리라. 가족들은 조만간에 장백돌을 시켜 데려오리라. 유기환은 십이 년 전에 쫓아오는 왜군과 민포군을 피해 광양에서 구례 지리산 자락으로 성도 이름도 바꾸고 숨어들었는데 이제는 또다시 더 지독해진 왜군을 피해 구례에서 진주로 향하고 있었다.

24장/ 설렁탕집

섭천에 자리 잡은 장백돌의 고깃간은 불타나게 고기가 팔렸다. 평거동 고깃간은 나중에 열었는데 고깃간 주인이 주머니에 미처 돈을 넣을 새도 없이 사람들이 밀려들 만큼 장사가 잘되었다. 오랜만에 만난 장백돌과 유기환은 얼굴에 웃음이 가득했다.

"우리 재필이는 요즘 학교 잘 댕기고 있는기요?"

"덕만이도 재필이도 보통학교 댕기는 재미에 푹 빠졌은께 아이들 걱정은 안 해도 되겠소. 아이들이랑 안사람들이 아주 좋아 죽겠다는 표정인께!"

"허허허허. 지가 이래 살맛이 난다 아입니꺼."

장백돌은 자기 아내와 재필이가 즐겁게 지내고 있다는 이야기를 듣고는 너털웃음을 터뜨렸다. 유기환도 장백돌과 함께 한참을 웃고 난 다음에 말을 내놓았다.

"장사도 잘되고, 우리 아이들도 잘 크고 참 좋구마이다. 이참에 우리 사업을 더 키워 보면 어쩌겠소? 설렁탕집을 한번 생각해 봤는디. 어차피 고기를 팔고 나면 뼈랑, 내장이랑, 남는 고기들이 많은디 이참에 그것으로 예전부터 고깃간 허던 사람들이 많이 만들어 먹었던 것인깨 설렁탕집을 한번 열어 보면 어쩌겄소?"

"설렁탕집이라…. 고거야 우리가 그냥 만들어 묵던 기라 하는 것은 별로 어렵지 않지예. 그래 음석집을 채리 노면 누가 사묵으까예?"

"그거사 걱정을 붙들어 매시랑깨요. 요즘에 왜놈들이 하도 설쳐 대서 사람들 살기가 좀 어렵소. 긍깨 우리가 사람들헌티 쪼매만 받고 밥해 주는 좋은 일헌다 생각허먼 사람들이 고깃간보다 더 많이 몰릴 것이오. 국밥집도 사람들이 줄을 서는디 설렁탕집은 사람들이 더 좋아할 것이오."

"그래예. 그라모 한번 일을 벌이 보까예?"

"저번에 구례 연곡사에서 같이 온 사람들 일자리도 만들 겸 앞으로 필요한 자금도 마련할 겸 한번 해 봅시다. 그 사람들은 아직 이 일이 손에 설 것이오만 해 보면 금방 하꺼시오."

"그 사람들도 묵고 살 방도가 있어야 헌깨 그것 괜찮네예. 한번 해 보까예."

"고맙소. 우리 동학이 장 도인 같은 사람이 있는깨 잘되오. 열심히 해 봅시다."

장백돌이 방문을 열고 방 밖 사정을 한번 살피더니 유기환 가까이로 다가앉으며 이야기를 했다.

"오늘 광양에서 사람이 와 갖고 소식 전하고 갔어예. 칠월 말경 광양 백운산에 의병이 모였다데예. 우리 도인들 몇 사람도 거기 참여했다데예. 거기 군자금을 좀 지원해 주라 카던데 우찌할까예?"

유기환은 놀라는 표정이더니 잠시 생각한 끝에 대답했다.

"그래요? 설렁탕집 서너 집을 차릴까 했더만 안 되겠소. 더 급하게 돈 쓸 일이 생겨서. 이번에는 일단 한 집만 차려 보고 돈이 좀 더 쌓이면 차근차근 늘려 나갑시다. 글고 이번에는 광양 의병들을 지원하는 것이 좋겠다 싶은디 장 도인 생각은 어쩌요?"

"제 생각도 대장님과 같다 아입니꺼."

"그나저나 왜놈들 설쳐 대는 것이 예사롭지 않다는 소식이 들려오던디 걱정이요. 조만간에 광양에 한번 댕겨와야겠소."

유기환은 추석이 지나 광양 월포 집에 들렀다. 남들 눈에 띄지 않게 며칠을 집에 머무르면서 어머니를 안심시켰다. 그는 어머님이 환하게 웃는 것을 보고 집을 나섰다. 팔월 스무이렛날 밤을 틈타 백운산 억불봉 생쇠골로 찾아들었다. 마침 그곳에는 황병학 의병 대장이 있었다.

"반갑소. 유기환 대장 이야기는 진작부터 전해 듣고 있었소만 이리 찾아올 줄은 몰랐소."

"우리 동학 도인을 받아 주고 항일 투쟁에 함께하게 해 준께 참말로 고맙구만요. 지난번에 연락받고 우리 형편껏 군자금을 가져왔소."

"뭔 소리요? 우리가 고마워할 일이다. 우리는 동학도들이건, 예수 믿는 사람이건, 부처 믿는 사람이건 간에 누구든지 일본놈들 편이면 무조건 우리의 적이고, 반대로 일본놈들과 싸우는 사람들이면 모두 우리의 동지요. 요새도 일본놈들과 싸우는 우리 조선 사람을 공격하는 정신 나간 무리가 있다면 그놈들은 틀림없이 일본놈들 앞잽이요. 그런 앞잽이는 내가 먼저 이 총으로 쏴 버릴 것인께 유 대장은 그하나마나한 걱정은 하지도 마이다."

"말씀만 들어도 힘이 나구만요. 그나저나 이번 싸움에서 공격 대상은 누군가요?"

"우리는 시방 가꾸노 집을 급습할 계획이오. 그놈이 망덕 포구에 큰 어선을 풀어놓고 있음서 우리 어민들이 바다로 나가면 총질까지해 대는 통에 광양 사람들이 바다에 접근도 못헌다요. 긍깨 이참에그 놈의 집을 쑥대밭을 만들어 불면 옆에 일본놈들도 망덕 포구에서물러날꺼요. 또 우리가 노리고 있는 집이 한 집 더 있소. 바로 잡화상이시다 집이요. 우리가 그놈 집을 왜 털라고 하겠소?"

말끝에 갑자기 질문이 떨어지자 어리둥절하던 유기환이 갑자기 생각난다는 듯이 고개를 크게 끄덕였다.

"아, 안당깨요. 총이지요, 총. 그리고 군자금."

"유대장도 바로 알아차리구만요. 일본놈들 집에는 신식 총이 있다는 소문이요. 근디 우리는 신식 총이 없어 노니 창과 칼만 가지고 싸워 봤자 우리들이 이기기는커녕 저놈들에게 타격도 못하고 쫓겨 댕기기 바쁘요. 그렇다고 일본 앞잽이 놈들만 빼고 조선 민족은 다 죽이려 드는 저놈들을 손 묶어 놓고 볼 수만은 없어서 이리 일어났소만무기 문제가 가장 큰 문제지다."

"갑오년에도 그랬지다. 왜놈들의 크루프 포와 스나이더 소총, 무라타 소총에 쓰러져 간 동지들을 생각허먼…."

유기환은 목 메인 소리를 허더니 눈물을 흘렸다.

"제가 그만 그때 죽은 친구들 생각이 나서…. 그때 죽은 동지들의 원한을 갚을라먼 우리헌티도 그놈들 신식 총이 있어야 쓰겄구만요. 요즘 일본놈들 집에는 더러 신식 총이 있당깨 한번 가 봅시다. 그놈들은 일본군들이 지켜 주는 것도 모자라 즈그들 집에도 총을 갖고 있다니 참."

유기환은 말끝에 입맛을 다시더니 다시 말을 이었다.

"하여간에 그놈들이 한참 잠자고 있을 때 급습하여 총을 뺏을 꾀를 낸 것은 아주 좋은 지략이구만요."

"어허. 그런가요. 거기다가 요즘 일본놈들 잡화상에도 총이 있다는 소문이 돌고 또 그 집 금고에는 돈이 어마어마하다는 정보가 들어왔소. 그래서 한꺼번에 급습할 작정이오."

"좋~지다! 여기 오기 전에 부모님이 사시는 월포 구동 마을에 잠깐 들렀구만요. 요사이 일본놈들 중에서도 일본 어선들이 부리는 행패가 이만저만이 아니라서 망덕 사람들이 살길이 막막하다고 하더만요. 이참에 그놈들에게 본때를 야무지게 뵈주면 좋겠구만요."

"꼭 그래야지다! 당장 내일부터 우리 군사들 훈련하는 것 좀 봐 주이다!"

"야무지게 허껀깨 염려마시다!"

무신년(1908) 구월 초하룻날 새벽 축시(1~3시)에 백운산 억불봉 생쇠골에서 말을 타고 출발한 포수들은 망덕 포구에 일찍 도착하였다. 그속에 황병학도 유기환도 있었다. 옆에 있던 강 포수가 손으로 가리켰다.

　"저 집이 가꾸노 집이라요. 저 옆에는 잡화상 이시다 집이고요. 어느 집부터 칠까요?"

　어둠에 잠긴 집을 보면서 황병학 대장이 소리를 낮추고 명령을 내렸다.

　"여기서 대열을 둘로 나눕시다. 나하고 유기환 대장은 가꾸노 집을 공격하고, 강 포수는 저기 잡화상 집을 들이치시오. 그리고 있는 대로 뒤져서 총과 돈을 가져옵시다. 왜놈들을 죽이고 나면 총과 돈을 들고 바로 백운산 임방골로 돌아가시오. 갈 때는 뒤도 돌아보지 말고 곧장 가시오. 다른 동지들이 오는지 어쩌는지 그런 디 신경 쓰지 말고 무조건 빨리 내뺍시다. 자 꼭 성공하고 오늘 아침에는 산에서 봅시다~이!"

　"좋당깨요. 꼭 성공헙시다!"

　유기환과 황병학은 이십여 명의 포수 부대와 함께 가꾸노 집으로 들어갔다. 일본식으로 지어진 집이라 현관 문을 열고 들어가자 안에서 소리가 났다.

　"누구야?"

　방에서 문을 열고 나오는 가꾸노를 보고 유기환이 총을 쏘았다.

　"빵-."

가꾸노는 방문 옆으로 넘어졌다. 그 옆으로 그의 처 이소가 총을 집어 들었다. 이번에는 황병학이 바로 총을 쏘았다.

"빵-."

이소도 방 안에서 총을 맞고 앞으로 고꾸라졌다. 옆 방에서도 총소리가 났다. 황병학 대장이 소리쳤다.

"여기 집 안에 있는 사람들은 모조리 죽여라."

유기환 대장도 그 옆에서 소리쳤다.

"총을 찾아라."

"대장! 아들 놈 방에도 총이 있소. 이 새끼들이 넘의 나라 것 훔쳐 먹느라고 겁나기도 했는갑소. 이렇게 아들 놈 방에도 총을 들여놓고 있게. 개새끼들!"

황병학 대장이 다시 지시하였다.

"가꾸노 이 새끼 집은 본보기로 불을 놔 부러야지. 왜놈 새끼들이 우리덜 집을 불태운 걸 생각하면 시방 이 동네를 홀라당 다 태워 부리도 분이 안 풀리것소."

"황 대장 그럴 새가 없소. 이놈 집이라도 어여 불을 놓고 빨리 갑시다. 우리가 한군데로 피신하면 우리 근거지가 탄로날꺼요. 긍깨 강포수 일행은 아까 지시한 대로 임방골로, 우리는 억불봉 아래 생쇠골로 갑시다. 어여 가잔깨요. 왜군들이 쫓아오기 전에 빠르게 흩어져야 산당깨요."

"허긴 그 말이 옳소. 이제 뒷일은 우리에게 맞기고 유 대장은 빨리 진주로 넘어가시오."

황병학은 이어서 부하들에게 말하였다.

"우리도 가자!"

새벽 바람을 타고 말을 달리는 소리가 바다로 퍼져 나갔다. 망덕 포구에서는 검은 연기가 뭉게뭉게 피어오르더니 곧이어 검붉은 불길이 하늘로 솟구쳐 올랐다. 유기환은 한참을 달려 망덕 포구를 벗어나 하동 쪽을 향해 달리다가 언덕에서 잠깐 말을 멈추고 뒤돌아보았다. 망덕 포구에서는 불길이 너울너울 하늘로 오르고 있었다.

"개새끼들! 석훈아! 니 데려간 왜놈 집도 저리 불타고 있다."

기세 좋게 타오르는 불길을 한참이나 바라보다가 손을 모으고 심고를 올렸다.

"심고! 한울님, 오늘 우리는 행패가 심한 가꾸노와 이시다 집을 급습하였습니다. 저들 무리가 하루빨리 저들 나라로 돌아갈 수 있게 하소서. 심고!"

유기환은 망덕 포구 습격을 성공리에 마치고 그길로 바로 말을 달려 진주로 돌아왔다. 진주에서 새로 벌인 사업은 대성공이었다. 설렁탕집을 차린 지 며칠 지나지도 않았는데 사람들이 줄을 이었다.

"뭔 줄이 이리도 기노? 이 집 설렁탕 맛이 요새 진주 장안에 화제라 카데에."

"나도 그저께 와서 사 묵었다 아입니꺼. 근데 그 시원함시로 뱃속이 든든한 것이 자꾸 생각나서 오늘 또 왔다 아입니꺼."

사람들 줄 서는 것을 보고 있던 유기환이 장백돌을 찾았다.

"유 대장. 대성공이오, 대성공."

장백돌은 입이 함지박만하게 벌어지면서 연신 좋아 죽겠다는 표정이었다.

"덕심이 옴마는 언제 그런 일을 해 본 적도 없을낀데 그리 일을 잘 도와준답니꺼? 지금 안에서 일을 돕는데 손이 빠르기가 요서 원래 하던 사람보다 더 빠르다 아입니꺼. 우리 집 각시랑 같이 와서 하고 있다 아입니꺼. 시방 사람들을 얼렁 못 구해서 아들 옴마들이 한다 아입니꺼. 아무래도 설렁탕집은 여자들이 해야 할 일이 많아서…."

그 말을 듣고 유기환이 물었다.

"긍깨 설렁탕집을 여러 군데서 채릴라면 여자 도인들 손이 많이 필요허겄네. 당장 여자 도인들을 어디서 알아본다?"

유기환이 금방 생각에 잠기는 표정을 보고 장백돌이 너털웃음을 터뜨렸다.

"허허허! 그 양반 고지식허기는. 유 대장! 우리 백정 도인들 안사람들만 불러도 설렁탕집 수십 집은 할 것인데 뭣이 고민입니꺼?"

"장 도인이 아까 사람들을 못 구헌다 허지 않았소?"

"깝깝하기는. 금방 설렁탕집을 차리고 금방 일할 사람이 구해집니꺼? 지금 아지매하고 우리 애기 옴마가 다른 여자 도인들한테 설렁탕 요리 방법을 전수하고 있은깨 쪼깨만 지다리모 설렁탕집 수십 집도 채릴 수 있다 아입니꺼. 그런께 그런 걱정은 말고 유 대장은 일본놈들 쫓아낼 궁리만 마이 하소."

"허허 그러까요."

머리를 긁적이며 유기환이 사람들이 분주한 집 안을 쳐다보았다. 손을 잽싸게 놀리는 서엽이 이쪽을 보고 웃었다. 잠시 후에 서엽이 나왔다.

"여기는 뭐하러 왔당가요?"

"우리 각시 보고잡어서 왔당깨."

"아고, 남사스럽게시리 왜 그런당가요?"

"힘들지는 않소? 우리 각시 너무 힘들면 내가 대신 일헐라고 왔당깨."

"참내. 우리 남편 엄청 고맙소."

남편이 그리 생각해 주니 좋은지 서엽은 가만히 웃었다. 그리고 사람들 줄을 보면서 말했다.

"여보, 당신과 장 도인이 참 좋은 생각 허셨구만요. 여그서 배고픈 사람들 밥도 주고, 또 여그서 조금 더 벌면 우리 아이들 공부도 더 많이 시키고, 나는 참말로 좋당깨요. 좋아서 힘들어도 힘든 줄을 모르겠당깨요. 근디도 요 며칠간 계속 서서 일했더니 다리가 붓긴 하요."

"오매, 그래요. 그러면 엊저녁에 말허지 그랬소. 좀 주물러 줄 것인디."

"당신도 힘들게 싸우고 오싰는디 어찌 그런 말을 한당가요? 글면 오늘 저녁에 내 다리 좀 안 아프게 해 주실라요?"

"그거사 이를 말씀이요. 우리 마나님 다리는 내 다리나 마찬가진게 내가 오늘 저녁에는 우리 마누라 다리가 안 아프게 살살 주물러 드립지요. 허허."

"아니, 이이가."

서엽은 얼굴을 붉히며 설렁탕집 부엌으로 들어갔다.

설렁탕집도 몇 집 더 늘리고 바삐 움직이는 사이에 어느새 진주성 나무들은 단풍으로 옷을 갈아입었다. 노란 은행잎과 붉은 단풍잎이 어우러진 진주성은 아름다웠다. 아침저녁으로 제법 쌀쌀해지자 설렁탕집은 사람들이 더 몰려들었다. 어느 날 저녁 무렵에 섭천 고깃간에서 광양 사람이 왔다고 연락이 왔다. 유기환은 재빨리 섭천 고깃간으로 갔다. 광양에서 온 사람을 찾았다. 백학선 대장이었다.

"백 대장, 잘 오셨소. 망덕 포구 가꾸노 집을 불태워 버리고 그 뒤가 궁금하던 차였는데 어서 말씀 좀 해 보시오."

"일본 군대가 그다음 날 어찌 알았는지 바로 임방골로 들이닥쳤당깨요."

"그래서 어찌 되었당가요?"

"죽기 살기로 싸웠지요. 하지만 유 대장님도 아다시피 그날 뺏은 무기가 있어도 총알이 몇 정 안돼 그 좋은 무기는 얼마 써 보지도 못하고 창과 칼, 그리고 화승총으로 싸우자니 싸움이 힘들었당깨요."

"안 봐도 그 전투 장면이 훤히 그려지요. 개새끼들."

"그놈들은 우리 진영 가까이로는 절대로 오지 않고 지놈들 총알이 우리 동지들에게 닿을 거리까지만 와서 총을 싸 대고 즈그들은 바로 숨어 버리니 우리 부대 동지들만 죽어날 수밖에요. 그래도 우리 동지들 수가 많고 밤이 되니까 물러가더랑깨요. 그날 전쟁으로 동지들을 많이 잃었지다."

"아고, 어쩌까요. 그 아까운 우리 동지들! 그 목숨들을!"

유기환은 주먹을 쥐었다. 백학선은 다시 말을 이었다.

"그때 거그서 살아남은 우리들은 일본놈들허고 끝까지 싸우기로 작정했지다! 그래 바로 이어서 광양 옥곡원의 일본놈 부대를 급습했당깨요. 일본군 몇 놈을 죽여 그놈들의 혼을 빼놓고 달아나다가 황병학 대장도 다치고 아까운 동지들도 여럿 잃었지다."

"일본놈들은 우리 동지들을 기어이 다 죽여야 그만둘 것이요. 그놈들은 그런 놈들이지다."

"그놈들이 우리 동지들에게 회유 공작을 펴서 마음 약한 사람들은 빠져나가고 끝까지 의병 부대에 남아 있는 사람들이 많은 동네는 불을 질렀당깨요. 그 바람에 황병학 대장, 황순모 대장 집도 불타 버렸구만요."

"으으. 그 지독한 놈들! 사람을 불태워 죽이는 것을 아무렇지도 않게 하는 저놈들을 어찌해야 이 땅에서 몰아낼 수 있으까? 으- 이 개놈들!"

분노를 터뜨리는 유 대장을 보고 백학선이 물었다.

"지금 광양 의병은 궁지에 몰릴 대로 몰렸당깨요. 남은 의병들은 묘도로 옮길까 궁리 중이구만요. 유 대장이 얼마간이라도 자금을 좀 대 주시오. 지금 먹을 것이 없어 추위 속에 굶주리는 사람들이 많구 만요. 우리가 옮겨 갈 묘도 쪽으로 쌀과 겨울옷을 좀 보내주시면 좋 겠당깨요."

"그리허지이다! 쌀과 겨울옷이 준비되는 대로 배편으로 보내드리 께요. 거기서 꼭 다시 일어서~이다!"

묘도로 잠적한 황병학 의병 부대는 추운 겨울을 나고 있었다. 들려 오는 소리로 광양에서 의병 가족들은 일본놈 군대에 끌려가 고문을 당하고 있다고 했다. 그 소식에 놀란 황순모, 한규순 등 몇 사람은 가 족들을 살리고자 묘도를 떠났다. 그들이 제발로 고향으로 돌아오자 기다렸다는 듯이 일본군은 그들을 광양 사람들이 다 지켜보는 가운 데 목을 자르고 그들의 목을 관아 객사 거리에 효수하였다. 조선 사 람들을 겁주는 것이면 일본 군경은 무엇이든 했다. 그날 목이 잘린 사람들은 그들이 귀순만 하면 가족들만은 살릴 수 있다고 믿은 순진 한 사람들이었다. 일본 군경은 오로지 가족을 살리겠다는 일념 하나 로 스스로 찾아와 엎드리는 그들을 통해 황병학 부대가 묘도에 숨어 든 것을 파악했다. 일본군 대장의 입꼬리가 올라갔다. 일본군은 그 날로 묘도를 급습했다. 난데없는 공격을 당한 황병학 의병 부대는 치열한 전투를 벌였다. 거기서 백학선 대장을 비롯하여 많은 사람들이 죽었다. 거기서 살아남은 의병들은 여기저기서 산발적으로 일본군에 끈질기게 대항하였다. 하지만 기유년(1909) 가을에 대대적으로 시행한 일제의 남한폭도대토벌작전(호남의병대학살작전)은 피할 수가 없었다. 일본군들은 위로는 진산 금산 김제 만경, 동으로는 진주 하동, 남으로는 목포에 이르기까지 사방을 그물을 펼치듯이 포위하였다. 일본군들은 촌락마다 샅샅이 수색하기를 마치 참빗으로 빗질을 하듯 집집마다 뒤지다가 조금이라도 혐의가 있으면 즉시 죽였다. 눈빛이 또렷하고 덩치가 좋은 남자면 무조건 의병이라고 몰아 죽였다. 그리하여 도로마다 인적이 끊겨 이웃 마을조차 연락이 두절되었다. 의병들은 목숨을 부지하려고 삼삼오오 사방으로 흩어졌으나 몸을 감출 수 없었다. 강한 자들은 돌진하여 싸우다가 죽었고, 약한 자들은 기어 도망하다가 칼을 맞았다. 의병들은 점차 쫓기어 강진, 해남 땅에 이르렀으나 더 이상 달아날 곳이 없어 죽은 자가 수천 명이나 되었다. 아침에 적을 치고 저녁에 조국의 산에 묻히겠다며 분연히 일어선 호남 의병. 이들은 이제 더 이상 버틸 수가 없었다. 수많은 동지들을 조국의 들판에 묻고 살아남은 몇 사람 광양 의병도 뿔뿔이 흩어지고 말았다. 이렇게 일본군은 호남 의병을 산간 구석까지 빗질하듯 청소해 버리고, 경술년(1910)이 되자 아무런 방해꾼도 없는 한반도를 기다렸다는 듯이 완전한 그들의 식민지로 만들어 버렸다.

25장/ 동학 후손

나라 전체가 일제의 거대한 압박 속에 시들어 가도 아이들은 자랐다. 진주에서 학교 다니는 아이들은 즐거웠다. 진주로 이사 오자마자 덕만은 간단한 시험을 치르고 진주공립보통학교 3학년으로 들어갔다. 그때 장백돌의 아들 장재필이도 진주공립보통학교 4학년에 다니고 있었다. 덕심은 학교에 가고 싶었으나 여학생이 다닐 수 있는 학교가 없어 오빠들 공부하는 것만 지켜봤다. 열다섯 살 장정으로 자라난 덕만은 진주에서 만난 한 살 위인 재필이 형님을 따라 돌아다니는 것에 재미를 붙여서 날마다 진주 일대를 쏘다녔다. 거기에 덕심은 낄 수 없어서 속상했다. 그래도 오빠들이 다녀와서 하는 이야기에 귀를 쫑긋 세웠다.

"덕심아, 오늘은 진주성에 갔는데 글쎄 일본놈들이 관아에서 일본도를 차고 왔다 갔다 하다가 진주성 가까이 우리 조선 사람이 다가가니까 그 칼로 밀어 버리지 뭐냐? 그 새끼들을 그냥 냅다 엎어 버리고 싶은디 참느라고 혼났다."

재필이가 덕만의 말을 냅다 받아 이었다.

"야. 니도 그랬나? 나도 그랬다 아이가. 그때 참말로 쥐새끼만헌 시키들을 그냥 엎어 삐릴라캤는데 우리 아부지가 함부로 움직이지 말라 안 캤나? 그래서 참았다 아이가."

두 사람의 이야기를 듣는 덕심은 빙그레 웃었다.

"오빠들은 좋겄다. 다 보고 댕기고. 나도 가고 시푼데 우리 옴마가 못 나가게 말기네. 그래도 다음에는 우리 옴마 몰래 한번 델꼬 가 주라. 오빠야, 응?"

덕심의 통사정에 대답은 재필이가 하였다.

"그래, 덕만아. 그럼 덕심이도 한번 델꼬 가 주까?"

"난 모른다. 우리 어무니가 아는 날에는 경을 칠 낀데."

덕만과 재필 두 오라버니를 따라서 바깥나들이 몇 번 해 본 것이 전부인 덕심은 경술년(1910)에 진주공립보통학교 여학생반이 생기자 부모님을 졸라 보통학교 학생이 되었다. 덕심은 얼마나 신이 나던지 사람들에게 다 자랑하고 싶었다. 하지만 이팔청춘 열여섯 살 처녀가 밖으로 자랑할 수도 없어 속으로만 좋아서 노래를 불렀다. 학교에서 있었던 일을 재필이 오빠와 이야기할 때는 정말 신이 났다. 재필이 오빠가 덕심에게 읽으라고 책을 건네주면 덕심은 그날 밤을 새워 다 읽었다. 덕심은 재필이 오빠가 책 속의 주인공 입을 빌어 자신에게 말을 건네는 것 같아 신기하기도 하고 가슴이 설레 다른 일을 할 수가 없었다. 어서 내일이 와서 오빠에게 오늘 읽은 책을 건네주고 다른 책을 또 받고 싶었다. 책을 통해 만나는 재필이 오빠 이야기가 궁금했다. 그러기를 몇 번이나 하자 이제는 덕심이도 꾀가 났다. 덕심이는 책을 돌려줄 때 그 속에 자기가 생각하는 이야기를 써서 재필이 오빠에게 건넸다. 둘은 어느새 편지를 주고받는 사이로 자연스럽게 발전해 버린 것이다. 그렇게 세월이 흐르는 동안 재필은 경술년에 보통학교를 졸업하고 아버지 장백돌의 일을 돕고 있었다. 그리고 덕만이도 신해년(1911)에 졸업을 하였다. 장재필이 스무 살, 유덕만이 열아홉 살. 두 청년의 나이도 훌쩍 찼다. 장백돌과 유기환은 두 사람을 일본으로 유학 보내기로 결정하고 유학 준비를 서두르던 차였다. 그런데 어느 날 장재필이가 아버지 장백돌을 찾았다.

"아부지예. 나 유학 안 갈낍니더."

"그기, 뭔소리고? 유학을 안 갈끼라꼬?"

"아부지예. 지 나이가 몇 살입니꺼?"

"아니, 뜬금없이 니 나이는 와 들먹이는 긴데?"

"아부지예. 내가 지금 유학 가면 덕심이는예?"

재필의 그 말끝에 장백돌은 파안대소했다.

"아, 그람 니가 시방 덕심이가 걱정된다 그말이가? 그전부터 그런 눈치가 보인다꼬 니 에미가 말을 혔는디 이자뻐렀네. 알았다. 이놈 응큼하기는?"

장백돌의 말에도 재필의 얼굴은 펴지지 않았다.

"아부지예. 그란데 그 집안은 그래도 옛날에 양반이었다카든데 우리 겉은 사람하고 혼인을 하까예?"

"니. 유 도인 집을 어찌 보고 그런 말을 해쌓노? 니 맨날 그 집에서 살았음시로 그런 말을 하나? 그런 것이 근심이라모 고마 치아삐라."

"아부지는 하나도 걱정 안된다 그말인교?"

"우리 동학, 그란께 천도교 하는 사람들은 양반 상놈인지를 잊아삔지 오래다. 니 종을 메누리로 삼은 최제우 대선사 이야기는 잘 알제?"

"그 이야긴 귀에 못이 박히게 들었다 아입니꺼."

"그람 오늘은 최시형 선생 이야기를 해야겠다. 최시형 선생이 동학의 교세를 널리 퍼뜨릴 때 백정 출신 남계천 도인에게 전라좌우도 편의장을 맡겼어. 그랬더니 양반 접주들 몇 사람이 반대를 하고 나섰어. 그때 우리 최시형 선생께서 다 같은 한울인데 무슨 소리냐고 그대로 밀어붙이 삐릿지. 그 뒤로 우리 동학 하는 사람들에게서는 신분차별하는 이야기가 싹 사라졌다 아이가. 그기 벌써 몇 년 전 일인데 니가 그리 어이없는 생각을 하노?"

"아부지는 그라모 조금도 걱정이 안 된다 그말입니꺼?"

"그라모 무신 걱정? 이놈아. 근데 걱정되는 기 하나 있기는 하다."

"뭔데예?"

"덕심이도 니 좋아하나?"

장백돌의 질문에 재필은 환한 웃음을 지으면서 대답했다.

"덕심이는 지 아이모 아무데도 시집 안 간다 캤어예."

"그래. 그럼 됐다. 아부지가 유 대장 만나서 느그 이야기할긴게 니는 걱정 말그라."

"야, 우리 아부지는 돈만 잘 버는 줄 알았더니 아들 걱정도 단숨에 풀어 주네예."

"저런 응큼한 놈을 봤나. 이놈아야. 언능 나가 봐라. 느그 아부지 바뿌다 아이기"

"야, 야호!"

장재필은 대답과 함께 야호 소리를 날리며 달려나갔다.

유기환과 서엽은 서둘러서 덕심과 재필을 결혼시켰다. 그러고 나니 덕만이가 걱정이었다. 하루는 서엽이 물었다.

"덕만아, 니도 마음에 둔 사람 있제? 누군지 말해 봐라."

"어무니는 참!"

"재필이하고 니 누이 동생하고 맺어 주었은게 인자 니 차례다. 좋아허는 사람이 있으면 얼렁 말해 봐라. 그러면 중매를 넣어 볼란깨."

"어무니, 나는 아직 결혼 생각이 없십니다. 유학 다녀와서 결혼허먼 되지, 뭣이 급하다고 그렇게 서둘러요?"

"아이다. 니 나이가 시방 적은 나이가 아니당깨. 결혼허고 아이라도 생긴 것 보고 유학을 가야제. 인륜지대사는 다 때가 있는 벱이다."

"어무이. 그러면 어무이가 알아서 하소. 난 아직 맘에 정해 둔 사람이 없구만요."

그날 저녁에 서엽은 남편에게 말을 넣었다.

"여보 우리 덕심이는 결혼을 아는 집으로 헌깨 내가 마음이 편허더랑깨요. 지금까지 잘 키워 준 당신이 참말로 고맙소. 덕심이는 됐고, 인자 우리 덕만이! 저 아도 결혼을 시키고 유학을 가면 좋겠는디. 지는 맘에 둔 처자가 따로 없다 글고. 어쩌면 좋당가요?"

"허어. 긍깨. 어느 집 처자가 좋을꼬. 이왕이면 우리 도인 집허고 연결해야 서로 맘 편허게 살 것인디. 누구 좋은 사람 없을까?"

유기환이 생각에 젖는지 아무 말이 없었다. 서엽이도 옆에서 입만 다시다가 갑자기 떠오르는 사람이 있는지 목소리가 컸다.

"여보, 당신 맨날 남원에 류태홍 도인 이야기허지 않았소. 그 집에 딸이라먼 우리 덕만이 짝으로 좋겠다 싶은디요."

"아하. 그 친구가 있었네~이! 오랜만에 내가 그 친구 집에 한번 다녀와야 쓰겄소. 그 친구도 잘생겼은깨 그 집 딸도 한 인물 하꺼시오. 인물도 좋고 동학 도인 딸인깨 마음 쓰는 것도 생각허는 것도 좋을 꺼여. 긍깨 우리 덕만이 각시로 제격이지다!"

고개를 끄덕이면서 환하게 웃는 남편을 보자 서엽은 맘이 놓였다.

유기환은 갑오년 이후로 연락이 닿지 않았던 남원의 류태홍 도인 집을 어렵사리 찾았다. 류태홍은 동학 친구를 반갑게 맞았다. 방 안으로 들어가자마자 둘은 서로 맞절을 하고 자리에 앉았다.

"양계환 도인. 어서 오소. 그동안 잘 살았는가? 자네가 진주로 갔다는 소식은 멀리서 들었네만 이리 보니 반갑구마."

"우리의 친구 유석훈이는 왜놈들을 피해 백운산으로 숨었다가 하동 민포의 총에 그만 가 버렸네. 나는 어찌어찌 살아남아 의병 투쟁에 참여하였네만 우리 힘이 모잘라 우리나라는 저놈들의 손아귀에 떨어지고 말았구마. 갑오년 이후로 나는 내 이름을 버리고 유기환으로 개명했네. 글고 긴 피신살이를 하다 보니 진주까지 가게 됐당깨. 진주로 간 것은 잘헌 것 같구마. 거기서 나는 기반을 잡았당깨."

"참말로 잘했구마. 어디서든 일본놈들을 몰아내고 개벽 세상을 만들 때까지 기반을 잡고 열심히 살아야제."

"태홍이 실은 내가 부탁이 있어서 왔네."

"뭔가?"

"자네 딸과 우리 아들을 맺어 주면 어쩔까 싶어 왔네."

"좋은 이야기구만. 자네 아들이라먼야 우리 딸 배필로 말할 것도 없이 좋제."

"그리 말해 주니 겁나게 고맙구마. 실은 그 아들이 지금은 내 아들이지만 갑오년에는 석훈이 아들이었네. 석훈이가 가면서 마지막으로 그 아를 나한테 부탁하고 갔네. 내가 그 아를 키웠네."

"워매! 그런가! 그라면 더 말헐 것도 없네. 내가 딸이 셋 있는디 위로 두 딸은 시집을 갔고 지금 마침 셋째 딸 혼처를 찾던 중이었는데 이리 반가운 손님이 오니 이 모든 것이 한울님의 조화구마."

"긍깨. 여기까지 나를 오게 한 것이 다 한울님의 뜻이네. 참으로 고맙네. 우리 심고 올리세."

"심고. 한울님! 유석훈과 양계환의 아들 유덕만과 류태홍의 셋째 딸 류수연을 혼인시키도록 하겠습니다. 한울님! 우리 귀한 아이들이 잘 살아갈 수 있도록 굽어 살피소서. 심고!"

무오년(1918) 봄이 밝았다. 진주 평거동에 자리 잡은 유기환 집은 음식을 장만하느라고 부산하였다. 할머니가 된 서엽은 사람들 사이를 오가면서 음식들이 제대로 돼 가는지 여기저기 살폈다. 덕심이가 낳은 손녀딸을 안고도 부엌에서 일하는 사람들을 너끈히 단속하였다. 덕심이와 며느리 수연이도 전을 지지고, 나물을 무치고, 고기를 굽고 음식 장만에 구슬땀을 흘리고 있었다. 그런데도 서엽은 자식들을 향해 잔소리를 늘어놓았다.

"음석은 정성이다. 오늘 음석은 특히 몇 년 만에 돌아오는 느그 남편들 귀국 잔치 음석인깨 각별히 정성을 쏟아야 혀."

그 말에 웃으면서 덕심이가 말했다.

"아고, 우리 엄니 정성 타령 또 시작이여. 누가 말리겠어. 서엽 도인을."

"언니는 뭔 소리다요. 나는 오늘 엄니 말소리도 창가 소리처럼 듣기 좋고만이라. 오늘 우리 서방님 오시는 날인디 지가 질로 정성으로 만들께요, 엄니!"

며느리의 말에 기분이 좋아진 서엽은 입이 벙글어지면서 대답했다.

"그러제. 우리 며느리가 참말로 도인이여."

그리 이야기 꽃을 피우면서 요리를 하는 동안에 집 안으로 들어서

는 사람들이 있었다. 먼저 아들 덕만이 들어왔다. 그리고 사위 장재
필이도 따라 들어왔다.

"워매. 느그들이 왔냐? 여보 우리 아들들 왔당깨요. 어서 나와 보시
오."

마루에 장백돌 부부, 유기환 부부가 앉았다. 마루 아래 마당에 펼
쳐진 멍석에서 먼저 덕만과 재필이 서서 부모님께 큰절을 하였다. 그
리고 멍석에서 젊은 부부들끼리 맞절을 하였다. 그 모습이 보기 좋은
지 옆에서들 한마디씩 하였다.

"오매, 젊은 부부들이 오랜만에 만나서 절허는 거 본께 참말로 좋
다 아이가."

"아이고! 이 좋은 날 주책없이 뭔 눈물이당가."

정말로 눈물을 훔치는 사람이 있었다. 아까부터 정성을 쏟으라고
잔소리를 퍼부어 대던 서엽이였다. 마당에 깔린 멍석 위로 상이 들어
왔다. 상에는 재빠르게 음식이 놓였다. 음식 냄새가 잔치 마당임을
알렸다.

"어서들 상에 앉읍시다. 오늘은 좋은 날입니다. 우리 아들들이 공
부를 마치고 무사히 돌아왔습니다. 오늘 식고는 장 도인이 올려 주시
오."

장백돌도 뭉클한지 목이 잠겼다.

"심고! 한울님! 오늘 우리 귀한 자식들이 공부를 마치고 일본에서
돌아왔습니다. 유덕만, 장재필 두 자식이 한울의 뜻대로 쓰이게 하소

서. 두 사람을 축하하는 잔치를 열었습니다. 한울님도 기뻐하소서!"

사람들은 식고를 마치고 잔치 음식을 나눠 먹으면서 이야기꽃을 피웠다. 모든 사람들이 귀를 쫑긋 세우고 일본에서 신문물을 접하고 신학문을 배우고 돌아온 두 사람의 얘기에 귀를 기울였다.

잔치 마당을 정리하고 방 안으로 들어앉은 가족들은 좀 더 깊은 이야기를 나누었다. 장백돌과 함께 앉아 있던 유기환이 사위 장재필에게 물었다.

"자네는 인자부터 무슨 일을 할 생각인가?"

"지는 먼저 교육 사업을 해 볼라 캅니더. 우리나라가 독립운동을 학실히 할라카모 교육이 불 일 듯 일어야 한다 아입니꺼. 또 일본으로 건너가서 공부해 본께 일본 사람들 중에 양심적이고 똑똑헌 사람들은 다 사회주의 사상을 받아들였다 아입니꺼. 글고 그 사회주의 사상이라는 거이 동학사상이랑 통하는 것이 참 많아예. 사회주의 사상은 세상에 있는 모든 재물이 사회 공동체 것이라고 보고, 나라 정치도 사회 공동체를 구성하는 인민을 위해서 인민이 정치를 해야 한다고 주장하는 사상이라예. 사람이 한울이고 누구나 다 똑같이 귀허고 평등헌께 뭣이던지 간에 서로 나누고 함께 잘 살아 볼라고 하는 유무상자 정신을 실천하는 우리 동학사상과 비슷하다 아입니꺼. 지가 옆에서 보고 들은께 사회주의 사상이 우리 동학과 별반 다르지 않더마요. 그래서 지는 동학사상과 비슷한 사회주의 사상을 조선 교육에 접목시켜 볼라캅니더."

"일본놈들이 사회주의 허는 사람들도 잡아들인다카던데. 일본놈들이 알면 그거이 힘들끼는데."

"아부님들도 지금껏 힘들게 살아오싰다 아입니꺼. 우리도 열심히 해 볼랍니더."

이번에는 아들에게로 머리를 돌려 물었다. 서엽이 아들 옆에 와 앉았다.

"우리 덕만이는 무슨 생각을 허시는가?"

"예, 아부지. 저는 재필이 형님이랑 생각이 좀 달분데요, 일본에서 본께 우리나라가 독립운동을 제대로 하려면 무장투쟁밖에 답이 없더만요. 무장투쟁 기지를 이 땅에 세우면 좋겠지만 저놈들 기세가 워낙 등등해서 이 땅에서는 힘들겄어요. 그래서 전 집에 좀 있다가 동지들을 규합해서 만주로 가 볼랍니더. 재필이 형님 말대로 무장투쟁도 사회주의 허는 사람들이 많이 허는 것 같십니더. 지도 어쩌면 그리로 갈란지도 모르겄어요."

덕만의 말에 깜짝 놀란 서엽이 말했다.

"그게 뭔 소리다냐? 니 각시는 어쩌고 니가 시방 그런 소리를 한다냐?"

덕만의 말을 듣고 기환은 한참 있다가 말을 꺼냈다.

"그것도 나쁘지 않은 생각이다만 니는 혼자 몸이 아니란 것을 명심해야 쓴다."

"예. 그래 지도 좀 걱정이긴 헙니다. 수연이랑 같이 갈까 아니면 혼자 갈까 아무튼 시간을 두고 좀 생각해 볼랍니다."

장백돌이 말을 붙였다.

"유 대장, 덕만이 만주로 간다카고. 우리가 그 군자금을 댈라카모 지금보다 장사를 더 열심히 해서 돈을 억수로 벌어야겠네예."

"허허 그리되나?"

26장/ 3·1만세운동

　기미년(1919) 삼월 일일, 천도교 손병희, 기독교 이승훈, 불교 한용운 등 민족 대표 33인은 '조선은 반만년 이래 독립국'이라고 온 세상을 향하여 선언하고 만세를 불렀다. 그날부터 독립 만세 시위는 한반도 전역으로 빠르게 퍼져 나갔다. 일찍부터 이날의 거사를 계획하고 준비해 온 동학의 후신 천도교 지도자들은 이 기회에 조선 독립의 의지를 세계만방에 고하여 조선 독립의 기틀을 세우려고 백방으로 뛰었다.

　진주의 천도교인들도 기민하게 움직이기 시작했다. 서울 소식을 들은 직후부터 이미 덕만과 재필이 여기저기 단체들에 선을 넣고 있었던 터였다.

　유기환은 삼월 구일, 남원 도인이자 사돈인 류태홍으로부터 독립 선언서를 전달받았다. 그길로 유기환은 광양으로 넘어갔다. 한나절을 말을 타고 달려갔다. 광양에는 서울의 의암 손병희와도 직접 연락이 되는 천도교인 김희노가 있었다. 유기환은 김희노로부터 좀 더 은밀한 정보를 얻을 수 있을 것이라 기대했다.

"남원 류태홍 도인으로부터 독립선언서를 받았는디 이것을 어찌
허면 좋겠는가요?"

"유기환 도인 잘 오셨습니다. 선이 그쪽으로 닿았습니까? 사실 지
는 지난 이월 말에 서울에 다녀왔습니다. 손병희 선생을 뵈었는데,
은밀히 거사를 준비허라는 말씀을 허십디다."

"이번에야말로 저 일본놈들에게 본때를 좀 뵈 주면 좋겠구만요."

"손병희 선생께서 몇 년 전부터 지방의 도인 대표들을 봉황각으로
불러들여 49일 기도를 시키시고, 올해 일월 오일에는 전국 교인들에
게 49일 기도를 명령허시더니, 그 기도 결과를 군이 서울에 올라와서
보고허라 한 것도 다 조선독립선언 얘기를 전하자는 뜻이었겠지다."

"지도 그 얘기는 전해 들었구만요. 서울서는 이미 작년 말부터 구
체적인 준비에 착수혔고, 날짜만은 이월 하순에 정해진 거라고 헙디
다."

"만세 시위를 비무장, 비폭력으로 시작한 건 어떻게 생각허십니
까?"

"사방에 일본군 헌병들이 주둔하고 있는 상황에서 우리가 첨부터
무기를 든다면, 갑오년의 경우보다 훨씬 피해가 막심할 건디 그걸 생
각하면 잘헌 결정이다."

"잘 보셨소. 서울에서 만나 뵈었을 때 손병희 선생께서는 이번 만
세로 우리가 당장 독립이 되지는 못 허겄지만, 우리 민족의 가슴에
독립 정신을 깊이 심어 놀라고 이 일을 벌인다고 말씀허십디다. 또

이번 거사로 뿌린 씨가 거목으로 자라서 우리나라를 떠받치는 기둥이 되고 들보가 되리라 그리 말씀허싰지요."

"이번 일은 어디까지나 비폭력을 앞세워 우리 민족이라면 단 한 사람도 낚김없이 함께할 수 있어야 허고, 그래야 세계의 여론이 우리 조선을 알고 조선 독립으로 기울어질 성싶구만요. 그걸 생각허먼 비무장 비폭력 시위는 참으로 중요한 전략이다. 그런깨 의암 손병희 선생께서도 우리 천도교인만 해도 300만이나 됨에도 불구하고 기독교, 불교와 손을 잡고 또 각급 학교 학생들, 상인들 심지어는 기생들 조합까지 함께하는 거족적인 운동으로 이번 일을 기획하신 것 아니겠습니까?"

"잘 보싰습니다. 역시 유기환 대장입니다."

"진주는 천도교 교세가 상당히 큽니다. 이번 독립만세운동도 크게 일어날 꺼구만요. 장백돌 도인과 저희 아이들도 진주 만세 운동에 열과 성을 다해 나서고 있고요. 우리 천도교인이 중심이 되고 기독교, 불교는 물론이고 유생들까지도 동참하도록 일을 꾸미고 있다고 헙디다. 각종 사회운동단체의 참여는 말할 것도 없고 기생 조합도 논개 정신을 잇겠다고 험서 함께하게 해 달라고 간청을 해 와 기생들도 참여키로 했다니 말 다했지요! 진주는 그리 믿을 만헌깨 제가 광양으로 왔구만요. 광양에도 천도교인들이 많다고 들었습니다만."

"갑오년에 워낙에 당해서 처음에는 유 대장처럼 다 피신하고 얼굴들을 볼 수가 없었당깨요. 그래도 살다 보니 도인들끼리는 다 통하는

지라 이리 천도교로 명맥을 이어 오고 있구만요. 게다가 왜놈들의 행패가 이만저만이 아니어서 새로운 도인들도 많이 생겨난당께요. 그런 판인께 이참에 만세운동을 크게 벌여 우리 도인들의 가슴속에 묵은 한을 풀어야 쓰겠습니다."

"그거 참 듣던 중 반가운 소리구만요. 그럼 돌아오는 장날 빙고등(우산공원)에서 광양의 천도교인들이 함께 시일식(천도교의 종교의식)을 간단히 하고, 이어서 만세 운동을 벌이면 어쩌겠는가요?"

"그거 좋은 생각이오. 빙고등은 갑오년에 수많은 우리 도인들이 마지막까지 저항하다가 민포군과 왜군에게 잡힌 곳인께, 왜군들에게 죽임을 당한 우리 도인들을 생각하고 그곳에서 천도교인들이 일제히 심고와 주문을 하고서 만세를 높이 외쳐 부르면 동학군들 성령이 함께 춤을 출 것이오. 생각만 해도 가슴이 떨리는 거 겉소!"

"일이 되게 헐라면 독립선언서 인쇄부터 해야 쓰겠습니다."

"독립선언문이 삼천 장은 넘기 있어야 헐 텐께 그것부터 서두르십시다. 인쇄되는 대로 각 동네로 보내어 돌아오는 장날에 다들 대한독립만세 선언문과 태극기를 준비허고 빙고등으로 모이자고 헙시다."

광양 장날이 돌아오자 수없이 많은 사람들이 빙고등으로 모여들었다. 사람들은 빙고등 앞 쪽에 각자 자리를 잡고 앉았다. 빙고등은 사람들로 꽉 찼다. 나무로 급하게 만든 단상 위로 독립 기원 기도를 위해 김희노와 정자삼 그리고 유기환 등 몇 사람이 올라갔다.

집회 주관은 도인 김희노가 맡았다.

"정자삼 도인께서 청수를 모시고 심고하겠습니다."

도인 정자삼은 청수를 난정한 몸가짐으로 준비하였다. 그는 백자 대접에 맑은 물을 가득 담아 단상 위에 올렸다.

청수 모심이 끝나자 심고를 올렸다.

"한울님! 오늘 우리 광양 사람들이 다 모였습니다. 오늘을 기해 남의 나라를 도적질한 일본인들은 제 나라로 돌아가고 이 나라는 독립 국이 됨을 선언하려고 모두 모였습니다. 한울님! 한울님의 뜻대로 이 나라가 독립하여 개벽 세상이 오게 하소서. 심고!"

"주문 삼창하겠습니다."

"시천주 조화정 영세불망 만사지!"

사람들 주문 외우는 소리가 빙고등 언덕에 널리 퍼졌다. 어떤 사람은 눈물을 흘리면서 주문을 외웠다.

주문 소리가 잦아들자 김희노 도인이 옷매무새를 가다듬으면서 자리에서 일어섰다.

"먼저 '개벽운수' 한 대목을 암송하겠습니다."

그는 목을 가다듬더니 카랑카랑한 목소리로 경전을 암송하였다.

"세상 만물이 나타나는 때가 있고 쓰는 때가 있으니, 달밤 삼경에는 만물이 다 고요하고, 해가 동쪽에 솟으면 모든 생령이 다 움직이고, 새것과 낡은 것이 변천함에 천하가 다 움직이는 것이니라. 변하여 화하고, 화하여 나고, 나서 성하고, 성하였다가 다시 근원으로 돌아가나니, 움직이면 사는 것이요 고요하면 죽는 것이니라."

그는 암송을 마치고 잠시 사람들을 둘러보았다.

"다들 잘 들으셨습니까? 해월 선생께서 말씀하신 개벽운수가 바로 지금이라는 생각이 안 드십니까? 지금이야말로 우리가 움직일 때입니다. 개벽 세상이 오게 하려면 이 시운을 타야 합니다. 이미 잘 아시다시피 지금 전국 각지에서 만세 시위가 일어나고 있습니다. 이것은 단지 이 한반도 안에서만 벌어지는 일이 아닙니다. 세계의 강대국이라 하는 미국에서도 윌슨 대통령이 '민족자결주의'를 부르짖었습니다. 각 나라마다 그 나라에 사는 민족이 그 나라의 모든 일을 스스로 해결해야 한다고 말입니다. 조선의 독립은 이 세계의 대세를 따르는 바른 길입니다. 일본 사람들은 제 나라로 돌아가고 우리나라의 모든 일은 우리나라 사람들의 힘으로 해결해야 합니다. 그것이 오늘의 시운입니다. 시운은 한울님이 주시는 복입니다. 지금은 이 복을 우리가 받아들여서 움직여야 할 때입니다. 여러분! 우리에게 온 개벽 시운을 놓치지 말고 일어섭시다."

"다음은 유기환 대장의 만세 삼창 제언이 있겠습니다."

유기환이 단상으로 나왔다.

"도인 여러분! 우리 광양 도인들은 갑오년에도 한 사람 한 사람 자기 한 목숨에 연연하지 않고 오로지 조국을 위하여, 새로운 한울 세상을 위하여 왜군의 총칼에 맞서 싸웠습니다. 이제 우리가 다시 일어서야 할 때입니다. 도인 여러분! 대한독립을 우리 손으로 꼭 이루어 냅시다. 그리하여 개벽 세상 한울 세상을 힘차게 열어젖힙시다."

그는 목이 마르는지 침을 한 번 꿀꺽 삼키고 나서 사람들을 향해 큰 소리로 말했다.

"여러분! 이제 가슴에 품은 태극기와 독립선언서를 꺼내 들고 만세를 외칩시다. 대한독립만세!"

수백 명의 함성이 빙고등에 메아리쳤다.

"대한독립만세!"

하늘이 떠나가라고 부르는 사람들의 만세 소리는 빙고등에서 광양전 지역으로 퍼져 나갔다. 사람들은 만세를 부르면서 울었다. 목이 쉬도록 만세를 불렀다. 누구랄 것도 없이 사람들은 일어섰다. 한 손에는 독립선언서를, 다른 한 손에는 태극기를 들고 목청껏 만세를 부르면서 빙고등(우산공원)에서 인동숲(유당공원) 쪽으로 행진하였다. 빙고등에 밀정이 숨어들었는지 사람들이 움직이기 시작하자 바로 헌병이 들이닥쳤다. 헌병은 단상 위에 올랐던 사람들을 잡으려고 혈안이 됐다. 하지만 사람들이 워낙 많아 쉽게 접근하지 못하였다. 헌병들은 가죽 회초리로 사람들을 후려치기 시작했다. 곳곳에서 아우성이 터져 나왔다. 무자비하게 내려치는 가죽 회초리를 피해 사람들이 흩어지는 사이에 헌병들은 정자삼과 김희노를 포함한 주요 인물들을 체포하였다. 다행스럽게도 유기환은 빙고등에 숨겨 두었던 말을 타고 그 순간을 피할 수 있었다. 헌병들은 달리는 말을 향해 총을 쏘았지만 총알은 유기환을 비켜 갔다.

위험을 느낀 유기환은 진주로 돌아와서도 한동안 집으로 가지 않고 사람들에게 잘 알려지지 않은 도인들 집으로 숨어들었다. 무사히 피신한 유기환은 날이 갈수록 광양 도인들 걱정에 안절부절 마음을 졸였다. 답답한 마음에 장백돌 도인을 광양으로 보냈다. 장백돌은 이틀 만에 광양의 소식을 전해 왔다.

　　"유 대장, 광양에서는 김희노 도인을 비롯한 많은 교인들이 감옥에 갇혀서 고통이 이만저만이 아니랍니다. 정자삼 도인이 감옥 안에서 쓴 시라 카던데 그 시가 광양 도인들의 입에서 입으로 전해지고 있다 캅디다."

　　"어떤 시가요?"

　　"나도 얻어 듣고 외워 오기는 했는디 잘 외워질란가 모르겠소."

　　"나를 가둔 이 문은 언제 열릴까

　　아득한 독립의 소식 하늘같이 멀구나

　　갖가지 형벌에도 충렬의 뜻 꺾지 않으리

　　온갖 꽃 다투어 필 때면 은은한 향기 감옥에서도 맡겠네."

　　유기환의 두 눈에서 뜨거운 눈물이 흘렀다.

　　'아아, 이 시련은 언제나 끝날까?'

　　한참을 눈물 흘리는 유 대장을 보고 있다가 장백돌이 말을 이었다.

　　"우리 자식들이 한 일을 생각하고 눈물은 그만 흘리소. 이제는 든든한 자식들이 있다 아이요."

장백돌이 들려주는 이야기는 듣기만 하여도 힘이 났다. 자식들이 자랑스러웠다. 덕심은 학교 다닐 때부터 성격이 활발하여 다른 여학생들과 교류도 많이 하고 즐겁게 학교를 다녔다. 그런 덕심이 이번 거사에서 그리 큰일을 해낼 줄은 아무도 몰랐다. 덕심이 학교 후배들과 함께 만세 운동에 나서는 것은 모두들 다 알고 있었다. 하지만 기생들의 만세 운동을 조직해 내는 것을 보고는 깜짝 놀랐다. 덕심은 기생 한금화랑 오래전부터 알고 지냈다고 하였다. 대한독립선언서가 집으로 오자 덕심은 한금화를 불렀다.

"금화야, 니 알고 있었나? 이번에 3.1만세 운동이 크게 벌어진다 카더라."

"나도 알고 있었다 아이가. 우리집에 오는 손님들 중에 그런 말하는 사람들이 있는기라."

"아, 그랬나. 그럼 니도 한번 나서볼까가? 느그 동무들이랑 같이?"

"그거 괜찮겠데이. 그러지 않아도 니랑 천도교 경전 공부를 함서 우찌 하모 개벽 세상이 올긴가 고민했데이. 그란데 이참에 만세운동을 벌리모 아무래도 개벽 세상 여는 데 도움이 될끼다."

"니도 그리 생각하나? 내 생각도 글타. 참으로 고맙데이. 같이해 보자."

"그람 뭘 우찌 해야 되노?"

"내가 대한독립선언서랑 태극기랑 준비해 두었다. 갈 때 가지고 가

거라."

"그래 그걸 가꼬 가 우찌하모 되나?"

"느그 동무들이랑 행님들이랑 태극기를 몸에 걸고 한꺼번에 만세를 부르면서 진주성 앞을 걸으면 된다 아이가."

"덕심아! 그라모 여기서 니랑 나랑 만세 부르는 연습 한번 해 보자."

"그라까."

둘은 웃으면서 태극기의 긴 쪽으로 양옆을 묶어 목에 걸고 서로 마주 보면서 신호를 하였다.

"대한독립만세! 대한독립만세! 대한독립만세!"

"이라고 만세를 부르먼 된다 아이가."

덕심의 말에 한금화도 크게 웃었다.

그때 재필과 덕만은 설렁탕집에 들르는 사람들을 만세운동으로 묶어 내기에 여념이 없었다. 어디서 같이 오는지 걸인 한 무리와 재필이 설렁탕집으로 들어왔다. 덕만은 그 무리들에게 설렁탕 한 그릇씩을 얼른 내어놓으며 물었다.

"여러분들은 왜 이래 살기가 어려워지셨당가요?"

사람들은 쭈뼛거리고 설렁탕을 먹다가 한마디씩을 내놓았다.

"다 왜놈들 때문이다 아입니꺼."

"나는 왜놈들이 땅 뺏어 가 삐리고 묵을 것이 없어가 우리 식구들이 뿔뿔이 흩어져서 걸인이 되었다 아입니꺼. 저놈들은 우리 집의 철

천지 원숩니다."

"나는 저그 광양 땅에서 왜놈들 쫓아내자고 동네 사람들이랑 같이 의병에 뛰들었다가 그놈들이 백운산 자락에 붙은 우리 동네까지 다 꼬실라 부리고 사람들을 이 집듯이 잡아들이는 바람에 멀리 도망쳐서 진주까지 오고 보니 할 일을 못 찾아 거렁뱅이가 되아 부렀소."

"하이고, 그놈들만 생각허면 이가 갈리요."

덕만은 몇 사람의 말을 차근히 듣고 나더니 본격적으로 말을 꺼내 놓았다.

"지금 서울에서는 대한독립만세운동이 크게 벌어지고 있어요. 허니 우리 진주 사람들도 이참에 다 일어서서 왜놈들은 지들 나라로 돌아가라고 만세운동을 벌이야지요. 이참에 여러분들도 만세운동에 동참하면 어떻겠습니까?"

"허허 우리겉은 사람들도 거 끼도 되까예? 그 되잖은 양반 나부랭이들이 우리 걸인이 낀다고 날리 칠 낀데 그래도 되까예?"

배가 많이 고팠는지 부지런히 숟가락을 들어 올리던 재필이 고개를 들고 말했다.

"우리가 태어날 때부터 어디에 양반이라고 써 붙여 논 것 있는기요? 그건 다 사람들이 맨들어서 사람들을 차별하는 기라예."

"아고 젊은 양반이 참말로 옳은 말만 하네예."

"그랑께 이참에 만세운동을 크게 벌리가 독립도 허고 우리나라 사람들이면 모두 다 잘 사는 세상 만들어 볼라꼬예."

"아 좋아예. 그라모 우짜모 되는데예?"

다시 덕만이 말했다.

"예. 미리 태극기는 준비해 두었십니더. 오늘 제가 드리는 태극기를 옆에 사람들에게 다 나누어 주고 진주 장날 태극기를 휘날리며 만세를 부르면서 진주성을 한 바퀴 돌고 진주 거리로 나서면 어쩌겠습니까?"

"아. 그거 좋아예. 그라모 진주성만 돌끼 아이고 진주 거리란 거리는 우리가 다 만세를 부리면서 싹 돌아댕기면 더 좋다 아입니꺼."

"그라모 진주 장날 모입시더."

"그랍시더."

기미년 삼월 십팔일 진주의 걸인 백여 명은 태극기를 휘날리며 의분에 넘친 목소리로 외쳤다.

"우리들이 빌어먹는 것은 왜놈들이 재산과 인권을 빼앗아 간 때문이다."

"이 나라가 독립하지 못하면 우리는 물론 이천만 동포도 모두 빈곤의 구렁텅이에 빠져 거지가 될 것이다"

"대한독립만세!"

"대한독립만세!"

걸인들은 만세를 외치며 거리를 누볐다. 걸인들까지 나서니 진주 사람들이 다 나섰는지 거리에는 만세 행렬이 끝이 없었다. 헌병들이 나타나서 칼을 휘둘러도 사람들은 줄어들지 않았다. 피 흘리는 것을 본 사람들은 더 거세게 만세를 불렀다. 그러자 일제 순사들은 꾀를 내었다. 먹물 총을 가지고 나타났다. 흰옷 입은 사람들을 향해 먹물 총을 쏘아 댔다. 앞장선 사람들은 여지없이 먹물을 맞았다. 걸인들과 함께 앞장을 섰던 재필과 덕만의 옷에도 검은 먹물이 흘렀다.

재필이 먹물을 손으로 훑으면서 말했다.

"저것들이 나중에 우리들 검거하려고 먹물은 쏜다 아이가. 어서 바로 총을 쏘면 사람들이 더 많이 일어날 것 같으니 저 새끼들이 이런 꾀를 냈구마. 이따가 흩어질 때 먹물 묻은 사람들은 조심해야 된데이."

다음 날(삼월 십구일) 오전에는 기생들 오십여 명이 머리에는 '대한독립' 수건을 두르고 태극기를 휘날리면서 남강 변을 돌아 촉석루까지 행진을 하였다.

그들 중 한금화가 외쳤다.

"우리도 떳떳한 조선의 여성이다. 우리가 이 자리에서 칼에 맞아 죽어도 나라가 독립만 된다면 여한이 없겠다."

그 소리를 듣고 나머지 기생들이 크게 만세를 외쳤다.

"대한독립만세!"

"대한독립만세!"

이번에는 김향화가 말하였다.

"기쁘다 삼천리 강산에 다시 무궁화가 피는구나."

덕례와 덕훈도 학생만세운동에 뛰어들어서 만세를 부르고 일본 순사들 눈을 피하느라고 집에 들어오지 못하는 날이 많았다.

기미년 진주 만세 운동은 삼월부터 오월까지 어느 지역보다 많은 사람들이 참여했다. 평상시 멸시와 천대 속에서 살던 걸인과 기생들까지도 나라의 독립을 위해 죽음을 두려워하지 않고 거리로 나와 만세를 불렀다. 사람들은 일제가 칼을 휘두르고 총을 쏘고 발로 짓밟아도 다음 날 또 태극기를 들고 거리로 쏟아져 나왔다.

광양에서 왔다는 걸인은 헌병이 내리친 칼에 맞고 쓰러지면서도 마지막까지 태극기를 손에서 놓지 않았다. 칼이 마지막으로 목을 치자 그때서야 태극기와 함께 몸이 앞으로 고꾸라졌다. 그런 광경을 눈앞에서 보자 진주 사람들은 오히려 헌병 앞으로 달려들면서 만세를 불렀다. 수많은 사람들이 한꺼번에 달려들자 그 기세에 놀란 헌병은 칼을 거두고 돌아갔다.

진주 시내뿐만 아니라 인근 농촌 지역에서도 만세 시위는 끊일 줄 모르고 계속됐다. 그중에서도 갑오년에 일본군의 총에 맞고 죽은 사람이 수백 명에 달했던 격전지, 고승당산이 있는 옥종면의 만세 시위는 격렬했다. 고승당산 전투 날이 곧 가족들의 제삿날인 마을에서는 젊은 청년은 말할 것도 없고 할머니 할아버지, 심지어는 어린아이들까지도 손에 태극기를 들고 나섰다. 집집마다 갑오년에 쌓인 원한으로 수십 년을 별러 온 항일 운동에 다들 이를 악물고 참여하였던 것이다.

만세 운동이 수그러들자 일제 순사들의 검거 바람이 거셌다. 만세
운동의 주모자를 잡아들이겠다고 집집마다 수색을 벌였다. 그 바람
에 젊은 사람들은 집에 있을 수가 없었다. 특히 광양에서 연설을 한
유기환과 걸인들의 만세를 조직한 재필과 덕만은 일본 순사들과 조
선인 밀정들이 찾으려는 일급 수배자들이었다. 날마다 집을 찾아와
서엽에게 횡포를 부리며 세 사람의 거처를 대라고 닦달을 했다. 서엽
은 밤에 몰래 장백돌이 주선한 백정의 집에 숨어 있던 재필과 덕만을
찾아왔다.

"느그들, 앞으로 어쩔 것이냐?"

장재필이 말했다.

"어무이, 우리 부부는 지리산으로 갈라꼬요. 우리 아아들은 어매
아배가 좀 돌봐 주소."

"나도 그기 좋을 거 같다. 그람 느그는 됐고, 덕만이는 어쩔끼고?"

생각에 잠겨 있던 덕만이 말했다.

"지는 진작부터 만주로 갈라고 생각하고 있었은깨 바로 떠날라고
요. 수연이가 걸리지만 좋은 날이 오겠지다."

서엽이 말없이 아들을 보았다. 그러더니 재필과 덕심을 먼저 내보
냈다.

"서둘러라. 시간 끌 거 없이 이 밤으로 지리산으로 가거라. 농평 할
매네는 있을 만할 것이다."

딸과 사위가 인사를 올리고 떠나자 서엽은 며느리 수연을 찾았다.

수연이 방으로 들어와 덕만 옆에 앉았다. 서엽이 두 사람 앞으로 무명천에 싸인 자그마한 물건을 내놨다.

"덕만아! 그거 풀어 봐라."

덕만이 무명천을 풀었다. 팔각 은장도였다.

"그것은 네 아부지 것이다."

"……"

덕만은 눈을 크게 뜨고 놀란 표정을 지었지만, 금세 은장도로 눈길을 주며 의외로 침착한 모습이었다.

"니도 어느 정도는 짐작했을런지 모르겠다만 덕만이 니 생부는 따로 있다."

덕만이 눈물 그렁한 눈을 들어 서엽을 보았다.

"네 생부는 유석훈이다. 기계 유씨고 함자는 석자, 훈자이시다. 지금의 네 아버지와 둘도 없는 친구이셨다. 갑오년에 지금 네 아버지와 함께 동학 세상을 만들려다가 돌아가셨다. 돌아가실 때 덕만이 니허고 이 에미를 지금 니 아부지에게 부탁하셨단다. 그런 사연으로 지금 우리가 한 가족으로 살고 있다. 이 은장도는 돌아가신 니 생부가 지금 니 아부지랑 의형제 맺을 때 건네준 것이다. 이제 멀리 떠나는 니가 간직해라. 니 아부지, 두 분 다 평생을 사람이 한울인 세상을 만들려고 살았고 지금도 그리 살고 있다. 니도 어디 있던지 모두가 한울이어서 서로 귀히 여기는 세상을 만드는 데 온 힘을 다 쏟아라. 그것이 니를 낳고 키운 두 분 한울께 보답하는 길이다."

"예. 지도 우리나라가 완전한 자주 독립국이 되고 우리 백성들이 다 같이 평등하게 그리고 서로 도우면서 평화롭게 사는 개벽 세상이 될 때까지 싸와 볼라고요."

덕만의 대답을 듣고 서엽은 아들과 며느리 옆으로 다가앉아 둘의 손을 꼭 잡았다.

27장/ 진주 형평 운동

1922년 가을 재필과 덕심의 큰아이 천희와 둘째 아이 지희는 둘이서 술래잡기를 하느라고 온 마당을 뛰어다니고 있었다.

천희가 지희를 놀렸다.

"지희야, 행님 잡아 봐라. 메롱."

"행님아, 내가 오늘은 행님 꼭 잡을꺼다."

재필과 덕심은 방문을 열어 놓고 아이들을 보면서 이야길 나누었다.

"여보, 우리 아이들이 무럭무럭 잘 크고 있다 아이가. 저 아아들이 학교 갈 때쯤에는 우리 동지들이 겪는 어려움이 없어야 할 텐데 걱정이구마."

"무얼 말씀하시는기라에?"

"우리 집은 당신 부모님을 잘 만나서 아무 어려움이 없이 학교도 다니고 유학도 다녀왔는기라. 그라고 가장 중요한 당신과 결혼도 했다아이가. 그래 저리 잘생긴 아들을 둘씩이나 얻었고. 그란데 다른 백정들 집안은 지금도 살기가 무척 어렵다 아이가."

"그럴끼라요. 젤로 큰 문제는 민적에 백정들은 '도한'으로 올려 노니 학교 댕기기도 힘들고 또 직업 얻기도 힘들다 아입니꺼. 거기다가 아직도 교회 댕기는 사람들은 양반들 교회 따로 백정들 교회 따로라 캅디다. 아직도 그런 일이 있어 참말로 답답합니더."

그 말끝에 재필은 서랍에서 부스럭거리고 뭘 찾더니 편지 한 통을 내놓았다.

"이것은 일본에서 온 편진기라. 일본 친구들이 보냈는디 일본서도 천민들을 차별하고 천대하는기라. 그래서 그 사람들이 들고 일어섰다카구마. 이참에 우리도 그 일을 한번 조직해 보까?"

"당신 친구도 유학 다녀와서 총독부에 취업을 하려다가 민적 때문에 거절당한 경우가 있었다캤지예?"

"그랬다. 실은 나도 슬그머니 원서를 냈제. 나도 여지없이 거절당한기라. 글치만 나는 그 일 말고도 할 일이 많은지라 잊어삐린기라. 지금 청년회 일도 바쁘고 당신은 천도교 여성회 일로 바쁘고 그런 판에 일인들 밑에서 일헐 시간이 어데 있겠노?"

"그 말이 맞네예. 이참에 슬슬 우리 백정 식구들 인권 운동을 생각해 보까예? 우리가 그 일에 나서면 우리 아버님이 참말로 좋아허실끼라예. 당장에 말씀드리고 힘을 보태 달라 캅시더."

"우리 각시는 조직 일 하는 데는 나보다 머리가 윗길이다. 허허."

"아이. 이이가 또 비행기 태울라 카네."

다음 날 부부가 아버지 장백돌을 찾았다.

"아부지, 할 말이 있어예."

"우리 아아들은 잘 있나? 요새 며칠 안 봤더니 보고 싶구마. 데려오지 그랬나?"

"아부지예, 할 말 있다 캤구마 뭔 아아들만 들먹이는기요?"

"아, 그래 뭔 할 말이 있다고 그라노?"

"아부지예, 아부지가 우리 백정들 사는 형편은 젤로 잘 안다 아입니꺼. 이참에 백정들 인권 운동을 해 볼락 캅니더."

"그기 뭔 소리고?"

"갑오년에 사람들은 모두 평등하다고 함서 백정이란 말을 없애 뿌릿지만 왜놈들은 민적에 버젓이 '도한'이라 올려서 차별하고, 양반은 물론이거니와 일반 사람들도 우리하고는 결혼도 안 할라 카고 또 얼라들이 학교를 들어갈라 캐도 민적을 속이야 간다 아입니꺼. 게다가 아직도 교회에서는 우리들하고 같이 안 앉겠다고 양반들끼리 따로 간다 아입니꺼? 우리가 언제까지 이래 살 순 없어예."

"맞다. 니 말이 백번 옳다. 그라모 백정 인권 운동을 우찌 해 볼라꼬?"

"일본 친구한테서 편지가 왔는데 일본에서도 에다 계급이라 하는 천민들이 들고 일어났다 카데예. 우리도 지금부터 준비해서 내년 봄쯤에 들고 일어서면 우짜까 하고 천희 옴마랑 의논을 해 본기라예."

옆에서 부자의 대화를 듣고 있던 덕심이 끼어들었다.

"봄에 거사를 일으키려면 아버님의 도움이 필요해서예. 아버님이 어른 백정들의 동의를 받아 주시면 저희들 일하기가 수월하지예."

"그거사 걱정할 거 없다. 우리 백정들은 문제없다. 그란디 양반 놈들의 행패가 보통이 아닐 것인데 그것이 걱정이다."

"야, 그래 우리가 더 단결해야지예."

"백정들 쪽은 내가 맡으모 될끼고 양반들 쪽은 아무래도 유 대장, 아니제 내가 꼭 유 대장이 입에 붙어서, 느그 장인어른이 아는 사람들이 좀 있을끼구마. 그라고 니가 나가는 청년회 도움을 받으모 될끼구마."

"예, 아부지. 그리 알고 해 볼라 캅니더."

덕심이 마지막으로 말을 거들었다.

"우린 아버님만 믿고 일 시작합니더."

"알았다. 그나저나 오늘 저녁에는 너그 엄마랑 천희 지희 보러 갈 끼다. 그 아아들이 마이 보고 잡아서 안 되겠다."

"예. 그람 저녁에 오이소."

1923년 4월에 장백돌의 고깃간으로 바삐 오는 사람이 있었다. 새로 옮긴 진주 공설 시장에 고깃간을 열어 제법 돈을 많이 번 이학찬이었다.

"행님요! 나가 성질이 나 죽겠다 아입니꺼."

"와? 와 그라노? 말을 해 봐라."

"우리 민석이를 학교에 널라고 데꼬 갔더니 백정 자식이라고 안 받아 준다 캅니더. 혹시나 받아 주까 싶어 돈을 기부허고 별짓을 다 했는데도 안 받아 준다 카요. 우리가 언제까정 이러고 살아야 합니꺼? 저번에 행님이 말한 그 백정 인권 운동인가허는 거긔에 나도 끼주이소. 참말로 더러븐 놈의 시상을 우리 민석이한테까지 넘겨선 안된다 아입니꺼."

"어허. 저번에 내가 말할 때는 별 말이 없더마는 민석이 일을 겪어본게 정신이 번쩍 들엇든가베. 그려. 안그래도 곧 일어설라고 허는데 자네겉이 묵직한 사람이 한 자리를 맡아주모 좋제."

두 사람이 대화를 나누고 있는데 바삐 서둘러 오는 사람이 또 있었다. 장재필이었다.

"아부지예. 그 일이 어찌 돼가는데예?"

"호랑이도 지 말하모 온다더니 니가 딱 맞춰서 왔다."

"예? 뭔소린데예?"

"이분께 인사드리라. 이학찬 어른이다. 니 일에 한 자리 맡아주기로 했다."

"제가 장재필입니더. 진주 백정 인권운동 단체 이름은 진주 형평사로 정했어예. 형(衡)은 저울 형 자, 평(平)은 평평하다 평등하다 평 자로 저울처럼 평등하게, 사람이면 누구나 차별없이 똑같이 대접받는 사회를 만들어 보자고 시작하는 단체이니까 형평사로 정했어예."

"그래. 우리가 진작에 만들었어야 했는데 늦었네. 이름이 아주 좋구마. 그람 내가 거서 무슨 일을 맡을끼고?"

"어르신은 저와 함께 백정쪽 형평사 위원을 맡아주시면 됩니더."

그때 장백돌이 끼어들면서 물었다.

"그라면 양반쪽 형평사 위원도 정해졌나?"

"야. 정년회에서 양반쪽 인물을 맡아주기로 했어예."

"눈데?"

"예. 강상호, 신현수, 천석구 이래 세 사람이 맡아준다 했십니더."

"야야. 그 사람들은 참말로 깨인 사람들이다. 아무리 갑오년에 법이 바뀌었다 해도 사람들이 우리를 무시하는 것이 길가에 지렁이 밟듯이 하는 세상인데 참말로 그 사람들 대단타."

이학찬이 고개를 끄덕이며 말을 붙였다.

"참말로 고맙다. 그란데 그 사람들이 양반들 행패부리는데 방패막이가 되어줄 수 있을란가?"

"너무 걱정 마이소. 일본에서도 천민들이 들고 일어서서 법이 바뀌었는데 아매도 조선총독부도 이번에 우리가 들고 일어나면 민적에 '도한'이라고 적는 것은 빼줄끼구마요. 그것만 빼주어도 백정 차별하는 분위기가 조금 나아질꺼라예."

"뭔소리고? 저 징헌 양반놈들땜시 학교도 가기 힘들고 교회도 댕기기 힘들었는데 민적에서 '도한'이라는 두 글자 빠진다고 분위기가 달라져. 그것은 아닐끼다."

"아저씨 말씀이 맞을낍니더. 그란께 이참에 우리가 단단히 단결해서 양반들 분위기를 확 바꿔삐리야지예. 양반이라고 다 그런 것은 아니지만 그놈들 중에 어떤 놈들은 뼛속까지 사람 차별하는 습성을 가진 더러븐 놈들이 있다아입니꺼."

"맞다. 그놈들도 문제지만 농민들도 우리편은 아이다. 하여간에 우리를 억수로 못살게 구는 그놈들이 행패부리모 우찌 대처할 셈인데?"

"그놈들이 이참에 우리들을 골탕먹일라고 수를 내모 먼 수를 내것 습니꺼? 그것은 뻔한기지예. 아매도 양반들이나 농민들이 고기를 안 사먹는다. 설렁탕도 사먹지 마라 그럴낍니더. 우리들 장사줄을 끊어 놓을라고 덤빌꺼라예. 그럴 때 우리들이 딱 버티면 백번 싸워도 백번 이기는 거지예. 다만 그때 장사를 해도 인자 시작해서 형편이 어려운 사람들을 좀 넉넉한 사람들이 살피고 도우면서 한 달만 버티모 우리는 이 싸움에서 이길낍니더."

"아. 그라모 걱정 안 해도 된다. 자네 아버님, 자네 장인 어르신, 그리고 내가 그것은 다 살필끼니까 그것은 걱정 말고 다른 일이나 일없게 신경 쓰소."

"야. 그라모 그리 알고 준비할께예."

사월 스무사흗날, 진주 극장 앞에는 수백 명의 사람들이 모였다. 머리에는 흰 수건을 질끈 동여매고 옷은 깃이 안 달린 평저고리를 입은 사람들이었다. 다들 백정들이었다. 그중에 간간히 깃 달린 두루마기를 입고 갓 쓴 양반도 몇 사람 보였다. 이학찬이 사회를 보았다.

"오늘 우리는 사람이지만 사람 대접을 받지 못하고 살아온 세월을 훌훌 털어 버리고 이제부터 인간답게 살아보려고 일어선 사람들입니다. 오늘 조선 민족 모두를 대표하여 진주에서 형평사를 창립합니다. 먼저 형평사 위원부터 소개하겠습니다."

사람들이 극장 앞에 마련된 연단으로 죽 나와 섰다.

"진주 형평사 위원님을 소개하겠습니다. 먼저 사회를 보고 있는 저는 이학찬입니다. 저도 형평사 위원입니다."

맨 왼쪽에 있는 양반 차림의 사람을 소개하였다.

"저기 저 사람은 양반이지만 우리도 똑같은 사람이라는 것을 널리 알리고 우리를 지지해주고자 기꺼이 형평사 위원을 맡아준 강상호 위원입니다."

강상호는 공손하게 절을 하였다.

"그 다음에 있는 사람도 역시 양반이면서 우리를 지지하고자 형평사 위원을 맡아준 신현수 위원입니다."

신현수도 꾸벅 절을 하였다.

"그 옆에 있는 사람도 역시 양반입니다. 우리를 지지하고자 형평사 위원을 맡아준 천석구 위원입니다."

천석구도 자기를 소개하자 허리를 깊숙이 굽혀 절을 하였다.

"마지막으로 소개할 사람은 우리와 같은 백정이지만 일본으로 유학까지 다녀온 인재로 오늘의 형평사를 조직하기까지 애를 많이 쓴 장재필입니다."

장재필은 환한 얼굴로 사람들을 향해 절을 꾸벅 하였다.

사회자 이학찬은 계속 말을 이어갔다.

오늘 우리의 뜻을 밝히는 발기문을 강상호 위원께서 낭독하겠습니다. 강상호 위원이 연단 앞으로 나와 발기문을 펼쳤다. 침을 한번 꿀꺽 삼키고 당당하고 힘찬 목소리로 읽어 내려가기 시작했다.

"공평(公平)은 사회의 근본이요 애정은 인류의 본량(本良)이라. 그러므로 우리는 계급을 타파하며, 모욕적 칭호를 폐지하며, 교육을 장려하야 우리도 참사람이 되기를 기약함이 본사(本社)의 주지(主旨)라.

낮으며 가난하며 열등하며 약하며 천하며 굴종하는 자 누구인가? 슬프다! 우리 백정이 아닌가! 그런데 여차한 비극에 대한 이 사회의 태도는 여하한가? 고위 지식 계급에서 압박과 멸시만 하였도다. 이 사회에서 우리 백정의 연혁을 아는가 모르는가? 결코 천대를 받을 우리가 아닐지라. 직업의 구별이 있다 하면 금수(禽獸)의 목숨을 뺏는 자가 우리 백정뿐이 아닌가 하노라. 본사(本社)는 시대의 요구보다도 사회의 실정에 응하여 창립되었을 뿐 아니라 우리 조선민족 이천만 중의 한 사람이라도 애정으로써 상호 부조하야 생활의 안정을 꾀하며 공동의 존립 책을 꾀하고자 이에 사십 여만이 단결하여 본사를 세우고 그 주지를 천명해 표방코저 하노라."

그 다음날 진주 일원은 난리가 났다. 특히 양반들과 농민들의 결속이 잘 이루어지는 마을에서는 벌집을 쑤셔놓은 듯 온 마을이 들썩거렸다.

"어허. 살다본게 백정놈들이 다 들고 일어섰다카데."

"그 작것들이 양반들허고 즈그들허고 똑같은 사람이라 했다카드마."

"그것들을 가만 놔두면 안된다아이가."

"그람 뭐 좋은 수라도 있노?"

"그것들은 우리가 고기 안 사묵으면 죽는다아이가."

"그라모 앞으로 고기를 계속 안 사묵을끼가."

"어데 그것들은 쪼매 못가서 우리한테 항복하고 기어들어올끼라."

"참말로 그라까?"

"그라모 주구들이 별 수가 있겠노?"

학교에서는 일판이 더 크게 벌어졌다. 양반집 자식들이 백정들 자식인 것을 어찌 알았는지 갑자기 다가와서 교실 한쪽 구석으로 밀어붙이면서 험담들을 해댔다.

"누들이 사람이모 다 사람인 줄 아나? 허어. 빨리 내 신발을 핥아봐라. 이 백정놈의 새끼야."

"저 가시나도 백정 집구석의 딸이람서. 야 가시나야 너는 왜 저고리에 가죽을 안 달고 다니노? 사람을 그리 속이가 학교 댕긴게 재밌나? 어 고기 냄새 난다아이가. 더러븐 가시나"

그때 갑자기 양반 집 한 아이가 뛰어들면서 말했다.

"누구들은 수업 시간에 뭘 배웠노? 사람이면 다 똑같다고 배웠노 안 배웠노? 배운 것허고 행동허는 것허고 달리할라모 너그들은 학교를 뭘라고 댕기는데. 내가 본께 학교를 그만 댕길 사람들은 너그 양반들이다."

"야야. 니는 양반임시로 와 자들 백정 새끼들 편을 드는데?"

"나는 백정이고 양반이고 내 눈에는 다 똑같이 보인다. 얼굴을 봐라. 눈이 틀리나, 입이 틀리나. 코가 틀리나. 백정은 꼬리가 달렸나. 내가 보기엔 백정들이 더 잘 생긴 아들이 더 많고 우리반에서 공부도 자들이 더 잘헌다아이가. 그란데 왜 자들을 괴롭히노? 자들이 먼저 니들을 괴롭힌 적 있나? 그란데 와 그라노? 우리는 그러지 말고 사이 좋게 지내자. 그라모 안되겠나?"

그 아이가 그리 말하자 다른 아이들이 머쓱해져 백정 아이들을 괴롭히는 것을 그만 두고 다들 제자리로 돌아가 앉았다. 그 아이는 강상호 조카였다. 어제 저녁에 삼촌에게 이야길 듣고 오늘 백정 아이들의 든든한 후원자 역할을 자임한 것이었다. 그 아이는 양반 아이들이 자리로 가서 앉자 백정 아이들에게 손가락으로 동그라미를 만들어 보이면서 웃었다. 그렇게 진주의 가장 하층 계급에서부터 피어난 인권 운동은 일 년이 채 못 되어 한반도 전역으로 퍼져 나갔다.

● 참고문헌 및 자료

『광양시지』 제1권 역사편, 광양시지편찬위원회, 2005.

『광양의 항일 독립운동사』, 김광호 연구편찬, 광양문화원, 2011.

『개벽의 꿈』, 박맹수, 도서출판 모시는사람들, 2011.

『남원동학농민혁명 연구용역』, 남원시 전북역사문화학회, 2014.

『동학농민혁명사 일지』, 동학농민혁명참여자 명예회복심의위원회, 2006.

『동학100년 동학농민혁명의 현장을 찾아서 민중의 숨결』, 김중규, 문예원, 1994.

『대접주 김인배, 동학농민혁명의 선두에 서다』, 이이화 · 우윤, 푸른역사, 2004.

『번역 오하기문』 황현 저, 김종익 역, 역사비평사, 2009.

『실록 동학농민 혁명사』, 신순철 외, 서경문화사, 1998

『알기쉬운 전남동학농민혁명』, 이상식 · 박맹수 · 홍영기, 전라남도, 1996.

『지리산권 동학농민혁명과 동학』, 박맹수 외 10인 발표, 지리산권문화연구단, 2014.

『진주항일운동사』, 추경화 연구편찬, 진주문화원, 2008.

연도(간지)	날짜 · 내용
1860 경신	4월 5일 수운, 동학 창도하다
1861 신유	해월 용담으로 찾아가 입도하다
	12월 수운, 교룡산성 은적암에서 지내며 전라도 일대 포덕하다
1863 계해	8월 14일 수운, 해월에게 도통 전수(37세)
1864 갑자	3월 10일 수운, 대구장대에서 순도(41세), 해월, 高飛遠走하다
1870 경오	●유석훈(광양 봉강), 양계환(광양 진월) 출생(추정)하다
1871 신미	3월 10일 이필제, 영해 교조신원운동 일으키다
1872 임신	해월, 태백산 적조암에서 49일 기도 하고 동학 재건에 나서다
1880 초반	해월, 충청도 평야지대와 전라도에 동학 전파하다
1880 중반	동경대전, 용담유사를 목판본 여러 지역에서 간행하다
1889 기축	●유석훈, 양계환 의형제 맺음. 이해 가을 광양 민란 일어나다
1890 경인	●유석훈 등 1891년 동학 입도(추정)
1892 임진	10월 20일 공주집회, 11월 삼례집회 개최하다
1892 임진	●가을 유석훈과 임서엽(가상 인물) 결혼하다
1893 계사	2월 11일 광화문 복합상소, 3월 보은 집회 대대적으로 개최하다
1894 갑오	1월 10일 고부봉기-조병갑 축출, 3월 20일 무장기포-포고문
	3월 25일 호남창의대장소(백산), 4대강령, 12개조 군율 선포하다
	4월 7일 동학군, 정읍 황토현에서 전라감영군 격파하다
	4월 23일 동학군, 장성 황룡천에서 경군 격파하다
	4월 27일 동학군, 전주성 함락, 조정은 청국에 동학 진압 요청하다
	5월 7일 동학군과 관군, 전주화약 체결, 동학군 집강소 활동하다
	6월 21일 일본군, 경복궁 기습 점령, 청일전쟁 도발하다
	7월 15일 동학군 수만 명이 모여 남원대회를 개최하다
	7월 충청도, 경상도, 강원도, 황해도 동학군 본격 기포하다
	●7월 김인배를 중심으로 순천에 영호대도소 설치하다
	●8월 영호대도소 하동 진출하다
	●9월 2일 영호대도소 하동 관아 접수 후 하동 도소 설치하다
	9월 18일 해월, 청산에서 동학도 총기포령-통령 손병희

연도(간지)	날짜 · 내용

●9월 18일 영호대도소 동학군 진주성 입성, 진주 도소 설치하다
●9월 29일 일본군의 하동 일대 동학군을 공격하다
●10월 10일 조일연합군, 하동의 동학군을 공격하다
10월 12일 전봉준 삼례에 대도소 설치하고 2차 기포하다
●10월 14일 일본군과 동학군, 고승당산에서 맞붙다
●10월 22일 광양 섬거역 전투 전개하다
충청도 내포 동학군, 승전곡 승리 후 홍주성에서 패퇴하다
11월 8일 우금티 전투, 4~50차례 공방 끝에 패퇴하다
●11월 11일 영호대도소, 여수 좌수영 1차 공격하다
●11월 16일 영호대도소, 여수 좌수영 2차 공격하다
●11월 20일 영호대도소, 여수 좌수영 3차 공격하다
11월 24일 나주성 전투, 동학군 패퇴하다
11월 27일 김구 등 황해도 동학군 해주성 공략, 동학군 패배하다
12월 3일 김개남 처형되다
●12월 8일 광양 민포군, 영호대도소 습격, 김인배, 유하덕 효수되다
●12월 10일 섬거역에서 동학군 집단 처형되다
●12월 백운산에서 유석훈 총살(추정)되다
●12월 양계환 임서엽, 구례 농평 피난(가상). 양계환→유기환 개명(가상)

1895 을미	3월 29일 전봉준 최경선 손화중 김덕명 성두환 등 처형되다
1897 정유	12월 24일 의암(37세),. 해월로부터 도통을 이어 받다
1898 무술	6월 2일 해월, 한양 육군형장에서 교수형으로 순도하다
1905 을사	12월 1일 의암, 동학을 '천도교'라는 근대종교로 개신하다
1907 정미	수운과 해월, 정부로부터 신원되다
	●10월 16일 고광순 대장의 항일의병에 참여하다
1908 무신	●8월 5일 광양 황병학 의병 대장과 함께 항일 의병에 참여하다
1919 기미	● 3월 1일 진주 하동 광양 일원 만세운동 전개하다
1923 계해	● 4월 23일 진주형평사 결성 선언하다
1962 임인	10월 3일 정읍 황토현에 갑오동학혁명기념탑 건립하다
1964 갑진	수운, 순도 100주년 맞아 대구 달성공원에 동상 건립하다
1994 갑술	동학농민혁명 100주년 맞아, 동학에 대한 관심 고조되다
1998 무인	6월 2일 해월 순도 100주년 행사 거행하다
2004 갑신	3월 5일 동학농민혁명 참여자 등의 명예회복에 관한 특별법 의결되다
2014 갑오	10월 11일 동학농민혁명120주년 기념대회 서울에서 개최되다

여성동학다큐소설 섬진강편

잊혀진 사람들

등 록 1994.7.1 제1-1071
1쇄 발행 2015년 11월 10일

지은이 유이혜경
펴낸이 박길수
편집인 소경희
편 집 조영준
디자인 이주향
관 리 위현정

펴낸곳 도서출판 모시는사람들 03147
　　　 서울시 종로구 삼일대로 457(경운동 수운회관) 1207호
전 화 02-735-7173, 02-737-7173
팩 스 02-730-7173
인 쇄 (주)상지사P&B(031-955-3636)
배 본 문화유통북스(031-937-6100)
홈페이지 http://www.mosinsaram.com

여성동학다큐소설을 후원해 주신 분들

Arthur Ko	김미영	김인혜	명천식	방종배
Gunihl Ju	김미옥	김재숙	명춘심	배선미
Hyun Sook Eo	김미희	김정인	명혜정	배은주
Minjung Claire	김민성	김정재	문정순	배정란
Kang	김병순	김정현	민경	백서연
강대열	김봉현	김종식	박경수	백승준
강민정	김부용	김주영	박경숙	백야진
고려승	김산희	김지현	박덕희	변경혜
고영순	김상기	김진아	박막내	(사)모시는사람
고윤지	김상엽	김진호	박미정	들
고은광순	김선	김춘식	박민경	서관순
고인숙	김선미	김태이	박민서	서동석
고정은	김성남	김태인	박민수	서동숙
고현아	김성순	김행진	박보아	서정아
고희탁	김성훈	김현숙	박선희	선휘성
공태석	김소라	김현옥	박숙자	송명숙
곽학래	김숙이	김현정	박애신	송영길
광양참학	김순정	김현주	박양숙	송영옥
구경자	김승민	김환	박영진	송의숙
권덕희	김연수	김희양	박영하	송태회
권은숙	김연자	나두열	박용운	송현순
극단 꼭두광대	김영란	나용기	박옹	신수자
길두만	김영숙	네오애드앤씨	박원출	신연경미
김경옥	김영효	노소희	박은정	신영희
김공록	김옥단	노영실	박은혜	신유옥
김광수	김용실	노은경	박인화	심경자
김근숙	김용휘	노평회	박정자	심은호
김길수	김윤희	도상록	박종삼	심은희
김동우	김은숙	라기숙	박종찬	심재용
김동채	김은아	류나영	박찬수	심재일
김동환	김은정	류미현	박창수	안교식
김두수	김은진	명연호	박향미	안보람
김미서	김은희	명종필	박홍선	안인순

양규나	이미숙	이혜정	정용균	주영채
양승관	이미자	이희란	정은솔	주진농씨
양원영	이민정	임동묵	정은주	진현정
연정삼	이민주	임명희	정의선	차복순
오동택	이병채	임선옥	정인자	차은량
오세범	이상미	임소현	정준	천은주
오인경	이상우	임정묵	정지완	최경희
왕태황	이상원	임종완	정지창	최귀자
원남연	이서연	임창섭	정철	최균식
위란희	이선업	장경자	정춘자	최성래
위미정	이수진	장밝은	정한제	최순애
위서현	이수현	장순민	정해주	최영수
유동운	이숙희	장영숙	정현아	최은숙
유수미	이영경	장영옥	정효순	최재권
유형천	이영신	장은석	정희영	최재희
유혜경	이예진	장인수	조경선	최종숙
유혜련	이용규	장정갑	조남미	최철용
유혜정	이우준	장혜주	조미숙	하선미
유혜진	이유림	전근숙	조선미	한태섭
윤명희	이윤승	전근순	조영애	한환수
윤문희	이재호	정경철	조인선	허철호
윤연숙	이정확	정경호	조자영	홍영기
이강숙	이정희	정금채	조정미	황규태
이강신	이종영	정문호	조주헌	황문정하
이경숙	이종진	정선원	조창익	황상호
이경희	이종현	정성현	조청미	황영숙
이광종	이주섭	정수영	조현자	황정란
이금미	이지민	정영자	주경희	
이루리	이창섭			
이명선	이향금			
이명숙	이현희			
이명호	이혜란			
이미경	이혜숙			

여러분의 후원에 감사드립니다.

이름이 누락된 분들은 연락주시면 이후 출간되는 여성동학
다큐소설에 반영하겠습니다. / 전화 02-735-7173